中公文庫

燃える波

村山由佳

中央公論新社

目　次

燃える波

第1章 My Old Man

あなたのもとへ、この声が届く。

電波という名の波に乗れば、世界にまでも。

音でありながら光と同じ速さで——。


ゆっくりとしたBGMに合わせ、オープニングのジングルが流れ始めた。寄せては返す波音をバックに、きらめく星を思わせる効果音、そしてテーマ音楽が始まる。

〈眠れない夜、あなたを乗せて、遠い夢のほとりまでお送りします。『真夜中のボート』〉

防音ガラス越し、ディレクターの真山香緒里《まやまかおり》と視線がからむ。今夜の収録を担当する彼女と、目顔で頷《うなず》き合う。背筋を伸ばしたとたん、赤いキューランプが灯《とも》った。

マイクに口を近づけながら、カフ・ボックスのレバーを上げる。

「こんばんは。ライフ・スタイリストの三崎帆奈美《みさきほなみ》です」

ブースの中には一人きりなのだが、すぐ目の前にいる誰かに語りかけるように、そっと声をのせる。

「夜もこの時間になると、もうずいぶん冷え込みますね」

ヘッドフォンから耳に流れ込む自分の声にとりあえず安堵《あんど》した。今朝、目覚めてすぐ夫に「おはよう」と言った声が掠《かす》れていてぎょっとしたのだ。慌ててうがいをくり返し、念のため、一日中のど飴《あめ》ばかり舐《な》めていた。本業以外にラジオ・パーソナリティの仕事をするようになってから、以前よりも体調に敏感になった気がする。

「今日、ものすごくきれいな夕陽を見ました。乗っていた電車が大きな橋を渡るわずかな間だったんですけど、広がる川のずーっと向こうの空が一面、火事みたいに真っ赤に染まって、それが川面にもそのまんま映っていて……」

このあとの進行を記した用紙がこすれたり、身動きの際に衣擦《きぬず》れの音がしたりといったことのないように、気を配りながら話す。喉からではなくお腹《なか》の底からすくい上げてきた声を、さらに胸郭《きょうかく》の内側で深く柔らかく響かせるよう意識する。

「そこへ、大きなおおきな夕陽が沈んでゆくのが見えたとたん、なぜだか胸の奥がきゅうっと窮屈《きゅうくつ》になって……どうしてでしょうね、思わず泣きそうになってしまいました。べつに、何があったとかいうわけじゃないんですよ。ただ、これまでの人生に味わった数々の切ない出来事の、細かい部分までは思いだせないのに、物悲しい気持ちだけがいっぺんに束になって蘇《よみがえ》ってくるような感じがして……。人の心というものは、自分自身が思っている以上にたくさんのことを記憶しているものなのかもしれませんね」

一拍置いてから、さて、と声の色合いを変えた。

「秋の夜長、皆さんはいかがお過ごしでしょうか。『真夜中のボート』、今夜もリスナーの皆さんからたくさんのお便りを頂いています。それぞれに素敵なリクエスト曲も、時間の許す限りどんどんお届けしていきますので、これから午前一時までの二時間、どうぞたっぷりお楽しみ下さいね」

ＢＧＭの音量がすうっと絞られてゆく。途切れたところで赤ランプが灯り、帆奈美は再びマイクに声を乗せた。

「まずは、いつものように私から、今宵の一曲をお送りしましょう。イアン・デューリーで、『My Old Man』」

さっと手もとのレバーを下げ、背もたれに寄りかかってひと息つく。カフ・ボックス、通称カフは、その名のとおり突然の咳《せき》などを電波に乗せないようにするための音量調節レバーだ。下げてさえおけば、スタジオブース内の物音はマイクに乗らない。

ミネラルウォーターのボトルを取り、蓋《ふた》をねじ切って、とくとくと紙コップに注ぐ。冷たい水が喉を滑《すべ》り落ちてゆく感触が心地よくて、帆奈美は目をつぶり、吐息をもらした。うなじが少しすうすうする。収録の間は、長い髪を後ろで一つに束ねるせいだ。ヘッドフォンにぴたりと押し包まれた両耳は今、イギリス生まれのロック歌手の歌声に満ちている。ひとりごとを呟《つぶや》くような歌い方で、彼は亡くなった父親の人生を物語る。
——ちゃんと話せたのは死ぬ前だった
でも俺たちはそこから始まったんだ

その声はまるで、ぽつりぽつりと降る雨音のように響いた。同じ雨が、番組を聴いてくれるリスナーの耳もとにも降り注ぐのだと帆奈美は思った。

ラジオという媒体は不思議だ。受けとめ手にこちらの顔は見えないのに、テレビなどよりもずっと距離が近い。とくにこんな深夜番組では、まるで一対一で語り合っているかのような親密さが生まれる。だからこそ気を抜けない。

おそらくはめったにラジオで流れることのないこの歌を、最近教えてくれた相手の顔を思い浮かべる。容赦《ようしゃ》のない笑顔、豪快な笑い声。あんなに分厚い胸板を持つ男に育つだなんて。

「曲、残り三十秒ほどです」

ふいに真山香緒里の声がして、帆奈美は我に返った。

「そちら、寒いですか?」

無意識のうちに両腕で身体《からだ》を抱きかかえていたことに気づく。手をのばし、トークバックのスイッチを押しながら言った。

「ううん、大丈夫。ありがとう」

ガラス越しに、にこりと頷き返す。

まもなく曲が終わった。赤いキューが灯るのを待ってから話しだした。

「イアン・デューリーで、『My Old Man』、お送りしました」

放送される時間帯は、番組タイトルのとおり真夜中だ。ふだんよりさらに低めの落ち着いた声で、ゆったり話すことを心がける。

「皆さんは、この人のことをご存じだったでしょうか。二〇〇〇年に五十七歳という若さで亡くなってしまったんですが、その翌年に発表されたトリビュート・アルバムには、ポール・マッカートニーやマッドネス、シニード・オコナーなど錚々《そうそう》たるメンバーが名を連ねたほど、イギリスでは有名なアーティストなんですね。この『My Old Man』は、彼が自分のお父さんのことを歌った曲です。イギリスの赤い二階建てバス、ダブルデッカーの運転手だった父親。家にはろくにいなくて、生涯を通じて一労働者でしかなかったけれど、雇い主にさえ自分の名前を愛称では呼ばせなかった誇り高い男。そんな父親と彼は、亡くなる前に一晩じゅう語り明かして、お互いに大の親友になれたんだと、そんなふうな歌です」

ここからはちょっと個人的なお話になってしまいますけど、とことわってから、帆奈美は続けた。

「しばらく前、久しぶりに中学のクラスの同窓会があったんです。その二次会で、当時わりと仲の良かった友人から聞かされた話なんですけどね、その彼が言うには、数年前に亡くなったお父さんと、生前ずーっと折り合いが悪かったと。最期となった入院の時でさえ、ほとんど会おうとしなかったらしいんです。でも、今になってふり返ってみると、親父は親父で辛《つら》かったんだろうな、って。この世からいなくなってみて初めてわかることもあったよって、そんなふうに言うんですよ。なんだかすごく悔しそうにね。じつはその流れで、今夜のこの曲を教えてもらったんでした。……私のところも、両親はもうかなりの年齢です。兄夫婦と同居しているので安心ではありますけど、こうなってみると、つくづくと思うんですね。当たり前のことながら、残り時間が無限にあるかのように油断してちゃいけない。まだ間に合ううちに、何とか少しでもわかり合うための努力をして、伝えるべきことは伝えておかなくちゃいけないんだな、ってね。これくらいの歳《とし》になるとどうしても、親のことからは逃れられませんねえ……」

息を大きく吸い込む。

「そんなわけで――さて、三崎帆奈美が水先案内人となってお送りしています、『真夜中のボート』。このあとも素敵な曲をたくさんお届けしていきます。どうぞお楽しみに！」

＊

〈ライフ・スタイリスト〉とは、いったい何をする仕事なのか、と訊《き》かれることがよくある。正直なところそれは、帆奈美が勝手につけた名称だ。

もともとは都内のセレクトショップで洋服のバイヤーをしていた。後に名のあるスタイリストの助手になったものの、あごで使われるだけの下積み時代も長く、当時のことは今ではあまり思い出さないようにしている。過ぎてみればいい想い出、などとはとうてい言えない辛い時期だった。

ようやく独立を果たし、雑誌などで仕事をもらうようになってからは人気が出たが、帆奈美の興味の対象はファッションだけに留まらなかった。ひとりの人間が真にその人らしく生きるには、着るもの以外にも、食べるもの、暮らしに必要なもの、またそれらを受けとめる〈家〉という容《い》れものなど、すべてに対してもっと自由に、もっとわがままに、こだわりを持ってしかるべきだ。そんな思いから、衣・食・住の全般を心地よくコーディネートし発信してゆく仕事として、現在の肩書きを名乗るようになったのだった。ライフ・スタイリスト——何やら偉そうな気もしたが、言ったもん勝ちだ、と思った。

今では、ファッション誌やインテリア誌、ブランドのカタログなどのスタイリングを手がけたり、ショーやイベント、モデルルームやショップを丸ごとプロデュースしたりといった具合に、仕事の内容は多岐にわたっている。女性誌に暮らしのエッセイの連載も持っているし、二年前からはこうしてラジオのパーソナリティを務めるようにもなった。

「来週の収録は、今日と同じで十三時からでしたよね。その次も、同じ時間がいいですか?」

プロデューサーの田中潤子《たなかじゅんこ》が、ノートパソコンを開いてきびきびと言う。

女性ばかり四人から成る番組スタッフの中で、冗談交じりに「ボス」と呼ばれる田中潤子と帆奈美の二人がそれぞれ四十五歳と四十二歳、ディレクターの真山香緒里が三十一歳、年若な夏目由樹《なつめゆき》のほうは二十六歳。ミキサーはそのつど局のスタッフが務めるので男性であることも多いが、この四人の面子《メンツ》は番組が始まった当初から変わっていない。今となってはすっかり気心の知れた仲だ。

帆奈美は手帳を開き、スケジュールを確認した。再来週の水曜は早朝から代官山《だいかんやま》で撮影が入っているが、午後には空くはずだ。

「その日は、できれば十六時くらいからがありがたいんですけど、皆さんは?」

「大丈夫ですよ。じゃあスタジオを押さえて、また決まりしだい連絡しますね」

田中女史は言った。

時間はそのつど変わることもあるが、収録日が毎週水曜というのはほとんど変わらない。

出版社の編集部に勤めている夫は、この日なら校了作業で必ず遅くなる。

結婚する前から〈三崎帆奈美〉の名前で仕事をしていたから、今さら帰宅時間のことなどでとやかく言われるわけではないのだが、どういうわけなのだろう、と帆奈美はいつも思う。連れ合いよりも遅く帰ることに対してついつい申し訳なさを覚えてしまうなどという感覚は、たぶん男の側にはないはずだ。子どもの頃から、決して父よりも遅く帰ることのなかった母親を見て育ったせいだろうか。時代はこんなに変わっても、長年にわたる刷り込みはそう簡単にぬぐい去れないものらしい。

また来週ね、とスタッフと手を振り合い、局を出た。横断歩道を駅の方面へと渡る。身体の芯が気怠《けだる》い。数日後の真夜中に放送される番組に二時間もどっぷり浸かっていたせいで、現実の時間までが深夜であるかのように錯覚してしまい、街にあふれる人波が不思議に思えるほどだ。

それとも、怠いのは単に疲れているからだろうか。好きなことを仕事にしながら忙しいなどと言ってはバチが当たるのだが、現実問題として忙しいには違いなく、考えてみればもう何週間もまともに休みを取っていないのだった。

(ライフ・スタイリスト、が聞いてあきれる)

帆奈美は、滑り落ちかけたバッグを肩に揺すり上げながら、夕暮れの空を仰《あお》いだ。

(自分自身の人生ひとつ、思うとおりには運ばないじゃない)

信号機の真上に枝を広げる桜の樹は、もうほとんど葉を落としている。足もとでかさこそと枯葉の音がする。満開の桜を見上げたのはついこの間のようなのにと思うと、我知らずため息が漏れた。時の経《た》つのが、年々速くなってゆく気がする。

今夜も夫が遅くなるのはわかっていたので、少し寄り道をして帰ることにした。これも仕事の一部だ。各世代の人たちがそれぞれ何を心地いいと感じ、何を生活に取り入れたいと思っているのか、常に自分の目で見、肌で感じておく必要があるし、暮らしの充実につながる新しい情報はいち早く把握しておかなくてはならない。

表参道をほんの少し脇道へ入ったところに、インテリア雑貨やファッション、ローフードなどを扱う店がある。雑誌などの企画で、モデルの立つ背景をコーディネートする時など、帆奈美もよくその店の商品を借りている。夏の終わり頃から足を運んでいなかったので、まずはそこをチェックしようと思った。

秋の日はあっという間に暮れてゆく。軒を並べた店舗の明かりがまばゆく灯され、ふだんは何を売っているのかわからないような店の奥までよく見える。オレンジ色の光は歩道へとこぼれて、踏んで歩くとなぜか郷愁を誘われた。祭りの屋台の明かりを思いだすせいかもしれない。

自分もまた、これから先はだんだんと、人生の夕暮れ時へ向かって歩いてゆくのだと帆奈美は思った。

四十二歳という年齢は、女性にとって、なかなかに微妙で残酷なボーダーラインだ。もう若くないことは重々わかっているが、老いたとまでは思いたくない。女であることにしがみつくばかりでは痛いけれど、女を捨ててしまいたくもない。これまでの努力の多寡《たか》によって、外見にも体力にも大きな差が出てくる時期であり、そして実際のところ、出産を望むのならもう本当にぎりぎり——と言わなければならない。ひと昔前に比べれば格段の進歩だが、それでもやはり限界がないわけではないのだ。

子どもが欲しい、という気持ちは、帆奈美にもある。けれど、ほんとうの本音を言えばそれは、この十年連れ添ってきた夫の子どもを産みたいという気持ちと、完全にイコールではないのだった。

愛していないわけではない。

——たぶん。少なくとも、大切には思っている。

学生時代、〈軽音楽研究会〉という名前も中身もいささかいいかげんなサークルで知り合って以来、隆一《りゅういち》とはもう長い付き合いだ。かつては女子たちの人気者だった〈遠藤《えんどう》先輩〉もすっかり落ち着いて、今では互いにまるで兄妹のような、いや、空気のような存在と言っていいだろう。

そのぶん、彼のことを男としては見られなくなっているのも事実だった。言い換えると、積極的にこのひとと抱き合いたいとは思えないのだった。稀《まれ》に求められればなるべく応じてきたけれど、正直、乗り気にはなれない。それさえも、もうずいぶん長く途絶えている。きっとお互い様だ、と自分に言い聞かせる。向こうだってこちらのことを、今さら女としてなんか見られないと思っているだろう。ごくたまに思い出したように誘ってきたのは、儀礼的なものというか、家庭内平和に気を遣ってのことに違いない。

ある程度長く一緒にいる夫婦なんて、きっとどこもそんなものだ。べつに仲が悪いわけではないのだから、それで良しとしなくてはならない。そう、いつか一生を終える間際になって、お互いで良かったと思い合えたなら充分幸せというものではないだろうか。それこそ、〈My Old Man〉と〈My Old Woman〉として。

自分を説き伏せるようにそう思ってみても、明日のことを思うと帆奈美の足取りは重くなった。明日は、その夫の実家を訪ねる約束なのだ。

隆一の両親と妹の美貴《みき》が暮らす遠藤家は、横浜にある。皆、基本的には善良な人たちと言えるだろうが、いささか鈍感というか無神経なところがあって、ちょくちょく不用意なことを口にする。悪意はないのだろうと思ってみてもなお、いつまでも胸に刺さるような言葉をだ。

一つひとつは取るに足らないことだから、こちらからわざわざ問題にはしない。そして後にはしこりだけ残る。

誰にも言えなかった。話せば愚痴《ぐち》になってしまいそうで、親にも打ち明けたことはない。

結婚当初、たった一度だけ隆一にこぼしかけたことがあったが、

〈気にし過ぎだよ。向こうに悪気はないんだしさ、年寄りの言うことぐらい、もうちょっと広い心で受けとめられないもんかな〉

そう言われて、先を続ける気をなくした。何よりしんどいのは、隆一本人が、両親の気質をそのまま受け継いでいることだった。

もの思いに沈みながら歩いていたせいで、目的の店へと曲がる角を通り過ぎてしまいそうになり、慌《あわ》てて戻る。引き止めてくれたのは、いつもの香りだった。店内のディフューザーで蒸気となったオリジナルのアロマオイルが、開け放たれたドアから外の道まで漂い出ている。どことなく海を感じさせる、のびやかで心地よい香りだ。

ほどよく入った客が、それぞれ雑貨を手に取ったり、鏡に向かって洋服をあててみたりしている。近くにいた接客中のスタッフが、いらっしゃいませ、と振り返り、

「あ。こんばんは」

帆奈美を見て笑顔になった。よく世話になる、馴染《なじ》みのスタッフだ。

「お久しぶりじゃないですか？」

「そうなの、このところばたばたしてて。ごめんね」

「いいえー、そんな。ゆっくり見てって下さい。何か気になるものがあったらいつでも声かけて下さいね」

「ありがとう」

いつ訪れても、吹き抜けの天井の高さに驚かされる。廃墟を思わせるオブジェや観葉植物などがさりげなく配置され、内装の壁は剝《は》がれかけの煉瓦《れんが》と漆喰《しっくい》、階段の手すりは錆《さ》びたアイアン。まるでニューヨークの古びた倉庫のような雰囲気のその〈箱〉の中に、商品はあえて少なめだった。なんと贅沢《ぜいたく》な空間の使い方だろうと思う。これだけのスペースがあったら、普通はもっとたくさんの商品で埋めたくなるものだ。

客層はやはり女性が多く、ほとんどが二十代後半から三十代以上。年齢が少し高めなのは、商品の価格帯によるものだろう。厳選された品質の良いものしか置かれていないぶん、値段は決して安くない。

帆奈美は、アイアンのラックに吊《つ》るされているルームウェアに触れてみた。うっとりするほど柔らかい。この季節らしい色合いのピュア・カシミアのガウンは、同じシリーズのルームシューズや膝掛けともコーディネートすることができる。目立たないところに下がっていた値札を裏返してみると、ああ、そうでしょうね、と頷くしかないお値段だった。

接客を終えたスタッフがそばにやってくる。

「ね、素敵でしょう、それ。まだ若い特別なカシミア山羊《やぎ》の毛だけを使ってるから、それだけ柔らかいんです」

「そのぶん、お値段も特別ってことよね」

「まあ、どうしてもそうなっちゃいますよねえ」

どこか申し訳なさそうに答えるスタッフに、帆奈美は微笑《ほほえ》みかけた。

「いいと思う。こういうものをあえて置くのも必要なことよ、きっと」

普通に働いている女性がおいそれと買えるような価格ではない。それでも、比較的手に取りやすい生活雑貨や洋服に混じってこういう最高級のものが置かれている、それを目にすることで、暮らしそのものへの意識は変わってゆく。ほんものの店というのはそうあるべきだと帆奈美は思うのだ。

高価だけれども品質の良いもの。言い換えれば、品質が良いからこそ高価であるもの。それらについて考えるとき、帆奈美はいつも、十年ほど前に亡くなった叔母《おば》のことを思いだす。

叔母は、生涯独り身を貫いたひとだった。そのせいもあってか、帆奈美は小さい頃からよく可愛がってもらった。母親はまじめで堅実な性格だが、その妹である叔母はまるで正反対と言えるほど自由奔放《ほんぽう》で、どんな時も独特のユーモアと皮肉を忘れなかった。そんな彼女が大好きだった。

あれはいつだったろう、働き始めてすぐの頃だろうか。ある日その叔母がふと、帆奈美の腕時計に目を留めて言った。

〈あなたももう大人なんだから、もっとちゃんとしたものを選んで身につけなさい。安っ

ぽいものばかり身につけていると、安っぽい人間になっちゃうわよ〉

ぎくりとした帆奈美が、ちゃんとしたものって？　と訊くと、

〈質のいいもの。仕事のいいもの。品のいいもの〉

叔母は即座に答えて言った。

〈値段の高いものが、必ずしもいいものとは限らない。高価なのに品のないものだって、その逆だってあるしね。でも、ちゃんとしたものには必ず、その値段がつくだけの理由がある。あなたはまず、本当に価値あるものを見定める目から養いなさい。憧れるものや好きだと思うものを見つけたら、ちょっとくらい無理をしてでもそれを手に入れてごらん。最初は背伸びだって分不相応だっていいの。手に入れたものにふさわしい自分になろうとするうちに、それらはいつのまにか等身大のあなたに馴染んでいく。身につけるもののオーラが、あなたをもっと高いところへ押し上げてくれるのよ。だから、けちけちせずに、先行投資だと思って、自分自身にきちんとお金をかけてやりなさい。自分のことを、どうでもいいもののように扱っては駄目〉

大事なことを言われているのはわかった。でも、いったいどうしたらそれらを見定められるようになるのかがわからなかった。

〈そう簡単には教えてあげない〉

叔母は、かたちのいい口もとにちょっと意地悪な笑みを浮かべて言った。

〈勉強みたいに、頭で覚えられるようなことじゃないの。あなた自身がこの先たくさんの優れた本を読んで、たくさんの尊《たっと》い芸術に触れて、そしてたくさん買い物に失敗して痛い目に遭って――そういう経験を通じてでなければ、けっして学べない類《たぐい》のことなのよ〉

人生に近道なんかないんだから。

そう言った叔母の声を、今でもよく覚えている。人を食ったような皮肉っぽい笑みを浮かべる時に、いちばん美しく見えるひとだった。

しばらく店内を見てまわり、また来るからと挨拶して外に出ると、すっかり夜の街に変わっていた。地下鉄の駅へ向かって、再び雑踏を歩いてゆく。

ふいに、バッグの中で携帯が鳴った。取りだして見ると、松本早苗《まつもとさなえ》だった。帆奈美が毎号、巻頭特集と表紙モデルのコーディネートを担当している女性誌『ルミエ』の副編集長だ。

「もしもし、ごめん。今いい？」

急くような口調で、早苗は言った。

「大丈夫よ。どうしたの？」

「明後日の、表紙の撮影なんだけど……先方の都合で、どうしても明日に変えて欲しいって」

えっ、と思わず声が出た。

今回の表紙モデルは、某ベテラン女優だ。わがままだとは噂《うわさ》に聞いていたが、

「できたら明日にしてくれないか、じゃないのよ。どうしても明日でないと駄目だって言うの」

「そんなこと言われたって、こっちにも都合ってものが……」

「ごめん、三崎ちゃん、ほんとに申し訳ないけど、何とかならない？　服とかはもう借りてあるって言ってたでしょ？　無理を承知で、どうかお願い。恩に着るから」

その晩——帰宅した隆一は、話を聞いてたちまち不機嫌になった。帆奈美が淹《い》れたコーヒーを前に、険しい顔で口をひらく。

「そりゃ、仕事なのはわかるよ。けど、明日は特別な用事だろ？　こっちの約束がはるかに先だったわけだろ？」

短い髪に手をつっこみ、苛立《いらだ》たしげに掻《か》きまわす。ボタンダウンのシャツにチノパンというカジュアルな服装なのは、今の配属先が男性向け週刊誌の編集部だからだ。ある意味、今どき〈男の理屈〉が堂々とまかりとおる貴重な職場と言えるかもしれない。

「ごめんなさい。わかってたけど、どうしようもなかったの。今から他のスタイリストを頼んでも間に合わないし、服とかアクセサリーは私がお店をまわってもう借りてあるから、それを使わないわけには……」

「何だよ、もう借りてあるんだったら、それこそ後は他の誰かに頼んでも大丈夫じゃないの？」

無邪気ともいえる顔をして、隆一は言った。

「あのさ帆奈美、わかってる？　親父もおふくろも、先月くらいからもうずっと楽しみにしてるんだぞ。今さらお前だけ行けないなんて言えるかよ」

帆奈美は目を落とした。お義父《とう》さんもお義母《かあ》さんも、ほんとはあなたさえ来てくれればいいんだと思う。そう言いたくても、言えない。言えばもっとこの場がややこしくなる。

「まったくさ、なんで無理なものは無理だって断らないんだよ。変な話、これがたとえば、お前の親が急に死んだとかだったらどうしてたわけ？」

「え？」

「それでも仕事を優先したわけ？」

うわ、出た。夫の、いや遠藤家独特の、〈悪気のない〉発言。

「そんな……そんな極端なことを、今言われても」

「極端？　何が極端なんだよ。要するにそういうことじゃないかよ」

そういうこと、ではない。急な仕事が入ったために、明日訪問するはずだった夫の実家へ行けそうにないということと、お前は自分の親が急に死んでも仕事を優先するのかということとが、どうして二つ並べて同じ重さで論じられるのか、さっぱりわからない。それ以前に、そんなに軽々しく人の親を殺さないで欲しいと切実に思う。

隆一の腹の虫はまだおさまらないらしい。なおも言いつのる。

「俺みたいに、会社に使われてる身だったらしょうがないさ。上から言われたこととか、周りの都合とかにはなかなか逆らえないって事情もあるよ。だけどさ、帆奈美は、曲がりなりにもピンで仕事してるわけだろ？　どうしても動かせない都合とか先約がある場合、無理なことは無理だって、堂々と言える立場のはずじゃん」

「……ちょっと待って」

びっくりして、帆奈美は夫の顔をまじまじと眺めた。

フリーランスで働いていても、むろんたった一人で仕事をしているわけではない。大勢の人たちとチームを組み、日々助けたり助けられたりしながら働いている以上、突発的な緊急事態に「どうかお願い」と頼み込まれたことをそんなに簡単に断れるわけがない。時には無理を押して笑ってみせなくてはならないのは、勤めていようがフリーであろうが同じはずだ。いや、フリーであればこそ、都合をつけなくてはならない時はしょっちゅうめぐってくる。

夫は、本気で言っているのだろうか。そうではないと思いたかった。いまはただ、腹を立てているせいで意固地になって、考え以上のことを言いつのってしまっているだけだ。

「そもそもさ、帆奈美は何のために独立したわけ？　自分のしたい仕事を選んで、したくないことはしないで済むようにって、そう言ってなかったっけ？」

「言ってない」

「は？」

「そんなふうには言ってない」

「言ってたってば。仕事をもっと自分で選びたいんだって」

「うん、確かにそうは言ったよ」

「ほらな」

「でも、したくないことから逃げるみたいな意味では言ってないから」

ここだけははっきりさせておかなくてはならないと思った。かといって、強い口調で言いつのったりして機嫌を損ねると、まっすぐ伝わらないばかりか後々面倒なことになるのは知っている。口調は穏やかにと心がけつつ、帆奈美は夫の目を見て言葉を継いだ。

「確かにね、独立する前は、イベントでも雑誌のページ作りでも、テーマとかポリシーに全然賛同できない時までやらなくちゃいけないのが苦痛だった。自分からも仕事を選べる立場になりたくて、だからフリーになったの。そのことは、あなたともたくさん話したよね」

「だろ？　だったら、」

「だけどどんなにやり甲斐《がい》のある仕事だったとしても、最初から最後まで全部が楽しいことばかりなんてわけはないよ。ころっころ変わるクライアントの都合に合わせて右往左往したり、カメラマンが横暴だったり、モデルの機嫌が悪かったり、スタッフの誰かが信じられないような失敗をしでかしたり、毎回、それはそれは色々あるよ。何もない時なんかない。そんな中、みんなで必死になってやりくりすることでようやく、これだったら人に見てもらえる、って胸を張れるだけのものが出来上がっていくの。私だけじゃない、誰も彼も、自分がしたいことしかしないで済ませていたら、何ひとつ形になるわけない。そうでしょう？」

隆一は、むっと下唇を突き出して黙っている。

「ねえ、わかってよ。フリーランスだから何も我慢しなくていいなんてはずないじゃない。時には、できないような無理をそれでもしなくちゃならないのは、私だって同じなの。あなたのしてる仕事と何も変わらないよ」

彼との間に波風を立てたいわけではない。それでも、言うべきことは言わなくてはと思った。自由業と呼ばれる職業が、必ずしも自由なわけではない。いいかげんな気持ちで仕事をしているわけでもない。そのことを、夫である彼にはきちんとわかっていて欲しい。

と、隆一がおもむろに口をひらいた。

「もう、いいよ」

「……ごめんね。お義母さんたちにはほんと申し訳ないと思ってる」

「どうだか」

ふっと鼻に引っかけるような苦笑いを漏らす。

「ま、俺が今さら文句言ったって変わんないしな。どうせもう、とっくに決まったことなんだろ」

「そんな言い方」

「だってそうじゃん。俺が何を言おうと、そっちは意見も予定も全然変える気ないんだからさ。無駄じゃん」

聞こえよがしの深いため息をつく。

「なんかさあ。なんか帆奈美はこう、さあ。俺には言いたい放題言うくせに、外へ向かっては気が弱いっていうか、自分が無いっていうかさ。言うべきことはもっとちゃんと言ってかなくちゃ駄目なんじゃないの？　人の意見とか勢いに流されないでさあ」

腰から下の力が抜けてゆくような心地がした。

このひとはいったい今、何を聞いていたのだろう。何ひとつ、伝わっていない。まるでこちらが、屁理屈をこねて言い訳ばかりを並べたかのようだ。

椅子の脚が床にこすれる音がして、隆一が立ちあがった。

「風呂入ってくる」

飲み終えたコーヒーのマグカップをそのままに、リビングを出て行こうとしてふり向いた。

「ああ、そうだ。今夜はもう遅いからあれだけど、おふくろには明日の朝、帆奈美から電話しといてくれよな」

「……」

「やだよ俺、言うの」

「――そう。わかった」

答えるまでの数秒の間に、たまらないもどかしさが胸をよぎった。

〈ごめんな、おふくろ。今日なんだけど、帆奈美だけ急な仕事で行けなくなっちゃってさ。いや、撮影相手の大女優がやたらワガママで、どうしても今日じゃなきゃって無茶言ってきたらしいんだわ。ま、しょうがないよ。ああ見えてけっこう頼りにされてるんだろうしさ。え？　そりゃ残念だけど、また次の機会もあるじゃん。なによ、俺だけ行くんじゃ不満？〉

嫁ではなく息子の口から、笑ってそんなふうにでも伝えてくれたなら、嫁と義父母との間には何の波風も立たずおさまるのに――。そう思ってしまうのは、過ぎた甘えというものなのだろうか。

バスルームのドアが閉まり、やがてシャワーの水音が響き始める。帆奈美は流しの前に立ち、二人ぶんのマグカップを洗おうとして、やめた。キッチンでお湯を使うと、シャワ

ーが熱くなる。また隆一に文句を言われてしまう。そう思った拍子に、

（……あ）

水底からあぶくが浮かんでくるように気づいた。

シャワーのお湯が急に熱くなったら隆一がかわいそうだから、ではなく、また文句を言われてしまうから、という理由でしか、自分は夫に対する気遣いをしなくなってしまっているのか。意識しなかったけれど、いつからこんなふうなのだろう。もしかすると彼の側でも、自分に優しくない妻への不満がだんだんと積もり積もっているのかもしれない。

と、足もとから細く澄んだ甘え声が響いた。二度、三度。

「はあい」

返事をしながら見おろすと、白猫の〈おむすび〉が、帆奈美を見上げてまた細く鳴いた。

「なあに。おなかすいたの？」

脚の間を８の字にすり抜けながら身体をこすりつけ、尻尾《しっぽ》をぴんと立ててねだるように鳴く。

「わかった、わかった。今あげるってば」

冷蔵庫から半分残っていた缶詰を出し、小鉢にあけて電子レンジに入れる。人肌くらいに温めたそれを床に置いてやると、機嫌よく喉を鳴らしながら食べ始めた。

「おいしい？」

あんぐあんぐあんぐ、という素直な返事に、思わず微笑が漏れる。鬱々《うつうつ》としていた気持ちが、ほんの少し上向きになった気がした。

おむすびは、去年、目があいて間もないうちにゴミ集積所に捨てられていたところを帆奈美が拾った。全身真っ白の美形なのに、頭のてっぺんにだけ海苔《のり》をのせたような四角いぶちがあるのが笑いを誘う。帆奈美がふだん、暮らしやファッションにまつわるあれこれを書き綴《つづ》っている公式サイトでも、しばしば登場するやんちゃな白猫の人気は高い。ブログ人気の一端は彼が担ってくれているに違いなかった。

〈共働きなのに、生きものを抱えこむのはさあ……〉

などと難色を示していた隆一も、今ではけっこう可愛がってくれている。まだ子どもを持ったことのない自分たち夫婦にとって、甘え上手なこの猫こそは〈かすがい〉になってゆくのかもしれなかった。

バスルームの水音が止《や》むのを待ってから、洗いものを済ませ、あたりに飛んだ水滴を拭《ふ》き取り、ふきんを洗って乾かす。朝のうちに干しておいた洗濯物をきちんとたたんでクローゼットに片付ける間も、おむすびは時折鳴きながら帆奈美につきまとう。明日の仕事に着ていく服を出すついでに、隆一が実家へ着て帰る服も用意し、スチームアイロンで小じわをのばして吊るしておく。靴はもうすでに磨《みが》いてあった。

職業柄、どれも苦になる作業ではない。女がするのが当然とは思わないけれども、得意なほうがすればいいことだと思っている。

ただ、昔は好きな相手のためだと思えばこそ楽しかったはずの家事一つひとつが、今はどれも義務や流れ作業のようになってしまっているのは否めなかった。洗いものも片付けも、しなければ自分が落ち着かないからするだけ。その点ではひとり暮らしと変わらないが、ひとり暮らしより当然、面倒は多い。

どの家も、どの夫婦も、多かれ少なかれこんなふうなのだろうか。ラジオ番組の収録があった日はいつものことだが、女性リスナーから寄せられる相談ごとに対して一生懸命答えるせいか、終わった後までつい、夫婦の関係や家族のあり方について考えを巡らせてしまう。

隆一と入れ替わりに風呂に入り、長い髪を乾かしてから寝室へ行くと、彼はもう眠っていた。狭い寝室に、いびきが響きわたっていた。

自分のベッドにそっと横たわる。すぐさま、おむすびが枕元へ飛び乗ってきて、布団に入れてくれとせがむ。

隆一のいびきがクレッシェンドのように大きくなり、急に、ぴたっと止んだ。しばらく無音の状態が続いた後、「くわあっ」と声が響く。

睡眠時無呼吸症候群。本人も気づいているのだが、医者に行こうとはしない。

〈だってさあ、治療ってなると、なんか酸素マスクみたいな機械付けて寝ろって言われる

らしいよ。やだよ俺そんなの、ダース・ベイダーじゃあるまいし〉

病気には違いない人に向かって、あなたの呼吸が気になるせいで夜中に何度も目が覚めてしまう——などとは言えなかった。隆一の側はそれこそ、〈俺には言いたい放題言うくせに〉と思っているのだろうが、彼に言えずに呑《の》みこんでいる言葉など山ほど、ほんとうに山ほどあるのだ。どうしてそれがわからないのだろう。

隆一が寝返りを打ち、壁のほうを向いた。大きかったいびきが一時的にせよおとなしくなる。

互いの間に夫婦のことがなくなってから、もうどれだけ経つのだったか。少なくとも一年、いや一年半はしていない。積極的にしたいわけではないのに、考えるとひどく虚《むな》しくなる。

二つのベッドは身体一つぶんくらい離して置かれている。結婚当初からそうだった。隆一が、独りでなければ眠れない質《たち》だからだ。

立ちあがったとき裸足《はだし》で踏む床が冷たくないように、小ぶりのラグが敷かれているだけのわずかな距離。昔は気にもならなかった。抱き合いたいと思えばどちらからでも容易《たやす》く越えられる、というより、間が空いていることを意識したことさえないほどだった。

今は、同じその距離が果てしなく遠く感じられる。寂しく哀しいのか、それともその距離に救われているのかは、自分でもよくわからない。

帆奈美は、抱きかかえている猫の側に寝返りを打ち、夫に背中を向けた。
枕にそって流れる髪から、無駄に甘い香りが漂っている。

第2章　I Go Crazy

メイク・ルームで過ごしていると、時間の感覚がなくなる。天井も壁も床も白く塗られた部屋全体を、外光と同じ波長の光がこうこうと照らしているせいだ。まぶたを閉じてもなお遮断《しゃだん》することの出来ない明るさ。自分には、白夜《びゃくや》の国は耐えられないかもしれない、と帆奈美は思う。

細長い部屋の奥、壁際に据えたラックに、運びこんだ衣装を吊るす。一着ずつ詳細にチェックしては、スチームやアイロンをあてて皺《しわ》を伸ばしていく。

トップス、ボトムス、ベルトに靴、バッグ。ネックレスやイヤリング、指輪やバングルなどのアクセサリー各種。

それぞれ、どこのメゾンから借りてきたものか、覚えているつもりでも万一のことがあってはならない。一点ずつリストと照らし合わせ、間違いがないか確かめながら作業していく。

しばらくして、副編集長の松本早苗が到着した。

「おはよう。てっきりあたしが一番乗りだと思ってたのに」

重そうな紙袋をいくつも両手にさげて入ってくる。がさがさとそれらを床におろすと、彼女は丸みを帯びた身体をこちらに向け、顔の前で手を合わせた。

「三崎ちゃん、今日はごめんね。無理を聞いてくれてありがとう、助かった」

いえいえ、と帆奈美は言った。

「気にしないで。困ったときはお互い様だもの」

同世代と言っていいだろう。早苗とはもう、かなり長い付き合いだ。今日これから表紙を撮影する雑誌『ルミエ』に帆奈美が深く関わるようになったのも、そもそもの初めは彼女が持ってきた仕事がきっかけだった。

「ほんとにもう、どうしようかと思ったよ。予定してたカメラマンの都合もつかなくてさ」

「井浦《いうら》さん？」

「そう。探しまくって、別の人に頼みこんで何とかオーケーもらってさ。たまたまスタジオの空きだけはあったからよかったようなものの……」

大きなため息をつき、早苗は壁際に吊るされた服の列に目をやった。

「あらま。もう準備できてるの？」

「まだ全部じゃないけど」

「ずいぶん早くから来てたのねえ。他のスタッフが着くまで、あと一時間以上あるのに」

帆奈美は苦笑して肩をすくめた。

「まあ、今日はさすがにね。途中で手間取って、うっかりご機嫌を損ねたりしたら周りにも迷惑かかっちゃうし。せめて準備だけは万全にしときたいから」

それも確かに本当ではあったが、何より、少しでも早く家を出てしまいたかったのだった。夫から浴びせられる厭味《いやみ》に耐えるよりは、ひとりで仕事に向き合っていたほうがずっと楽だ。

やれやれと早苗が嘆息する。

「女優さんって羨《うらや》ましいよね。どんなにワガママでも、需要さえあれば生きていけるんだもの」

「でも逆に言うと、需要がなくなればたちまち生き残れなくなる仕事ってことでしょ？　それはそれで大変なんじゃない？」

「まあね。いいことばかりじゃないか」

早苗は上着を脱ぎ、買ってきたものを紙袋から出してテーブルに並べ始めた。

サンドイッチやピンチョスなど手軽につまめるものや、話題の店のスイーツ、有名割烹《かっぽう》のお弁当……。メイク・ルームの片隅には、あらかじめカプセル式のコーヒーメーカーまで用意してある。女優・水原瑶子《みずはらようこ》の好みは、事前のリサーチによると、エスプレッソに角砂糖を一粒、とのことだった。

「ねえ、三崎ちゃんさ。今日、ほんとは別の用事が入ってたんでしょ?」手を動かしながら早苗が言う。「仕事だったの?」

「ううん、プライベート」

「大事な約束だったんじゃない?　大丈夫だった?」

「大丈夫、身内の用事だもの。次の機会が無いわけじゃないし」

「え。身内ってもしかして、旦那《だんな》さんのほうのとか?」

ちょっと驚いた。どうしてわかるのかと訊くと、

「やっぱり」彼女はたちまち済まなそうな顔になった。「昨日、電話で話したときの三崎ちゃんが、なんだか慌ててたのが気になってさ。自分のほうの身内だったらもうちょっと違う感じなんじゃないかと思って。ごめん、ほんと申し訳なかった」

問われるままに、帆奈美は、昨夜の夫とのやり取りをかいつまんで打ち明けた。結果的に恩着せがましくならないようにと、できるだけ明るく冗談交じりに話して聞かせたのだが、

「うわあ……。わかる、そういうの。いかにも男の理屈だわ」

早苗は口をへの字に曲げて言った。鏡の前の椅子を引いて座り込む。

「うちの旦那もおんなじよ。大変なのはいっつも自分、食わしてやってるのも自分。女房

の仕事は小遣い稼ぎの道楽か何かみたいに思ってんの。旦那の実家なんて、たいていの嫁にとっては全力で行きたくないところの筆頭じゃない？　どんなに付き合いが長くなったって、心から安らげたためしなんかありゃしない。だけどうちも、前に仕事があんまり忙しかった時、旦那に『あなただけ帰ったらいいんじゃないの？』って言ってみたら、いきなりヘソ曲げられちゃって。その後始末のほうがめんどくさくて、それからは大人しく一緒に行くようにしてるけどさ」

と、ふいに、隣り合ったスタジオの出入口が騒がしくなった。

瑶子の到着には早すぎる。メイク・ルームの戸口まで覗《のぞ》きにいった早苗が、ああ、と親しげな声をあげた。

「おはようございまーす、お世話になります」

「あ、どうもお久しぶりです。こちらこそ」

向こうで、伸びやかな男の声が応《こた》える。早苗がこちらをふり向き、「カメラマンさん到着」と言った。

先に挨拶をしておこうと、帆奈美も、アイロンをかけている最中のシャツをひとまず吊るして戸口へ向かった。

表紙をどんな雰囲気のものにしてゆくか、おおまかなところはあらかじめ聞かされていたが、スタイリストである自分とカメラマン、そしてあとから来る瑶子専属のヘアメイクも交えて、細部を詰めなくてはならない。

　早苗が深々と頭を下げている。

「このたびは本当に、急なお願いをしてすみません。引き受けて頂けたおかげで、どんなに助かったか」

「いやあ、こちらこそありがたいですよ。こんな大きな仕事を任せて頂けるなんて、僕にとってはラッキーでした……なんて言ったら、『そんな呑気《のんき》な話じゃねえんだよ！』って叱られるかもしれませんけど」

　笑い声をあげた早苗がこちらをふり向くのと、帆奈美がその男を目にするのとは同時だった。

「三崎ちゃんはもしかして、御一緒するの初めてかな。カメラマンの、澤田炯《さわだけい》さん」

　黒革のライダースとパンツに、白いTシャツ。肩からかけたカメラバッグ。短く刈り込んだ髪、黒縁の眼鏡《めがね》、その奥から、強い視線が射すくめるように帆奈美を捉える。

「あの……」

　帆奈美が口をひらくより先に、

「うっわ」先方が言った。「マジか！　ほんとにあるんだなあ、こんな偶然って」

「えっ、知り合い？」

　早苗が二人を見比べる。

「や、同級生なんですよ。中学ん時の」

「うそ」

「いやほんとに。つい何ヶ月か前に同窓会で久々に会って、呑んで。お互いの仕事柄、もしかしていつかはばったり会っちゃったりしてね、なんて冗談で話してたんですけど、まさかこんなに早くとはなあ」

早苗がふり返り、笑いだした。

「ちょっと三崎ちゃん、何ぽかんとしてんの。〝鳩《はと》が豆鉄砲〟を絵に描いたみたいだよ」

「あ……うん。ちょっと、その……びっくりし過ぎて」

そう、驚き過ぎて、とっさに口がきけなかったのだ。澤田の口が、自分と違ってするすると滑らかに動くのが憎たらしく思えるほどだった。

「表紙の撮影で、しかも水原瑶子でしょ。けっこうびびってたんですけど、おかげで心強いですよ。よろしく、ナミちゃん」

わざと昔の呼び方をして、目尻に皺を寄せる。

「――こちらこそ」

そう応じるのが精いっぱいだった。

スタジオの外廊下から、澤田のアシスタントが機材を載せた台車をガラガラと押して入ってくる。ずいぶん華奢《きゃしゃ》な男だと思ってよく見ると、女の子だった。ちらりとこちらを見て会釈した顔は、二十代前半だろうか、まだ幼さが残っている。

「そっち置こうか。いや、それはまだ要《い》らない」

さっそく指示を出し始めた澤田を残し、帆奈美たちもとりあえず持ち場に戻った。

「ああ、びっくりした」

と、早苗。

こっちのセリフだと帆奈美は思った。心臓の音が、自分の耳にもうるさかった。


女優とは、需要がなくなれば生き残れない職業だと思っていた。

けれど、ほんものの水原瑶子を間近に見たとたん、帆奈美は自分の考えが間違っていたことを悟った。

需要がなくなるとはつまり、飽きられるということだ。一流の女優は、需要を自ら生み出す。唯一無二の存在である限りは決して飽きられない、そう知っているからこそ、誰にも譲らず、誰にも迎合しない。するわけにいかないのだ。

だがそれはそれで、ひどくしんどい立ち位置なのではないかと帆奈美は思う。鏡の前に座る女優は、素顔でいても充分に美しく、そして、どこまでも孤独だった。

つい先ほど、メイクの前に衣装を選んだ。鋭く寂しげな顔立ちに合わせ、ふだんはメンズライクな服装を好むと知っていて、今回あえて用意してきたのはフェミニンな色柄のワンピースや柔らかな素材のブラウスだった。肌が透けるほどの薄物の上に、ふっくらとした毛皮のストールを羽織ってもらう。

こういうものは私着ないのよ、と却下されたならどこまで食い下がろうかと、かなりの覚悟を決めて提案したのだが、瑶子はニヤリと……まさしくニヤリと笑って言った。

「面白いじゃない」

地声は、女性にしては低かった。

専属の女性へアメイクが、ファンデーションの色を調合し、三角形のスポンジで少しずつ肌に叩《たた》き込んでゆく。

おもむろに瑶子が言った。

「カメラマン、変更になったのよね」

すみません、と早苗が謝る。

「井浦さんは、今日はどうしてもスケジュールが合わなくて」

「そう。私の都合を通してもらったんだからしょうがないけど、ただ、大丈夫なのかしら？　彼……」

「澤田炯さんとおっしゃって、」

「知らないわ」

「ファッションページの撮影では定評のある方なんですよ。女性を本当に綺麗《きれい》に撮って下さるので、とくにタレントさんたちから人気なんです」

帆奈美の胸がなぜか、しくりと痛む。その原因を、瑶子があっさりと言い当てた。

「ああ、ちょっとした色男だものね」

胸もとの大きくあいたシフォンのブラウスに、大ぶりのアクセサリーを合わせることは、すでにヘアメイクに伝えてある。淡いローズピンクのルージュが選ばれ、眉が優しくなだらかに描かれたとたん、たちまち幸せなオーラがあふれ出した。

いや、違う。それは、瑶子が自分の意思で内側から発散しているものだった。彼女にとっては雑誌の表紙も舞台の一つなのだ。

天井から吊り下げられたスクリーンの前に、百戦錬磨の女優がすっくと立ってみせる。

「今日は、よろしくお願いします。カメラマンの澤田です」

三脚から一歩離れ、彼は折り目正しく頭を下げた。

「私ごとで恐縮ですが、自分、学生の頃から、水原さんの『走る女』シリーズを全部観てました。いまだに実家にはビデオも写真集もあります。お目にかかれて光栄です」

そう言って、まっすぐに、挑むように、相手の目を見つめる。瑶子が、わずかに笑ったのがわかった。

あんなにも気を揉んだのが滑稽《こっけい》に思えるほど、撮影は順調に進んだ。

女優のプライドがそうさせた部分はもちろんだが、澤田の仕事ぶりに負うところも大きかっただろう。ファインダーを覗きこみながら被写体に投げかける言葉は、心からの称賛であると同時に、あからさまな挑発だった。まるで演出家が舞台の上の役者に演技をつけてゆくかのような。

フラッシュが弾けるたび、接続されたノートパソコンの画面に、たった今撮った写真が映し出される。構図や光の当たり具合、表情やポージングなどを素早く確かめた澤田が、瑶子に目を戻してさらなる注文をつける。

アシスタントの女の子は慣れているらしく淡々と作業しているが、雑誌を作る立場の早苗や帆奈美は正直、ひやひやしていた。女優がへそを曲げて帰ってしまわないようにと祈るような気持ちだった。このあとにはまだ、インタビューしながらの撮影が控えているのだ。

表紙は、衣装を替えて二パターン撮影することになっている。着替えのためにメイク・ルームに戻る時も、化粧の崩れを直す間も、瑶子はほぼ無言だった。頰は上気し、額や喉もとにはうっすらと汗がにじんでいて、それが彼女をなおさら艶《つや》っぽく見せていた。

ようやく撮影が一段落すると、インタビューの前に一旦休憩を挟むこととなった。早めの昼食をとり、その後で、早苗と記事をまとめるライターが話を訊くという段取りだ。来し方について。人生で最も大切にしているものについて。女性として自身が抱える苦しさや喜び、そして、最新の出演作である映画について。そこはもちろん外せない。

後半の衣装は、プライベートな時間を感じさせるカジュアルなものを着てもらう予定だった。帆奈美が提案したのは、淡いグレーのニットと白いパンツだ。ざっくりとしたアラン編みのニットは深めのVネックで、下にはランニングタイプの白いタンクトップを重ねる。足もとは、裸足にローカットのコンバース。

「編集部のほうからは、大人の女性のやんちゃな感じでお願いしたい、とのことでした。なんていうか、お行儀の悪ささえ様になる、みたいな雰囲気でお願いできたらと」

帆奈美の言葉を聞くと、瑶子は専属のヘアメイクを手招きした。

「カナちゃん、悪いけど一旦これ落としてもらっていい？」

自分の顔を指さして言う。

「あ、はい。全部ですか？」

「そう。お昼を頂いてからでもまだ時間あるでしょ。顔も、表紙の感じとはガラッと変えたいの。肌だけきれいに作ってもらえたら、あとはほとんど素のままでいいから」

帆奈美は思わず、早苗と顔を見合わせた。

素顔の瑶子――プライベートを深く語ってもらうインタビューだけに、もちろん願ってもない話だが、まさか当人から提案してもらえるとは思っていなかった。

「ありがとうございます。そこまでおっしゃって頂いて」

と、早苗が頭を下げる。

「だって、そういうのが欲しいんでしょ」

瑶子は鏡の前に座った。クレンジングを含ませたコットンで顔を拭われ、ああ気持ちい、とため息を漏らす。

「いいの。私も、いつまでも虚像のままでいるのは嫌だしね。これからは役の幅ももっと広げていきたいし、意外性は大歓迎」

「水原さんに演じられない役なんてない気がしますけど」

「そりゃそうよ。でも、このごろ面白いオファーが来ないの。理想的な女ボス、仕事の出来る女性弁護士。やっと年相応のが来たかと思ったら、まるで生活感のないマンションに住む理想的な母親だったりね。誰にでも演じられるようなそんな役、つまんないじゃない」

「ちょっ、すみません、待って下さい」

早苗が慌てて押し止《とど》める仕草をした。

「ごめんなさい。その先は、ライターが到着してから伺わせて頂いていいですか。いま私たちだけで聞いてしまうのはもったいないです」

瑶子は笑った。

「いいわ。じゃ、まずはお昼頂きましょう。お弁当、美味《おい》しそう」

目尻に少しばかり意地悪そうな皺が寄る。

帆奈美は、はっとした。そうか。目の前に立てば緊張するけれどもなぜか惹《ひ》きつけられてやまないのは、このひとの佇《たたず》まいや物言いが、あの亡くなった叔母に似ているせいでもあるのか。

スタジオの隅に置かれた長テーブルに、スタッフ全員が集まった。澤田とそのアシスタントもだ。

「一緒にどうぞ。数は充分用意して頂いてるようだから」

そう言って誘ったのも女優本人だった。

「そのかわり、あとから『水原瑶子って思ってたよりいい人だったよ』って言いふらすのを忘れないようにね」

皆の笑い声を聞きながら、早苗が一人ひとりの前に弁当と箸を置いてゆく。帆奈美はお茶を用意した。紙コップを二重にして熱い焙《ほう》じ茶《ちゃ》を注ぎ、盆に載せて配る。

「それにしても、こんなに注文の多いカメラマンもめずらしいわよね」

どきりとした。さりげなく、澤田のほうを窺《うかが》う。

「それはでも、水原さんのせいですよ」澤田が、笑いながらも真っ向から受けて立つ。「何を要求しても予想の何倍もの答えで返してくれるから、こっちはさらに無理難題をふっかけてみたくなる。要するに、ご自分の蒔《ま》いた種ってことです」

「言うわねえ、あなたも」

礼を失するぎりぎり手前の親密さ——撮影というセッションを通して行き交うものがあったのか、瑶子の側もまんざらでもなさそうだ。

帆奈美は、澤田の横顔を目の端でそっと盗み見た。中学の頃の彼を覚えている。家が近所だった。学校の行き帰りなどに一緒になることも多く、よく言葉を交わした記憶がある。

だが、今現在の澤田に、気弱で繊細だった少年の面影はまったくない。弁当の鶏肉をわしわしと嚙《か》みしめる顎《あご》は頑丈で、咀嚼《そしゃく》のたびに、こめかみや首の腱《けん》が浮きあがるように動くのが妙に獰猛《どうもう》に映る。

春先、久々に再会した時は、そのあまりの変貌ぶりに驚いた。前回の同窓会には出席できなかったからなおさらかもしれないが、それでもたいていの同級生にはわずかなりとも面影があるものだ。面変わりしていても話し方は変わらなかったり、仕草や癖に見覚えがあったり。けれど澤田に関してだけは違った。本人自ら名乗られてなお、しばらくは信じられないほどだった。

ちらりと彼がこちらを見た。視線がぶつかると同時に、目もとだけで笑んでよこす。何もないのに何かあるかのようで、困った。

＊

「こんばんは、ライフ・スタイリストの三崎帆奈美です」

マイクにまっすぐ対峙《たいじ》し、一つひとつの言葉を、自分の発する声に乗せてゆく。黒くて丸いウィンド・スクリーンが、吹きかかる息を防いでくれる。

「例年と比べると、全国的に暖かい日が続いていますね。とはいえ、さすがにコートだけでは襟元がすうすう冷えるようになってきました。皆さん、油断して風邪をひいたりしてませんか？」

ふだん話す時よりもゆっくりとしたペースを心がける。人は、自分で思っている以上に早口なものだ。

「でも、寒い季節には寒い季節ならではの楽しみがありますよね。その一つが、冬服のおしゃれ。日頃のおしゃれがこなれて見えるかどうかは、色味や質感をどんなバランスで組み合わせて重ねてゆくか、その匙《さじ》加減で決まるわけで……どうしても単調になりがちな夏に比べると、私はむしろ秋から冬に向かうこの季節のほうが好きだったりします。今日は久々に、お気に入りのストールを巻いて出かけてきました」

言葉を切って一拍置くと、隣のミキサー室にいるスタッフがＢＧＭをすうっと絞ってくれた。

「さて、今夜の『真夜中のボート』。まずは私から、今宵の一曲をお送りしましょう。ポール・デイヴィスで、『I Go Crazy』」

いかにも七〇年代、といった音色のシンセサイザーによるイントロが流れ、そこへ、ソフトな男性ヴォーカルが乗る。全米トップ１００に九ヶ月以上も留まった、息の長いヒット曲だ。

甘く洗練された声から想像する姿とは裏腹に、当の本人は金髪を長く伸ばしたヒゲ面で、帆奈美が夫の隆一と同じサークルの学生だった頃には確かもう、ＡＯＲからカントリーのほうへ移行しつつあったろうか。輸入盤のジャケットを見るなり、隆一が「え、キリスト？」と言い、たったそれだけのことに二人で大笑いしたのを思いだす。懐《なつ》かしかった。

——昔の恋人はいい友だちになるっていうけど

僕はそう思わない

だってまた君に逢いたいんだ

ヘッドフォンに包まれた音の空間。静かに、けれど狂おしく歌われる歌詞に耳を傾けながら、帆奈美は澤田の横顔を思い浮かべずにいられなかった。

昔の恋人が、いい友だちに？　だとしたら、昔の友だちは、いったい何になるというのだろう……？

〈ごめん、出待ちみたいなことして〉

あの撮影の日の帰り、澤田は、さばけた口調で言った。スタジオ前の路肩に自分のボルボを寄せ、帆奈美がすべての片付けを終えて出てくるのを待っていたのだった。帆奈美の隣には早苗が一緒にいたが、声をかけるのにためらいも遠慮もないようだった。

〈あ、よかったら松本さん、お送りしましょうか？　駅までとか〉

苦笑した早苗が、

〈駅、すぐそこ〉と、ほんの十メートル先にある地下鉄の入口を指さす。〈ちなみに、三崎ちゃんも自分の車で来てますよー〉

〈知ってますよー〉澤田は同じ調子で笑って返した。〈ちょっと話しときたかっただけなんで。すいません〉

そのまま車のそばに立って、互いの今日の仕事をねぎらい合った。そう、水原瑶子はさすがだった。後半の撮影はもちろんのこと、インタビューでも、そのまま記事の見出しにしたいような言葉をいくつも口にしてくれた。

早苗が手をふって去ってゆくのを見送ったあとで、澤田は改めて帆奈美を見おろした。

〈忙しいのに、引き止めてごめん。ちょうど昨日も、もう一度会えたらいいのになって思

ってたとこだったからさ〉

　どう答えていいかわからなかった。

〈同窓会の晩は、なんかこう、連絡先とか訊きそびれて、あとからかなり後悔したんだ。幹事に訊こうかとも思ったけど、そこまでいくとまるで狙ってるみたいでなんだかね〉

　はにかんだように首の後ろを掻く仕草が、昔のままだった。

〈で、しょうがないから名前で検索して、ナミちゃんの……〉

〈その呼び方はもう勘弁して〉

　冗談にまぎらせてやんわり牽制《けんせい》すると、澤田はおとなしく言い直した。

〈三崎さんの、ツイッターやブログ、あれから覗いてみたんだけど……あ、引かないで、ストーカーとかじゃないから！　仕事柄、ちょっと興味があっただけだから！〉

〈わかってるってば〉

〈けど、あの白猫、おむすびちゃんだっけ？　可愛いよねえ。あの寝姿は犯罪だ〉

〈で、しょう？〉

　その日、顔を合わせてから初めて、素直に笑った気がする。愛猫を褒《ほ》められると一も二もなく相好《そうごう》が崩れてしまうのは、これはもう猫飼いにはどうしようもない。

　互いに連絡先を交換しただけで、あの日は別れた。今日でほぼ半月。一度、他愛《たわい》のないメールのやり取りがあったけれど、それだけだ。近々飲みに行きましょう、と書いてはあったが、実現していない。

しなくていい、と帆奈美は思った。澤田の顔や声を思い浮かべると、それに引っぱられるようにして、中学時代の彼の手首が華奢なのに骨っぽかったことだとか、帰り道の行く手の空が夕焼けに染まっていたことなど、断片的にだが懐かしい記憶が呼び起こされる。と同時に、いつになく華やいだ気分になる自分がとても嫌だった。なんだか、だらしない、気がする。

「あと三十秒です」

ミキサー室から声が掛かる。

気持ちを振り切るように姿勢を正した。

曲が終わりに近づく。甘い声が何度も何度もくり返す。

――おかしくなってしまう

きみの瞳を見ると、

おかしくなってしまうんだ……

第3章 You Give Me Something

「澤田くんはさ、ゲイなの？」

向かい合った席に座る水原瑶子が、文字どおり真正面から斬り込む。朝ごはんは何を食べたの、と訊くのと同じくらい、あっけらかんとした口調でだ。

「なんでですか？」

澤田のほうも、さほど動じた様子はない。もしかすると訊かれ慣れているのかもしれない、と帆奈美は思う。

「まともな男が四十過ぎまで独り身でいるんだから、何かそれなりの理由があるんじゃないの？　人格的に問題があるか、でなければゲイかのどっちかかなって。私の友人にも何人もいるし」

「いや、残念ながら俺は自他共に認める女好きですから。ついでに言えば草食でも絶食でもなくて、思いっきり肉食です」

「あら。だったら決まった人がいないのはどうしてよ。もしかして、人格に問題ありのほうってこと？」

「二択ですか。勘弁して下さいよ」

やれやれと苦笑いしながら、澤田が切子のグラスを口に運ぶ。

「だって、あのあと、いろんな方面から噂を聞いたわよ」

朝からカメラの前に立ち続けてきた美しい顔が、今は鍋から立ちのぼる湯気越しに、あの意地悪そうな笑みを浮かべる。

「けっこうな遊び人らしいじゃないの。女優にタレント、モデルにアーティスト。一夜限りのお相手も多いとか」

「嘘《うそ》ですよ。そんないい目にあってみたいもんだ」

「結婚したくない理由でもあるの？」

澤田は肩をすくめた。

「まあ、一応何でも自分で出来ますからね」

「料理も家事も？」

「ひと通りは」

「じゃあ、女はセックスの相手としてしか必要ないってこと？」

「そうは言ってません。そもそも、料理や家事をさせるために結婚するよりはマシだと思いますけどね」

まあまあ、と、松本早苗が割って入った。

「モテる殿方を女性陣でつるし上げるのは、このあとバーへでも流れてからにして。まずは食べちゃいましょうよ。お鍋、煮えてきましたよ」

「はいはい。じゃあそうしますか」

無邪気そうに言って、瑶子は箸を手に取った。

奈良でのロケだった。すでに撮影二日目を終え、旅館にたどり着いて、心づくしの夕食にありついたところだ。カメラマンの澤田のほかに、水原瑶子と専属ヘアメイクの藤井《ふじい》カナ、女性誌『ルミエ』サイドからは副編集長の早苗とライターの木村圭子《きむらけいこ》、そしてスタイリストの帆奈美。全部で六人からなる所帯だった。

今回、澤田は若いアシスタントを連れていない。おかげでこのロケ自体がそれこそ〈大人の〉旅となっている。その中で男は彼一人、いじられるのも仕事のうちと割り切ってもらうより仕方がないのだろう。

正月明けに発売される二月号の特集テーマは「大人の学び」——その中で、〈今だからもう一度訪れたい、大人の修学旅行〉と題し、瑶子に奈良を旅してもらうこととなったきっかけは、もちろん、あの撮影だった。これまでほとんどプライベートを語らなかった女優の素顔に迫るインタビューが、読み物のページとしては異例なほど読者から好評だったのを受けて、編集部が今回の旅人役を是非にとオファーしたところ、彼女のほうから条件としてカメラマンとスタイリストを指名してきた。

澤田が選ばれた理由はともかく、帆奈美のほうは、いったい自分のどこを気に入ってもらえたのか不思議でならなかった。聞かされた時はもちろん嬉《うれ》しかったが、そのぶん緊張もした。

それと同時に、かつての同級生とまた一緒に仕事をするのかと思うと――それも泊まりがけのロケであることを思うと――胸のどこか奥深くに蠟燭《ろうそく》の火が点《とも》るような感覚があって、帆奈美は困惑した。夫のいる身で何をときめいているのだろう。自分が情けない。

隣に座る瑶子のグラスを見やり、瑠璃《るり》色のちろりから地元の酒を注ぐ。向かいの藤井カナが、帆奈美のグラスにも注ぎ返してくれた。口数は多くないが、彼女もこの時間を心から愉《たの》しんでいるのが伝わってくる。行程の三分の二を終えて、皆がほっとしていた。

「それにしてもこの二日間、たくさん歩いたわねえ」

鍋をつつく瑶子に、早苗が慌てて謝る。

「すみません、お疲れでしょう」

「いいのよ、そういう意味じゃないの。いつもの私からは考えられないほど健康的な旅だけど、おかげで血のめぐりがいいわ。夜もよく眠れるし」

たしかに、歩いた。朝食をとって宿を出ると、まず歩く。小腹が空いたところで門前の蕎麦《そば》などすすり、また歩く。暮れ方まで、とにかく歩く。宿に着く頃には皆、それぞれふくらはぎを揉まずにいられなかった。

「明日はいよいよ室生寺《むろうじ》ね」

「行かれたことがあるっておっしゃってましたけど、いつぐらいですか」

と、ライターの木村圭子が訊く。

「ずいぶん前よ。もう十年くらいになるかな。澤田くんは、行ったことある？」

「いえ、初めてです」

「土門拳《どもんけん》の写真集は？」

「持ってますよ、もちろん」

ふうん、と瑶子は顎を上げた。

「でも、あの雰囲気は、実際に行ってみないとわからないと思うな。それにたぶん、女性のほうが感じるものがあるはずよ」

「なにせ〈女人高野《にょにんこうや》〉ですものねえ」

と、早苗が言った。

夕食を済ませた後、最上階のバーへと場所を移した。翌日の撮影を考え、それぞれ軽く一、二杯ずつ飲んだところで解散となる。

おやすみなさい、明日もよろしく、と口々に言い合って部屋に戻り、しばらくしてから、帆奈美はストールを置き忘れてきたことに気づいた。自分で思うより疲れているのか、注意力が散漫になっている。

仕方なく、備え付けの浴衣からもう一度服に着替えてバーまで取りに戻った。キャッシャー横のラックにふわりとかけてあったパシュミナのストールを、恭《うやうや》しく手渡してくれたスタッフに礼を言い、すぐ前のホールで下りのエレベーターを待っていた時だ。バーの奥から出てくる二つの人影にふと目をやったとたん、どきりとした。

先に立って歩いてくる瑶子と、エスコートするかのように付き従う澤田。後ろへ首をねじって何か言う瑶子に、答えようとした彼が、帆奈美に気づいて口をつぐんだ。彼の視線を辿《たど》り、瑶子もこちらを向く。

「あら」軽く目を見ひらいて、女優は微笑んだ。「あなたも飲み足りなかったの？」

「いえ、あの、忘れ物を……」

どぎまぎしながら答えると、瑶子は帆奈美の手にしたストールを見てひとつ頷き、ちょうど扉の開いたエレベーターに乗り込んだ。

「じゃあ、お先に。今度こそおやすみなさい。ああ、澤田くん、さっきの件は考えておいてね」

ひらりと手を振り、優雅な手つきで行き先階のボタンを押す。

帆奈美が慌てて、

「お疲れさまでした。明日もよろしくお願いします」

頭をさげる前で、扉がぴたりと合わさった。

何となく無言のまま、二人並んで、扉の上に灯る階数表示のボタンが動いてゆくのを見守っていた。やがて、澤田のほうが先に口をひらいた。

「部屋に戻ったら、内線がかかってきてさ。飲み足りないからもう一杯だけ付き合ってほしいって言われて……」

別に、何も訊いてないし。——などと返すのも大人げないので、「そうだったんだ」とだけ答えた。

「ついでにちょっと仕事上の相談とかもされて……。って、なんで三崎さんに言い訳してんだろうな、俺」

ため息まじりに、がしがしと頭の後ろを掻く。

帆奈美は壁に手をのばし、どちらもが押しそびれていた下向きの三角ボタンをようやく押した。

「大丈夫。誰にも言わないし」

隣から、澤田の苦笑いが降ってくる。

「うん……まあ、そうしてもらえると助かるかな。別にどうってことないんだけど、瑶子さんがへんに思われるのは困るし」

俺にしてみりゃむしろ光栄だけどね、と彼が冗談めかして言ったところへエレベーターが来た。帆奈美に先を譲り、澤田は後から乗りこんでくる。ずん、と床が揺れ、箱が下ってゆく。

「ほんとはさ」

低い声が思いがけないほど柔らかく響いたので驚いて目を上げると、澤田は、帆奈美の手にした淡いグレーのストールを見おろしながら言った。

「俺がもっとゆっくり話したいのは、三崎さんなんだけどな」

目尻に優しい皺が刻まれているのを見ると、帆奈美もふと素直な気持ちになった。

「いつでも話しかけてくれればいいのに」

「だって、なんか冷たいんだもん」

「え？」

「最初のスタジオの時も、今回奈良に来てからもずっと、三崎さん、なーんか俺には冷たいんだもん」

駄々っ子のような口調に、思わず噴きだしてしまった。二人きりで話すとどうしても、中学生だった昔の空気が蘇ってきてしまう。

「ごめんなさい。澤田くんのせいなんかじゃないの。ほら、今回は水原さんのほうからの御指名でしょ？　絶対にミスがないようにと思ったら、いつもより緊張してるだけ」

ぐうっと床から押し上げられ、エレベーターが停まる。帆奈美の部屋のある階だった。〈開〉のボタンを押す太く骨ばった指を横目に見ながら、おやすみなさい、と下りる背中へ、澤田が言った。

「明日の午後は、三崎さんも残るんだよね」

帆奈美はふり向いた。

「うん。どうして？」

「いや。ならよかった」

きれいな歯並びを惜しげもなく披露して笑うと、澤田は〈閉〉のボタンを押し、

「おやすみ。お疲れさま」

大きなてのひらをこちらに向けてみせた。

お疲れさま、と返す。

明日、昼過ぎには帰京する瑶子と藤井カナを見送ったのちは、四人があとに残り、おすすめの店や名物を取材したり、実景や小物などを撮影しなくてはならない。景色を切り取る目は澤田に任せておけばいいが、小物に関しては帆奈美の出番だ。店の一角の佇まい、テーブルの上の料理、棚の商品の並び。ほんの少しずつでも気を配り手を加えるだけで、雑誌のページに掲載された時の見え方はまったく変わってくる。

澤田を乗せたエレベーターが二つ下の階で停まったようだ。小さくピンポーン、と鳴っ

て扉が開く。

そのかすかな気配に耳を澄ませながら、帆奈美は、なおもしばらくの間、そこから動かずにいた。

＊

撮影で神社仏閣をめぐる機会は、帆奈美自身、これまでにも何度かあった。今回のような女性誌の企画やテレビの旅番組などに随行する形で、行き先はやはり京都であることが多かった。

いっぽう奈良はほとんど馴染みのない場所だった。中学の修学旅行で確かに訪れたはずなのだが、そこらじゅうにうろうろしている鹿以外はあまり記憶に残っていない。大仏だけは覚えていたが、それも脳裏に刻まれていたわけではなく、卒業アルバムに載った写真のおかげでしかなかった。あの頃は友だち同士のお喋《しゃべ》りによほど夢中だったのだろう。澤田に訊いてみると、彼も同じようだった。

しかし〈大人の修学旅行〉とはよく言ったものだ。今こうして再訪してみると、流れこんでくるものがまるで違っている。当時はべつだん興味を持てなかったことの一つひとつと、もっときちんとした知識を持った上で向かいあいたい気持ちになっている自分にも驚く。

昨日までの二日間で、すでにあちこちをまわった。茫漠《ぼうばく》とした広さの平城京跡、唐招提寺《とうしょうだいじ》に東大寺、ぽっかりと伸びやかな印象の長谷寺《はせでら》や、素朴な庭を眺めているだけで心和む聖林寺……。すべてが新鮮に感じられるのは、この土地に流れる〈気〉のせいかもしれない。おおらかで、清明で、同じ古都でも京の都とはまったく違った空気だった。

しかしさすがに、〈女人高野〉の異名をとる室生寺だけは、異質、だった。

写真家・土門拳が愛したこの寺の、胸をこすりそうな石段はきっかり七百段あるという。上り始めると、いくらもたたないうちに膝は震え、腿《もも》は乳酸が溜《た》まってぱんぱんに張りつめた。皆が無口になった。

先頭に立った澤田が、時折ふり返りながらシャッターを切る。後に続く瑶子はそのつど彼の指示に応えていたが、息遣いはきつそうだった。

昔は、この石段さえ整えられておらず、木々の根や土のくぼみを頼りに登ってゆくしかなかったはずだ。移動手段といえば自身の脚で街道を歩く以外になかったその時代、全国からただただ御仏《みほとけ》の救いを求めて集まる女たちは、いったい身の裡《うち》にどれほどの業を抱え、何を祈ってこの山を登ったのだろう。

奥の院へと至る石段の途中で何度も立ち止まりながら、帆奈美は、初冬だというのに額に滲《にじ》む汗を拭い、木々が小暗く折り重なるその奥へと目を凝らした。

人の強い思念というものは、おそらく、土地に残るのだ。いわゆる霊感的なものには無縁な帆奈美でさえ、あたりに漂う情念の残り香のようなものを感じて、うっすらと怖ろしい心持ちになる。あまり過剰に感応することのないように気をつけないと、などと思いながら、ようやく辿り着いた奥の院の、端正で可愛らしい七重石塔にそっと手を合わせた。正直なところ、何を祈ればいいものかわからなかった。

「ふう。これは明後日あたり筋肉痛ね」

古い切り株にハンカチを広げ、瑶子はさっさと腰をおろした。

「この歳になると、明日すぐってことはないの。幸か不幸か」

今日の衣装は、淡いブルーのセーターにツイードのパンツ、グレーのハーフコートだ。険しい石段を歩くので、足もとだけは履き慣れた私物のブーツを合わせてもらっている。いや、実際のところはそのブーツを中心に全体のバランスを考えたと言っていい。下の駐車場で今も待機しているロケバスの中には、今回使わないかもしれないものを含め、ぎっしりと衣装が詰まっていた。

ギュイ、ギュイ、と鳥が鳴き交わしている。

「今回のテーマ……〈大人の学び〉だっけ？」

ええそうです、と早苗が応える。

「大事よね、それ」瑶子は、高い木立を見上げながら呟いた。「私たちってさ、新しく出会うものを、自分のそれまでの経験と照らし合わせることで理解していく生きものじゃない？　知ってるものと比べたり、似てるものを当てはめたり、違いを見つけたりして。だからこそ、大人のほうが人生は愉しいんだと思うの。照らし合わせることのできる材料をたくさん持ってるわけだもの。要するに、若い人よりも経験を積んだ私たちのほうが、物事を面白がれる機会や瞬間はいっぱいあるはずだってことよ。そう考えれば、歳を取るのも悪くないなって思わない？」

木村圭子がさりげなくノートを取り出し、書き留めている。先だってのロングインタビューと同じく、記事は帰ってから彼女が書くことになる。

「何かを勉強するのも、旅に出るのも、趣味を深めるとかも同じだと思うんだけど、人生の折り返し地点っていうか下り坂にさしかかってから、ほかの誰のためでもなく、自分の残り時間を豊かにするために刻む一歩一歩って、ものすごく貴重だし、愛《いと》おしいものよね。このごろとみに、そう思うようになったわ」

投げだしていた脚をスッと引くと、流れるような動作で立ちあがる。このひとは、たとえ幾つになっても〈よいしょ〉などとは言わないんだろうなと帆奈美は思った。

「さてと。下りましょうか」

「大丈夫ですか？　まだ時間はありますし、もう少し休んで頂いても」

すると瑶子は首を横にふった。

「大丈夫よ。言ったでしょ、人生とおんなじ。上りよりも下りのほうがずっと愉しいし、景色だって綺麗に見えるのよ」

七百段の石段を、再びゆっくりと踏みしめるように下りてゆく。

まるで見えない糸で天から吊られているかのようなその後ろ姿へ向けて、澤田が素早くシャッターを切る。

「……こいいよな」

ボタンを操作し、今撮った画像を確認しながら呟く。

「え？」

帆奈美が隣を見やって訊き返すと、澤田は首をふり向け、見おろしてきた。真っ黒な瞳の、圧《お》してくるような強さに思わず怯《ひる》みそうになる。

「かっこいいと思わん？　ああいう歳の重ね方ってさ」

「……そうね。ほんとね」

かっこいいと、もちろん思う。自分もそうありたいと強く思う。

それなのに、澤田があまりにもまっすぐに水原瑶子を称賛するのを聞くと、何となく口の中がざらついて感じられる。

「おっと、俺、先行くわ。下からも撮るから、俺らより先に降りてくれる？」

重たい機材の入ったバッグをひょいと肩に担ぎ上げ、石段を駆け下りて瑶子に段取りを伝えにゆく。

帆奈美は、他のメンバーとともに、急いで二人の横をすり抜けた。

人物込みでの撮影は、午前中の室生寺ですべて終了だった。

七百段の石段を上り、そして下りきった瑶子を、

「お疲れさまでした！」

スタッフ全員がねぎらい、松本早苗が深々と頭をさげる。

「三日間にわたって、本当にありがとうございました」

「こちらこそ」

瑶子は感慨深そうに石段を見上げた。

「お仕事とはいえ、素敵な〈学び〉の機会をいただけて嬉しかったわ。特にこのお寺はやっぱりいいわね。前に来た時とはまた全然違うものを感じられて、それも面白かった」

「そんなに感じ方が変わりましたか？」

ライターの木村圭子が確かめるように訊く。

「ええ。どこがどうとは、うまく言えないんだけどね。全然違ったわ」

「どうしてそんなに変わるんでしょう」

すると瑶子は、小さく肩をすくめるようにして笑った。

「女として少しは成長したからだ、って思いたいわね。何度でも来てみたいわ。あえて、一人きりで」


帰京する二人を奈良駅まで送る前に、一緒に昼食をとることになった。駅まですぐのところにある創作料理の店に入り、テーブルを二つ寄せてもらう。

デジタル一眼レフのほかに、澤田は古いライカも持ってきていて、たまにだがそちらに持ち替えて撮っていた。

「今どきフィルム使う人、かなり珍しいわよね」

と瑶子が言う。

「まあ、そうですね。かえって周りに迷惑がられちゃうことのほうが多いもんで、これは半ば俺の趣味みたいなもんです。仕事中は遠慮しながら、ほんの時たま、ちょろっと撮らせてもらう」

「デジタルとフィルムってそんなに仕上がりが変わるものなの？」

「カメラ初級者なら、別に変わらないって言うでしょうね。中級者になると、かなり変わるって言いだすと思います」

「上級者なら？」

「別に変わりません」

皆、ぷっと噴きだした。

「いや、変わると言えば変わるんですよ。でも、何にでもやりようはあるわけで。たいていの場合は調節可能な誤差だし、腕のある者がきっちり仕上げれば、誰が見ても違いがわかるってほどのものじゃないことがほとんどです」

「だったらどうしてわざわざ?」

と、早苗が訊く。

澤田は、水を運んできた店員のためにテーブルの上のものをどけながら言った。

「理由はいろいろありますけど、一つには、プリントの楽しみが大きいからかな。フィルムだと、現像してみるまで何がどう写ってるか、正確にはわからない。そのぶん、現像液の中から自分の思っていた通りかそれ以上のものが浮きあがってくると、ものすごく昂揚《こうよう》するんです。逆もまた然《しか》りで、まるで駄目な時はめちゃくちゃガックリくるんですけどね」

「ねえ澤田くん、帰ったらそれもプリントするんでしょう?」

瑶子がライカへと顎をしゃくる。

「まあ、手の空く時があったらですけどね。仕事の納期のほうが優先なんで」

「それでかまわないから、その中のベストショットを一枚、私にプレゼントしてよ」

「水原さんのことなんてほとんど撮ってませんよ。風景を撮ってたんです」

女優は声をあげて笑った。

「だから、それでかまわないって言ってるじゃないの」

ひと仕事終えた解放感からだろうか。今まで以上に場の空気はなごやかで、誰の舌もなめらかだった。

めいめいの注文した料理が、素朴な木製の盆にのせて運ばれてくる。地元の農産物を使った惣菜の小鉢がいくつも並び、古代米を混ぜて炊いたごはんは小さなお櫃《ひつ》から自分で茶碗によそう仕組みだった。

瑶子と藤井カナが、互いの苦手な胡麻《ごま》豆腐と山菜の煮物の小鉢を交換している。口数は少ないものの周囲によけいな気を遣わせることのないカナを、瑶子がまるで妹のように可愛がっている様が伝わってきて、帆奈美の口もとは思わずゆるんだ。大人の女性が年の離れた同性を愛おしみながら導くのを見るのはいいものだと思った。

食後のコーヒーを飲み終わり、時間を見計らって駅へと向かう。皆があらためて挨拶を交わそうとした時、ああ、と思いだしたように瑶子が言った。

「三崎さん、あなた、今そこに名刺ある？」

「え？　あ、はい、あります、すみません、失礼しました！」

まさか一度も渡していなかったかと慌ててバッグに手をつっこむ帆奈美に、彼女は言った。

「違うの、ごめんなさい。前の時にちゃんと頂いたはずなのに、私がうっかりどこかへやっちゃったの。……あ、はい、こちらね。今度は失《な》くさないわ」

受け取った名刺をじっと見つめる。強い視線に、帆奈美は自分が見つめられているかのようにどぎまぎした。

「今回は編集部を通じて連絡してもらったけど、これからは直接でいいわよね。近いうちにちょっと、相談したいこともあるし」

え、と訊き返そうとした時、列車の到着を告げるアナウンスが流れた。慌ただしく皆と挨拶を交わした二人が、それぞれに手を振り、会釈しながら改札の向こうへと消えていく。

姿が見えなくなったところで、残る四人ともが、申し合わせたように無言の吐息をついた。顔を見合わせて思わず苦笑し、とりあえずお疲れ様、と労《ねぎら》い合う。水原瑶子当人には、周囲に緊張を強いるようなぴりぴりとした感じはないのに、それでも緊張してしまうのは、仕事に向かう彼女の姿勢によって我知らず一段高いところへ引っ張り上げられるからだろうか。

「さあ、もうひと頑張りしちゃいますか」

早苗がぴんと背筋を伸ばして言った。

「全部終わったら、今夜はちょっと奮発して美味しいもの食べよう」

「昨日も一昨日もさんざん食べたじゃないですか」

「このゆるいメンバーで行くのとはまた違うじゃない」

そりゃそうだ、と笑った澤田が、重たい機材のバッグを担ぎあげる。

まぶしい空を見上げながら、ロケバスと運転手が待っている駐車場まで歩き始める。風は冷たいものの、陽射しはそれを補うように暖かだ。

と、帆奈美のバッグの中で携帯が鳴りだした。取りだした画面を見て、何ごとかと思った。夫の隆一からだ。緊急の用件だろうか。もしや、猫の〈おむすび〉に何かあった……？

首だけふり返る澤田に、

「ごめんなさい、先に行ってて」

と言い、急いで耳にあてる。

「もしもし、どうしたの？」

「どうしたの、じゃないだろ」電話の向こうの隆一は、おそろしい声で言った。「お前、今どこにいるんだよ」

一瞬、何を訊かれたのかわからなかった。どうしてわざわざわかりきったことを訊いてくるのだろう。

「どこって、奈良だけど」

「は？　何だよそれ、開き直るなよ。撮影が延《の》びたなら延びたで、ひと言メールなり電話なりよこすべきだろ」

「ちょ、待っ……」

「校了が済んでやっとこさ家に帰ってみたら、ゆうべから帰ってきた様子もないしさ。どうせお前、俺のほうもゆうべは留守だからって、一日くらい帰らなくてもわからないとでも思ったんだろうけどな、」

「待ってよ、ねえ」

「そんなもん、わかるに決まってんだろうが。だいたいさ、結婚してる女が何の連絡もなしに外泊なんてのはどう考えても、」

「ちょっと待ってったら！」

やっとのことで口を挟んだ。

一拍おいて、何だよ、と隆一が応じる。荒い鼻息が送話口にかかる。

帆奈美は言った。

「延びてなんか、いないよ」

「はあ？」

「撮影。延びてなんかいない。最初から、今日までだって、私、あなたにちゃんと言ったよ」

「嘘つけ」

「嘘じゃないったら」

「いつだよ」

「出てくる前の晩。『木曜の夕方に奈良を発《た》ってみんなとロケバスで帰るから、着くのはどうしても真夜中になると思う』って。『校了明けの日に悪いけど、ご飯はどこかで食べてきてね』って言っといたじゃない。覚えてないの？」

隆一が、黙り込んだ。気まずい空気が電話越しに寄せてくる。ようやく思い出したらしい。

責めるつもりはなかった。これ以上、こちらの仕事に支障が出なければ何でもいい。

（いいのいいの、勘違いは誰にでもあるもの）

先回りしてそう答えようとした時、隆一が言った。

「俺は聞いてないね」

「えっ。嘘だよ、だってあの時あなた、」

「まあ、言った言わないで揉めても意味ないから、これ以上はあれだけどさ。お前、そういうことはカレンダーにでも書いとけよ。書かないから行き違いが生じるんだよ」

言葉を失う。覚えていないはずはない。なのに、どうしてそんなに意地を張るのだろう。ごめん勘違いしてた、で済む話ではないのか。あの晩、隆一は確かに返事をした。帰りのロケバスは誰が一緒なのかと訊き、自分はきっと疲れて先に寝ているから家に入る時は静かにしてくれとまで言ったのだ。

こみあげる苛立ちを抑えこむ。反論したいのはやまやまだが、非を認める気のない人を相手に、費やす時間のほうがもったいない。

路地を先へと歩いてゆく他の三人の背中を見やると、視線を感じ取ったように澤田が振り向いた。大丈夫か、というように首をかしげてよこす。

片手を挙げて頷いてみせながら、

「そうだね。私が書いとけばよかったんだね」

帆奈美は言った。書いてさえおけば、何を言われようと反論のしようもあったのだ。

「そうだよ。今度からはちゃんとしてくれよな」

気まずさのせいもあるのだろう、ふてくされたように隆一は言った。

「ころころ変わるお前の予定に、こうもしょっちゅう振り回されたんじゃたまんないよ」

通話を切って携帯をバッグにしまう頃には、すっかり疲弊していた。離れて歩きながら電話していたので、三人とはだいぶ距離があいてしまった。一軒の店の前で立ち止まった彼らが、三脚を立てて撮影の準備を始めたのが見て取れる。急いで追いつかなくてはと思うのに、足が前に出ない。

夫婦間での諍《いさか》いそのものの煩《わずら》わしさよりも、仕事脳で動いている時間帯にプライベートの問題が割りこんでくることのほうが腹立たしかった。仕事中は仕事に専念させてくれ、と思ってしまう。そんなふうに感じること自体、妻としては失格なのだろうか。

もしこれが逆だったらどうだろうと思ってみる。徹夜明けで帰宅してみたら、夫のほうも前の晩帰った様子がなかった……その場合、自分だってもちろん心配はするけれど、そこは大人なのだし、まずはメールを送ってみるなどして無事かどうかを訊くだろう。仕事で外に出ていれば時には自分の都合で動けないこともありうると、帆奈美自身が仕事を持っているからこそ承知している。少なくとも、相手が今置かれている状況もわからないのに、いきなり電話をかけて怒りをぶつけるなどということは控えるはずだ。

ようやく他の三人に追いついた。麻を織っては染めて昔ながらの蚊帳《かや》を作っている老舗《しにせ》の店先に三脚を組み、風にふくらむ蚊帳生地ののれんを撮ろうとしているところだった。

「大丈夫？　三崎ちゃん」

早苗が訊き、ライターの木村圭子も心配そうにこちらを見る。そんなにも顔がこわばっているのだろうか。

「ごめんね、ちょっとトラブルがあって。もう解決したから大丈夫」

軽く答え、笑みを作ってみせた。

カメラにかがみこんだままの澤田は何も言わなかった。

昼食が早めだったので、晩も奈良市内で食べてから東京へ向かうことになった。サービスエリアなんかでそそくさと済ませるのでは打ち上げという気が全然しない、という副編集長の意見に、反対する者はなかった。

数年前に旅先グルメのページで紹介したことがあるという釜めしの専門店で、お疲れさまの乾杯をし、たっぷりと腹を満たし、高速に乗ったのが七時過ぎだったろうか。

十人乗りのマイクロバスの後部には撮影機材や衣装の類とともにそれぞれの荷物が積んであり、一列目の左側に松本早苗、右側に木村圭子、帆奈美はその後ろに座る。澤田は荷物に近い席に陣取って、すぐに寝息を立て始めた。

女同士の常として、車中でもお喋りの内容はあちこちに飛んだが、どうしても戻ってゆくのはやはり、昼間別れたばかりの瑶子の話題だった。

「さすがに濃かったねえ、このロケ」と早苗が嘆息する。「あの人のあれは、何ていうんだろう、人間力？　ここ三日間で、毒もあるけどためになるミニ講演をいくつも聴けたみたいなお得感」

わかります、と圭子が相づちを打つ。

「話し始めるとつい聴き入っちゃいますもんね。私もかなりいろんな人に会ってきましたけど、演じる側の人で、彼女ほど自分自身を言葉で的確に表現できる力を持ってる人って、他にはあんまり思いつきませんよ」

「圭子ちゃんでもそうなんだ？」

「ええ。とくに役者さんって、身体を使っての表現力とか、本質をつかみ取る勘はほんと凄《すご》いんだけど、そのぶん、ふだんの時にも言葉に頼るコミュニケーションをすっ飛ばしちゃうみたいなところがあって……でも、水原さんは違いますもんね。あの人、話術の才能だけじゃなくて、文章書いてもきっと面白いと思う」

「そういう人ってほんと尊敬する。ほら、三崎ちゃんだってそうじゃない。本業は別にあって、それでもエッセイ書いたり、ラジオで話したり」

「やめて、あんな凄い人と比べないで。レベルが違いすぎるよ」

打ち消す声が、自分の耳にも情けなく響く。

「でも、こないだのエッセイなんて良かったよ。あの、絶対にすれ違わないおばちゃんの話」

他誌の連載なのに、わざわざ目を通してくれているのか。早苗がふだんどれだけ忙しいかを思うと素直に嬉しく、帆奈美は礼を言った。

エッセイはたいてい、自分の体験をもとに話を広げて書くようにしている。その回は、〈人目を気にする〉ということの大切さについて書いたのだった。

ある年の夏、百貨店の通路を通り抜けようとしていた時——今でも覚えているが、直前に隆一の実家との間に小さな行き違いがあった日のことだった。鬱々としながら歩いていると、向こうから中年の女性が歩いてきた。服の趣味はけっこう好みなのに、着方がだらしない。なんだかくすんでるな、歩き方もきれいじゃないし、と思ったら……なんと、自分だった。壁一面の大きな鏡に映った帆奈美自身だったのだ。

ぎょっとなって立ちすくんだ。改めて見ると、髪が傷んでいる。姿勢が悪い。何より、顔つきに緊張感のかけらもない。気のゆるんだ状態で身につけると、たとえシルクのチュニックであっても幼稚園のスモックにしか見えないし、しゃれたカゴバッグやミュールも単なる買い物カゴとつっかけにしか見えないのだった。

これがよそのおばちゃんであれば、横目で意地悪なチェックを入れながらすれ違うだけで済むが、鏡に映った自分はやり過ごすことなどできない。決してすれ違うことのできないおばちゃん、それが今の自分なのだ。

もっと緊張感を持たなければ、とつくづく思った。自然体もありのままもいいけれど、それらの言葉を自分への便利な言い訳にしていては、みるみるうちに女として終わっていく。人目を気にする、というと自意識過剰で世間体ばかりのようにとらえられがちだが、きっとそうではないのだ。まずは他者の視線を意識することから、そのひとの立ち居ふるまいや佇まいの美しさが生まれてくる。最低限、人様に不快な思いだけはさせまいと自分自身を律する心遣いが、すべての美しさの出発点ではないのか。

——あの夏の日以来、私は、気になる部分こそ隠さずに出す！　を懸命に実践しています。ウエストが行方不明になったのは、楽だからとチュニックばかり着始めてからのことでした。見えないところには肉が付く、の法則。それから、きちんと人目を気にして、背筋をのばし、きれいに歩く！　も心がけています。それだけで少なくとも三割くらいは美人度がアップする気がするし、そのうちにそれらの緊張感が、日々を重ねてゆくための背骨になってゆくように思うのです。そう、おそらく美しさとは、そのひとの持つ〈心の張り〉のことを言うのではないでしょうか……。

そんなふうに書いた。

「あれって、正しいと思うよ」早苗が言った。「美しさとは心の張り――まさに水原瑶子そのまんまだよね」

言われてみれば確かにその通りだった。

「三崎ちゃんてば、かなり気に入られてたみたいじゃない」

「え、そんなことないよ」

「帰りがけに名刺まで奪ってったでしょ。あんなこと、ふだんはする人じゃないと思うよ」

「うーん……おっかないなあ。君子危うきに近寄らず、みたいな気分、いま」

「それ、半分くらい本音で言ってない？」

「まさか。百パーセント本音にきまってるじゃない」

早苗も圭子も笑った。

車内が静かになったのは、静岡に差しかかったあたりだった。夜十時。富士山など、もちろん見えはしない。

早苗と圭子はそれぞれ、暗い窓ガラスに頭をもたせかけるようにして舟を漕《こ》いでいる。

帆奈美は三列目に離れて、目をつぶる気にもなれずに携帯を握りしめていた。

昼間は夫・隆一の身勝手さに腹を立てていたのに、この時間にもなると、帰宅してからの彼の機嫌が気にかかる。予告通り先に寝ていて、明日になればけろりと忘れていてくれればいいのだが、万一起きて待っていたならどうだろう。こんなに疲れきっている時に、不機嫌な人の相手をするのは耐えがたい。今のうちにこちらから下手に出て、ひとことLINEでも送っておくべきだろうか。

と、後ろでみしりと座席の背もたれが鳴ったかと思うと、いきなり澤田がそばに来た。細い通路を隔てただけの席に腰を下ろし、こちらを見る。

「……寝てるのかと」

小声で言うと、彼はふっと息を吐き、同じく小声で返した。

「なんか、あなたの気配が濃くて、寝ていられなくなった」

帆奈美は思わず、澤田の目を見た。

仄暗《ほのぐら》いロケバスの中、一瞬の数倍ほどの間、視線が交叉《こうさ》する。互いに絡み合う、といったほうがいいかもしれない。自ら意思を持った蔦《つた》のように。

先に目をそらしたのは帆奈美のほうだ。澤田からじわりと寄せてくる空気の塊に押され負けしたかたちだった。気配が濃いのはどちらだ、と思う。

「何か、あったの？」

と澤田が訊く。

「……どうして？」

「いや。何となくだけど、いつもと感じが違うからさ」

「そうかな」内心、ぎくりとしながら言った。「べつに何もないけど」

「そう？　じゃあ、なんでさっきから、そんなに必死になって携帯握りしめたまんまでいるの」

はっとなって、携帯を膝に置く。

「考え事してただけ」

と、帆奈美は言った。

車内は静かだが、通奏低音のようなエンジンの振動にまぎれて、抑えた会話の声は響かない。前の席に座る女性二人は、相変わらず深く眠っているようだ。

「まあ、さ。その考え事が悩み事だったとしたって、俺に話せばどうなるってわけでもないんだろうけど……」

澤田の声に、皮肉めいた色はなかった。

「それでもほら、あなたがラジオでよく言ってるじゃない。『具体的には解決しなくても、誰かに打ち明けただけで気持ちが楽になることもある』って」

「え、うそ。聴いてくれてるの？」

「そりゃ聴くでしょ」

澤田は、かかかと笑った。

「つまり、だからさ。そういう役割だったらいつでも買って出るよ、ってこと」

興味本位ではない。純粋に心配してくれている気持ちが伝わってくる。

帆奈美は、微笑した。申し出はありがたく嬉しかったが、夫とのあんな小さないざこざなど、あらためて人に話すほどのことではないのだ。口に出せばどうしても非難や愚痴になってしまいそうで、それもまた嫌だった。愚痴は、人として美しくない、と思う。

「ありがとう」呟くように言った。「でも、ほんとに何でもないから。ごめんね、心配かけて」

澤田は、なおも帆奈美をじっと見ていた。顔を上げなくても、視線の圧を感じる。

やがて、

「こっちこそ、お節介でごめん」

そう言って、前を向いた。

座席の肘掛け《ひじか》にのせた腕、たくし上げられた黒いセーターの袖口から、骨太な手首が覗いている。高速道路の照明の下を通るたび、その手首にはめられたクロノグラフのフェイスが、ちかり、ちかりと光る。イタリア海軍の御用達《ごようたし》だったことで有名な時計ブランドのものだ。

「あえて、ロレックスとかじゃないわけね」

澤田がこちらを向く。黙って笑ったところを見ると、帆奈美の意図したところを正確に汲《く》み取ったらしい。

「時計はこれを含めて二つしか持ってない」

と、彼は言った。

「あとひとつは？」

「ブライトリングのクロノ」

「軍用品オタクなの？」

「そうじゃないけど、好きなんだ。〈用の美〉みたいなところがさ」

わずかに丸みを帯びた風防のガラスが光を反射する。ちかり……また間をおいて、ちかり……。見入っていると催眠術にかかってしまいそうだ。

「私も、今はちゃんとした時計が好きになったけど……」

澤田の手もとを見つめたまま、帆奈美は言った。

「何年か前までは、全然興味なかったの。いわゆる〈ブランドもの〉の時計を初めて買ったのだって、たしか三十三歳の時」

「あなたみたいな仕事だったら、それってけっこう遅いデビューなんじゃない？」

「そうね。うん、たしかにそうかもね。でも逆に、職業がこうだからこそ、あんまりわかりやすい価値に頼っちゃうのって何だかなーみたいな、ちょっと突っぱった気持ちもあったし」

「なるほどね。それは何となくわかる気がする」

と澤田が頷く。

「それに、自分には不釣り合いなんじゃないかとか、似合わないんじゃないかっていうようなためらいもあったの。時計なんて、はっきり言って時間さえ正確にわかればそれで充分なのに、そんなものにわざわざ高いお金を払うなんてナンセンスじゃないかって。〈欲しい〉って思うこの気持ち自体がただの見栄なんじゃないか……とか、いろいろ迷っちゃって、なかなか踏ん切りつかなくてね」

澤田が、くすりと笑った。

「変わってないな」

「え？」

「昔から、〈ナミちゃん〉はちょっと頭でっかちだった」

「うるさい」

帆奈美も笑った。以前と違い、その呼び方は勘弁して、とわざわざ言う気持ちにはならなかった。

「でもね。そうやって長いことさんざん迷った末に、それこそ清水《きよみず》の舞台から逆さにダイブするくらいの気持ちで思いきって手に入れてみたら、しみじみわかったことがあったの。たとえば、ふだんと同じ白いシャツにデニムでも、その時計を手首に巻いただけで、自然にしゃんと背筋がのびるわけよ。もう、自分でも笑っちゃうくらいに違いがわかるわけ」

「ああ……それもわかるな。つまり、あれでしょ。身につけてるモノの値打ちにふさわしい自分であろうとする気持ちが、視線をいつもより少し上へ導いてくれる、みたいな感じでしょ」

「そう、まさにそれよ」嬉しくなって帆奈美は言った。「その時にね、初めて実感を持って知ったの。身にまとうモノが人を成長させるってことがあるんだ、って。だからこそ、自分の身のまわりに置くものを選ぶ時は、一期一会《いちごいちえ》の真剣勝負じゃなくちゃいけない。……私の仕事っていうのは、そのために何を選べばいいのかわからないでいる誰かに、ひとつずつ道を指さしていくみたいなことなんだなあって、改めて思ったの」

とりとめのない話の行方を急かすようなことを、澤田は口にしなかった。ただゆっくりと頷きながら、時折、視線を帆奈美の肩越しに投げて窓の外を眺めていた。

そして、ふと思いついたように言った。

「女の人ってさ。自分のための買い物をするのが上手だよね」

「え、どういうこと？」

「だって、あなたたち、よく言うじゃない。〈自分にご褒美《ほうび》〉とか、〈自分への投資だと思って〉とか。そういうの、男はどっちかっていうと得意じゃないから」

言われてみればそうかもしれない。

たとえば、今の自分が、以前よりもステップアップできたと感じた時。あるいは、今の自分よりさらにもう一段上を目指したいと願う時。女はいつもよりちょっと思いきった買い物をしたくなるものらしい。なるほどそれは、女性ならではの愉しみであり幸福だろう。他者からの承認や賞賛がなければなかなか自分に満足できない男たちと違って、女は、自身の可愛がり方をよく知っている。それこそ〈ご褒美〉とか〈投資〉と名づけた買い物ひとつで、充分幸せになれるくらいに。

「でも、だってほら、自分が幸せでないと、ひとを幸せになんてできないからね」

帆奈美が言うと、澤田は笑った。

「うまい言い訳だなあ」

「だってそうでしょ」

「まあ、うん、たしかに」

「だから私ね……欲しいと思うものがその人にとって本当に価値のあるものなら、手に入れるためにとことん貪欲《どんよく》でいいんじゃないかと思うようになったの。ちゃんと真剣に選んだ上で手に入れたそれを、身につけたりそばに置いたりすることで、どれだけ自分が豊かで幸せになれるか——ものの値段っていうのはつまり、そのための対価じゃない？」

右車線を、電飾だらけのトラックが追い越してゆく。轟音《ごうおん》をさらにつんざくシュンッという金属音に、早苗が身じろぎして外を見やり、ややあってから再び窓ガラスに頭をもたせかけた。

いつのまにか神奈川県に入っていたようだ。

ふと、澤田が言った。

「で？　ナミちゃんが今いちばん欲しいものって、なに」

＊

できるだけ物音をたてないように鍵を回し、ドアを開けたつもりだったのだが、猫の耳はごまかせなかった。

寝室からするりと滑り出てきたおむすびが、廊下の眩《まぶ》しさに目をしばしばさせたのち、帆奈美を見つけるなり掠れ声をあげながら駆け寄ってくる。

「むーちゃん、ただいま。しぃーっ、静かに、ね、お願い」

よしよし、ごめんごめん留守にして、と囁《ささや》きながら靴を脱ぐ。

隆一はすでに休んだようだ。足音を忍ばせて、リビングへ向かう。ここ数日にわたって歩き疲れた脚が、むくんでぱんぱんになっているのがわかる。荷物を置き、壁の時計を見上げると、零時を回っていた。せめてシャワーを浴びたかったが、せっかく寝ている夫を水音で起こすのは躊躇《ためら》われる。

ふっ、とため息が漏れると同時に、先ほどの澤田の問いに対する答えが、今さらのようにわかった気がした。今いちばん欲しいものは、誰にも気を遣わずにのびのびと自分自身でいられる空間だ。

早く休まなくては、明日もまたハードな一日が待っている。ついさっき編集部に寄り、衣装その他の借り物を一旦ロケバスから下ろして会議室で預かってもらった。明日は朝からメゾンを回り、一つひとつ返却しなくてはならない。それらがすべて終わってようやくひと息つけるのだ。

キッチンの明かりをつけ、冷蔵庫を開けると、白猫がまた鳴いた。しぃーっ、しぃーっとなだめながら煮干しを二つ三つ床に置いてやり、ミネラルウォーターをグラスに注ぐ。とくとくとく、と心地よい音が響く。

「こそ泥みたいな真似《まね》すんなよ」

思わず悲鳴をあげて飛びあがった。床に水がこぼれ、猫が飛んで逃げる。

「びっ……くりした。おどかさないで」

「自分がコソコソしてるからだろ」

パジャマ姿の隆一は、昼間の電話と変わらずに不機嫌そうだ。それにしたって、どうして自分の家に帰ってきて、こそ泥扱いされなくてはならないのだろう。

「起こしちゃ悪いと思ったから」

「起きてたよ。てか、こんなに遅くなるまで帰ってこないほうが悪いんだろ」

「そんなこと言ったたって……」

仕事だっ、たん、です、けど。

こらえる。こんな夜更けに言い争いたくはない。どうせ平行線なのはわかりきっているし、今夜はもう本当にくたくたなのだ。頼むから早く寝かせてほしい、明日の仕事に響くから。

——呑みこんだのは毒ではなく言葉なのに、胃も肝臓も、へんな緑色に変わりそうだった。

顔を洗い、歯を磨き、着替えて寝室へ向かう。おむすびが、んるる、と喉声で鳴きながら、小走りに追いかけてくる。

ベッドサイドの小さなスタンドだけが点《つ》いていた。隆一はトイレに立ったらしく、枕元には読みかけの雑誌と、充電中の携帯が置かれている。

戻ってきても、どうか話を蒸し返されませんように。

二つのベッドの間で部屋履きを脱ぎ、自分の布団をめくりかけた時だ。

置いてある隆一の携帯が小さく振動した。何気なくふり返った帆奈美の目の前で、液晶がふわっと灯り、ロック中の画面にＬＩＮＥのメッセージが数行、浮かびあがる。

（……え）

再びの振動。再びの数行。

頭が、きぃんと白く痺《しび》れた。

見おろすうちに、夫の携帯画面がすうっと光を失い、消えてゆく。トイレで水が流され、ドアを開け閉めする音が聞こえた。

とっさに帆奈美はベッドにもぐり込んだ。すぐさま飛び乗ってきて甘えるおむすびを、急いで布団の中へ入れてやる。

隆一の足音が廊下を近づいてくる。鼻まで布団を引きあげて息を殺していると、寝室に入ってきた彼が、布団をめくりながら手をのばし、枕元の携帯を取るのが気配でわかった。

空気が、固まった。立ちつくしたままの隆一が、こちらの様子をこっそりうかがっている気配が伝わってくる。気のせいだとは思えない。無音の空白が長すぎる。

すぐに目を開けて問い詰めるべきだろうか。それとも、知らないふりをきめこむほうが得策だろうか。無限のようにも思える数秒が過ぎてゆく。

と、いったん布団の奥までもぐり込んだおむすびが、向きを変えて再び襟元のほうへと戻ってきた。ずぼっと頭を突き出し、ざらざらの舌で帆奈美の頰を舐め始める。このうえ寝たふりはあまりに不自然だ。

「ん……痛いよ、むーちゃん、わかったから」

いかにも寝入りばなを起こされたといったふうに薄目を開け、猫の湿った鼻面を手でよけながら隣のベッドを見やると、隆一はちょうど携帯をオフにして枕の下につっこんだところだった。無言のままスタンドの光量を絞り、布団をかぶって壁のほうを向いてしまう。薄明かりのもと、背中がこちらをはっきり拒んでいる。

訊きたいことはあるはずなのに、言葉を発するだけの気力がなかった。目をそらし、仰《あお》向《む》けになって、柔らかな猫の毛並みをそっと撫《な》でた。

見慣れたはずの天井が、へんによそよそしく感じられる。胸の波立ちがおさまらない。ざくん、ざくん、と脈打つ首筋に、おむすびが冷たい鼻先を押しあててくる。

＊

防音ドアと吸音材に護られたスタジオの中は、分厚い繭《まゆ》の内部だ。ヘッドフォンから流れる音楽に耳を傾けながら物思いの底に沈んでいると、知らないうちに蛹《さなぎ》と化してしまいそうになる。

「曲、残り三十秒です」

ミキサー室からの指示に、座り直し、背筋を伸ばした。演奏が終わるとすぐ、デスク上のボックスに赤いキューランプが灯る。

「お送りしたのは、ボブ・ディランで『風に吹かれて』でした。懐かしいですねえ。ボブ・ディランはこの、ちょっとひねくれたというか、拗《す》ねたような感じの歌い方が何とも言えない味わいですよね。昔よく聴いていた頃は、まさか彼が後にノーベル賞を取ろうとは想像したこともありませんでしたけど。……さて、次のお便りをご紹介しましょう。埼玉県の〈やよい〉さん、二十八歳の方からです。〈こんばんは、帆奈美さん。じつは、ライフ・スタイリストとしての帆奈美さんに相談があります。先日、尊敬している女性の上司から、『近ごろ何だか覇気がないよ』と言われてしまいました。『失敗することや批判されることを怖がって、何でもかんでも無難なところで妥協してない？　あなたが出してくる企画は、以前ならもっと大胆だったたし、勢いがあったはずだよ』と。確かにそうかもしれないと反省する半面、じゃあどうすればいいかがわかりません。新人の頃みたいな、失敗をものともしないチャレンジ精神を取り戻すには、何から変えていけばいいんでしょうか。漠然とした相談で申し訳ないのですが、最近守りにまわってばかりの私に、がつんとカツを入れるようなアドバイス、よろしくお願いします！〉――といったお便りなんですが……」

うーん、と唸《うな》りながら、吸音材の壁へと視線を投げる。前もってスタッフと打ち合わせ、どんなことを話すかという方向はほぼ決まっているのだが、どう語りかけるかはまた別の話だ。

「これってね、私自身もそうなんですけど、仕事を始めてから時がたつと、積み重ねた経験が生きてきて、少しずつ先を読むことができるようになるじゃないですか。おかげで用意周到に準備もできるけれど、その分、あ、これは失敗したら痛い目に遭うな、みたいな気配も前もって感じ取れるだけに、用心深くなるというか、悪く言えば臆病になってしまうんですよね。つまり、新人の頃のような、失敗をものともしないチャレンジ精神をもう一度取り戻す、というのは無理なんだろうと思うんです。経験を積んでしまったが最後、あの頃に戻ることはできない。だからむしろ、取り戻すんじゃなくて、新たに手に入れられるもののことを考えるしかないんじゃないでしょうか。経験に裏打ちされたぶんだけ、前よりずっと強靭《きょうじん》になった大胆さとか、冒険心みたいなものをね」

そこで、と言葉を継ぐ。

「ライフ・スタイリストとしてのアドバイスを、ということなので提案させて頂くと……ちょっと的はずれに聞こえてしまうかもしれませんが、あえて言わせて頂くとですね、まず、今現在のご自分のワードローブを思いっきり見直してみてはどうかと思います。これは女性のリスナーの方たち皆さんも同じだと思うんですけど、これまで生きてきた中で、自分に何が似合って何が似合わないかくらいのことはそろそろ承知してらっしゃると思うんですね。ここ一番の勝負をかける時のスーツとか、頑張り過ぎずに程よく女性らしさを漂わせるワンピースとか、シルエットや丈にこだわったスカートやパンツ、微妙な色合いのニットなどなど、すでにいろいろお持ちだと思います。でも、一つひとつは何も間違っていないはずなのに、見渡してみるとつまらないって感じること、ありませんか？　明日ぜひとも着て出かけたいような服が見当たらない。シックと言えば聞こえはいいけど、無難なところに落ち着いてしまって、それこそ、やよいさんが上司の女性に言われたみたいに、〈覇気がない〉感じになってませんか？　毎日、外へ出てゆく時に身につける服というのは、そのひとを守ってくれる鎧《よろい》でもあります。それがしっかりしてさえいれば存分に戦える。つまり、服選びにこそ〈覇気〉は必要なんですよ。背筋をぴんと伸ばして、肩で風を切って颯爽《さっそう》と歩いて、それでいながら〈女〉を楽しんでいる余裕なんかも漂わせられる、私たち女性にとっての戦闘服。そういう服を身につけていれば、ぐっと気分が上がって、自信も持てて、新しいことに挑戦するだけの冒険心だって生まれてくる気がするんですけど……どうでしょうか。まずは形から、みたいな感じですけどね。なので、やよいさん。まず手始めに、ジャケットやコートがいいと思います、これまでよりも奮発して、いいものをというか、本物を手に入れてみて下さい。本物を身につけることで、背筋までピンと伸びるような自信が湧いてくること、私はよくあります。その感覚をぜひ経験してみて頂けたらな、と思いますね。——というわけで。それでは、やよいさんへの応援歌に代えて、ちょっと元気の出るこの曲をお送りしましょう。ワン・ダイレクションで、『What Makes You Beautiful』」

イントロが流れだす。分厚いガラス越しにミキサー室を見やると、今日の担当である夏目由樹と視線が合った。相談者と歳の近い彼女が、力強く頷いてくれたのでほっとする。

ヘッドフォンをはずし、立ちあがった。防音ドアを開けて自分からスタジオを出ていった帆奈美を、プロデューサーの田中潤子をはじめとするスタッフが驚いたように見る。

「どうかしました？」

年長のディレクター、真山香緒里が訊く。

「ごめん、ちょっとお手洗いへ行ってきていいかな」

「あ、どうぞどうぞ。ごゆっくり」

廊下の突き当たりのトイレにこもり、帆奈美は、まぶたの上から両目を強く押さえた。ここ数日、あまり眠っていないせいで、目が腫《は》れぼったい。眼球の奥がまるで風邪の前触れのように熱を持っている。

いつものようには集中できなかった。録音番組だからまだ助かっているが、これが生放送ならどうなっていたことだろう。

個室を出て、水で冷やした手を首の後ろにあてる。それを何度かくり返す。しっかりしなくては。収録はまだ、半分ほど残っているのだ。しかも、次のリスナーからのメッセージは――。

「お送りした曲は、ワン・ダイレクションで、『What Makes You Beautiful』でした」

曲明けの受けの部分から収録が再開される。

「さあ、続いてまいりましょう。栃木県の、〈迷える羊〉さん。四十三歳の方からのお便りです。〈家族にはもちろん、友人にも話せないことなので、ここでだけ告白させて下さい。結婚十八年になる夫が、浮気をしています。どうしてわかったかと言えば、彼の携帯を覗き見してしまったからです〉」

覚悟していたのに、声が揺れそうになった。打ち合わせの時、このメッセージだけは別のものと差し替えて欲しいと、よほど言おうかと思ったが言えなかった。同じ悩みを抱えていると白状するも同じことになってしまう。

不規則な動悸《どうき》をこらえながら続ける。

〈夫の様子がなんだか変だと思い、そのうちに浮気の気配がだだ漏れになってきて、それでも出来ることなら彼を信じたかったので、つい覗いてしまいました。今ではすごく後悔しています。あんなもの、見なければよかった。夫が相手の女性とやり取りしていたメールに、妻である私の話題なんかは全然出てきませんでした。二人ともふわふわと甘ったるい言葉ばかり並べて、私なんか初めから存在すらしていないみたいな感じです。夫にはまだ何も話していませんが、事実を知ってしまって以来、彼の顔を見るのも苦しいです。ちゃんと話をしなくてはと思うのに、どうしても勇気が出ません。私は仕事を持っていませんし、子どものことを考えても、今、夫と別れるには勇気が要ります。どうすればいいのか、夜もうまく眠れません〉

　読み終えても、すぐには言葉が出なかった。目の端に映るディスプレイ画面に、録音開始からの時間経過を示す数字がさらさらと流れてゆく。かたまりのような唾を飲み下し、ようやく声を押し出した。

「まず……誰にも言えなくて、お辛かったですよね。眠れなくなってしまうのも当たり前だと思います。吐き出せない毒を飲みこんだみたいなものですもんね。確かに、人の携帯を覗いてしまったのはいけないことでしょうけど、それにしたって旦那さん、脇が甘過ぎますよ。浮気をするならするで、せめて、何があっても絶対にわからないようにするのが最低限の思いやりってものでしょう。ここからはもう、〈迷える羊〉さんがこの先どういう道を選ぶかにかかってくるわけですけど……浮気の事実を全部知っていながら言わずに済ますのも腹立たしいばかりですし、今すぐ離婚するということは考えられないのでしたら、思いきって、ぎゅうっとお灸《きゅう》を据えてやったらどうでしょう。旦那さんがそれで逆ギレするといったようなことは、まずないんじゃないかと思いますよ。第三者から客観的に見ると、相手の女性とのメールに奥さんのことが出てこないのは、旦那さんとしてはあくまでも恋愛の気分を楽しみたいだけで、家族と引き替えにする気なんかさらさらないからなんじゃないかと。ですから、ここはいっそのこと、地獄のほうがまし、と思わせるくらいにまで締めあげてから、一度だけ、許す。そうすれば、この先は何も言わなくてもずうっと、妻のほうが強い立場でいられるかもしれません。……ただね。これは前に、精神科医をしている友人から聞いた話なんですけど、奥さんが旦那さんの浮気を一度でも許してしまうと、旦那さんにとってはその奥さんが、妻ではなくて母親になってしまうんですって。母親ってほら、男の人にとっては特に、〈許して受け容《い》れてくれる〉存在だから。そんなふざけた話があるかと思いますけどね。なんだかもう、腹が立つのを通り越して、虚しくなっちゃいますよね……」

相談者自身のリクエストである松任谷由実《まつとうやゆみ》の曲をかけ、その数分の間にどうにか気持ちを立て直す。気をつけていたにもかかわらず、言葉の端々に、いつにない厳しさや緊張が滲んでしまったかもしれない。声は、正直だ。

別録《べつど》りのゲストコーナーに入ってようやく、呼吸と脈拍がほぼ正常に戻った。ラスト近くでクラシックの小曲を流し、締めのコメントと呼び込みのアナウンスを録って、今日の収録は終わりだった。これまででいちばん疲れた。

「ありがとうございました」

「お疲れさまでした」

スタジオを出て、荷物をまとめ、次回の収録日時を確かめてから立ちあがる。バッグを肩に掛けたところで、声が掛かった。

「三崎さん、もしかしてこの後、お時間あります？」

ふり向くと、田中潤子が大きな目を瞠《みは》ってこちらを見ていた。

「よかったら、ちょっとだけ上でお茶しませんか」


番組プロデューサーの田中潤子は、帆奈美より三つ年上になる。『真夜中のボート』が始まって以来二年越しの付き合いだが、二人だけでお茶に誘われるのは初めてだった。

何か折り入って話したいことでもあるのだろうか、と帆奈美は思った。もしかして、ダメ出しとか。それはあり得る。とくに今日などは集中力を欠いて、つっかえたり言い間違えたりがいつもより多かった。

当たり障りのない世間話を交わしながらも、胸の裡がざわつく。エレベーターで上の階へ行き、局内の喫茶コーナーで向かい合った。

それぞれに飲みものを頼み終えると、潤子は目を合わせ、微笑んだ。

「改めて、今日はお疲れさまでした」

ぎこちないふうではなかったので、とりあえず少し肩の力が抜けた。お疲れさまです、と言葉を返す。

「急にお時間取らせてごめんなさいね。帰りに、お約束とかなかったですか?」

「いえ、今日は大丈夫でした」

「三崎さんがお忙しいのはわかってるんですけど、ちょっとだけ、お話ししておきたいことがあったので」

また、ふっと不安がこみあげた。パーソナリティという、本業とはかけ離れた仕事をさせてもらっている緊張は常にある。何度回を重ねても、うまくこなせていると思えたためしがない。いつも後になると、あそこはああ言えばよかった、あんなことは言うべきじゃなかった、という具合に後悔と反省ばかりだ。

帆奈美は、思いきって訊いてみた。

「あの……何か問題ありました?」

「問題?」

「もしかして、上から何か言われたとか、リスナーからクレームが寄せられたとか、そういうお話じゃ……」

「ああ」

潤子はふふっとおかしそうに笑った。

「全然そんなんじゃないですよ。メッセージを寄せて下さる常連さんも増えてきてますし、ネットの人気アンケートなんかを見ても評判はなかなかですし」

「ほんとに？」帆奈美はようやく息をついた。「よかった」

「やだもう、何を心配してるんですか」

「いえ……なんだかちょっとナーバスになっちゃって。最悪、番組打ち切りとか、そういうふうなお話だったらどうしようって」

潤子は上を向いて笑いだした。

「あらまあ、すみません、気を揉ませちゃいましたか。大丈夫、ほんとにそんなことはないですから」

運ばれてきたコーヒーを、まずは帆奈美のほうに勧める。店のスタッフが置いた伝票を自分のほうに引き寄せながら、彼女は続けた。

「三崎さん、スタイリストのお仕事は相変わらず忙しいんでしょ？　女性誌とか見てると、あっちこっちでお名前を目にしますもんね」

「いえ、たまたまこのところ続いただけで。田中さんこそ、別番組もたくさん掛け持ちで担当してるんですよね」

「まあそうですけど、でもほら、ラジオは一人で作るわけじゃなくて、スタッフがみんなして助けてくれますから。私の仕事はあれこれ取りまとめることが主ですしね」

「簡単そうにおっしゃいますけど、私はそれが苦手なんです」

「え？　そうは見えませんけど」

「いえ、ほんとに。一人でああだこうだ考えて作りあげるのは得意ですけど、人が集まった時のリーダーシップが取れなくて。現場でも、全体を仕切ってくれる人がいて初めて思いきり自分の仕事ができるっていうか。だから、この番組における田中さんみたいに、上に立つ人がしっかりチームを引っぱって下さるのは本当にありがたいです」

想いと言葉は、まっすぐ伝わったらしい。潤子がにっこりした。

「そうですか。そう言って頂けると嬉しいです」

頻繁《ひんぱん》に会って一緒に番組を作っているわりに、互いに交わす言葉が乱れないのは、多分にこのひとの佇まいによるところが大きい、と帆奈美は思う。いつも背筋がぴんと伸びていて、涼やかな目でまっすぐ前を見つめていて。彼女がスタジオへ向かって歩いてくると、廊下の先からヒールの音が小気味よく響く。それに気づいたスタッフが呟く〈あ、ボスだ〉の言葉にも、敬愛の情がたっぷり詰まっている。

「じつは、今日お時間を頂いたのは、番組とはまったく別件なんです」潤子は言った。

「三崎さん、女優の水原瑶子さんとお知り合いですよね」

なぜか心臓がどくんと脈打ち、帆奈美はコーヒーのカップを受け皿に戻した。知り合い、とまで言い切るのは厚かましい気がして、控えめに答える。

「そうですね。撮影で二度ほど御一緒させて頂きました」

それが何か、と目で問うと、潤子はゆっくりと頷いた。

「昨日、水原さんには別の番組のゲストとして来て頂いたんです。久しぶりだったので、終わった後、ちょうどここでこんなふうにお茶をしながら話してましたらね。私の担当番組の話題から、しぜんと三崎さんのお名前が出て、そしたらいろいろ訊かれたんですよ。ライフ・スタイリストとしての三崎さんを番組のパーソナリティに迎えることになったいきさつとか、ふだんの三崎さんについてとか。世間話よりはずいぶんと踏みこんで、プライベートなことまでけっこうあれやこれやと」

意味が、よくわからなかった。いや、どうして水原瑶子がわざわざそんなことを訊きたがるのかがわからなかった。

「ええと……」

うまく言葉が出ないでいる帆奈美を見て、潤子は言った。

「あ、ごめんなさい、説明が足りなかったですね。瑶子さんとは私、けっこう古いお付き合いなんですよ。もう十年以上も前になるかな、私がディレクターだった頃に、同じく深夜番組のパーソナリティをお願いしていたことがあって、二年くらいの間でしたけど、ずいぶんお世話になったというか、鍛えて頂きました。それ以来のご縁なんです」

口をつぐんで、にっこりする。

三十代前半の田中潤子を想像してみた。きっと今以上に鼻っ柱が強く、冷静で、賢くて、そのへんの男どもよりずっと話が早くて、ときどき皮肉屋で――なるほど、いかにも瑶子が気に入って可愛がりそうだ。

それでですね、と彼女が言葉を継ぐ。

「私も一応、不思議に思って訊いてみたわけですよ。だって気になるじゃないですか、あの水原瑶子がどうしてそんなに三崎さんのことを知りたがるのか」

「そしたら、なんて？」

「『じつはいま、彼女に大事な仕事を頼もうかどうか考え中なのよ』って言ってました」

「仕事？」

「おまけに別れ際には、『本人に話してもらって全然かまわないからね』って」

「え、何を？」

「自分がそうやって私に、三崎さんのことを根掘り葉掘り訊いたということをです。『彼女に会ったらよろしく伝えておいて』とまで言われてしまったもので、それで今日……」

潤子は優雅な仕草でカップを持ちあげた。目を伏せた拍子に、長い睫毛《まつげ》がひらめく。聞かされた話の内容を咀嚼するには、それなりの時間が必要だった。帆奈美もまた、コーヒーに口をつけた。すっかり冷めていて、苦味が強く感じられる。

端のスペースで打ち合わせをしていた男女四人が立ちあがり、勘定を済ませて出てゆくのと入れ替わりに、男性三人が入ってきた。一人は、バラエティ番組にもよく出演しているベテラン俳優だ。テレビで観る時とは違ってオーラがほとんど感じられない。ここが放送局だからそれとわかるが、道ですれ違えば気づかずに見過ごしてしまいそうだ。

芸能人には、仕事中とそうでない時とでオーラのスイッチをオンとオフに切り替えるタイプの人と、常にオンのままの人がいる。後者の代表格が水原瑶子だ。しかもオンのままのオーラが、舞台の上などではさらにスパークする。

カップを置き、帆奈美はようやく言った。

「ひとつ、うかがっていいですか」

「どうぞ。何でも」

「水原さんからの質問に、田中さんは何て答えられたんですか」

潤子が微笑んだ。

「そうですね。制作サイドとしては、三崎さんが本業のほうであれだけお忙しいわりに、番組作りには楽しみながら取り組んで下さっているところがありがたい、と言いました。あと、寄せられる質問や相談に一生懸命に答えようとする姿勢が、リスナーからは好意的に受けとめられているようですよ、って」

「……そうですか」

「それから、三崎さんのプライベートについては――」

帆奈美は顔を上げた。

「一般にオープンになっている情報以上のことは存じません、と答えておきました。実際、そうですからね」

互いの視線が絡む。

「ご報告はそれだけです。たぶん、あの感じだと、近いうちに水原さんから直接お話が行くんじゃないかと思いますけど」

「わかりました。いろいろ、ありがとうございます」

帆奈美が頭を下げると、いえいえどういたしまして、と潤子は言った。そのまなざしが、ふと、和む。

「ねえ、三崎さん。こんなこと、お訊きしていいものかどうかわからないんですけど」

「……はい？」

「もしかして、今日のリスナーからのあのメッセージ、ほんとは、あんまり答えたくなかったんじゃないですか？」

いきなり核心をつかれ、吐く息が止まった。あのメッセージって？　と訊き返すことをしないのが答えだと、後から気づく。

「あの……そういう感じ、あからさまに伝わっちゃってましたか？」

おそるおそる訊くと、潤子は首を横に振った。

「大丈夫。リスナーにはそこまで伝わってないと思います。ただ、ミキサー室から見ていたら、そのあとの曲をかけている時の三崎さんの表情が何となくいつもと違うように見えたので、それで」

ああ、よく見ている、と思った。本当に、声には表れていなかっただろうか。戸惑《とまど》いや、個人的な怒りや、そんなふうなものが。

「この話題は今ひとつ、という時は、遠慮なく言って下さっていいんですよ。打ち合わせの段階でなら、他のメッセージと差し替えることはいくらでもできるんですから」

わずかにハスキーな声が、いつもより低く、あたたかく響く。帆奈美は、止めていた息をゆっくりと吐き出した。

「ごめんなさい、ご心配かけて。答えたくなかったというのとも違うんですけど、何て言うか……ちょっと、事情があって」

うつむいて口ごもる自分を、向かい側から優しい目がじっと見ている。あの晩から一週間。まだ、誰にも話していない。もちろん当の夫にもだ。

潤子の後ろにいた二人連れが立ちあがり、また他の誰かが入ってきてそこに座る。あたりのざわめきが、近くのテーブルとの間を柔らかく遮断してくれているのがありがたい。

「じつを言うと……」帆奈美はようやく言葉を押し出した。「私の、とても親しい友だちが、今ちょうどあのメッセージと同じようなことで悩んでいるんです。それで、つい」

「つまり、旦那さんの浮気みたいなことで？」

「そうなんです。やっぱり、携帯を通じて知ってしまって」

「このごろ多いみたいですね。携帯のメールからバレちゃうケース」潤子は、静かに言った。「それで、お友だちが読んでしまったのは、どんな文面だったんですか」

「彼女の場合、自分から覗き見したわけじゃないんですよ」帆奈美は慌てて言った。「ただ、相手から届いたLINEの文面って、ほら、ロック中の画面にも数行ずつ表示されたりするじゃないですか」

「ああ、ええ」

「それをたまたま読んでしまったらしくて……。彼女が仕事で遠くへ出かけていた日に二人きりで逢《あ》っていて、いっぱい優しくしてくれたのが嬉しかったとか、でもあんなに奥さんのこと悪く言ったら可哀想だとか」

まあ、そんな感じみたいです、と付け加える言葉が、自分の耳にもやけに空々しく響く。そう、声は、正直だ。

「それは……目にしてしまうとしんどいでしょうね」

潤子が呟く。そう言いながら、きっと彼女も、この話が帆奈美の〈友だち〉の身に起こったことだなどとは思っていないのだろう。それでも、こちら側の気持ちや立場を慮《おもんぱか》って、話を合わせてくれている。

ありがたかった。そして、不思議だった。たとえば、あれだけ世話になっている副編集長の松本早苗には、いくら親しくても、いや親しいからこそよけいに、こんなことを打ち明けられはしなかった気がする。近すぎるからだろうか。

「あの……田中さんは、結婚されてないんですよね」

失礼かとも思いつつ、帆奈美はそっと訊いてみた。それこそ、こんなプライベートな話をするのは初めてだった。

「ええ。一度も」

答えには笑みが含まれていた。

「とくに理由っていうほどのこともないんですけどね。うちは、父が早くに亡くなったので、ひとり娘の私が母を養う形になって……ご縁がなかったわけじゃないんですけど、結局、結婚に踏み切るほどの決心がつかないまま今に至るというだけなんです。若い頃から仕事のほうがずっと面白かったし。要するに向いてなかったんじゃないかしら、恋愛に」

軽やかに言ってのける言葉には、何の気負いも衒《てら》いもなかった。

「かっこいいな……」

帆奈美が思わず呟くと、潤子は、あははと笑った。

「そんなことないですよ。この歳まで独りできたら、面倒くさくなっちゃっただけです。母とのふたり暮らしにもすっかり慣れてしまいましたしね。まあ、母は時々思いだしたみたいに『いい人はいないの』とか言いますけど、そのいっぽうで、娘を家に縛りつけるようなことも平気で言うし。そうなるともう、今からまったく別の生活を考えるのが面倒くさくて。今現在、仕事も交友関係も充実しているから、まあいいやって思っちゃうんですよね。私の人生、今のままで充分幸せだって」

「――やっぱり、かっこいいです」

「初めて言われましたよ、そんなこと」

そうですか、と帆奈美は微笑んだ。

「でもその、田中さんがお母さんから感じる束縛みたいなの、よくわかります。一緒に暮らす家族って、どうしてもそうなりますね。結婚だって、すればしたで今度は夫に縛られますし」

「そうなんでしょうね。三崎さんは、旦那さんとのそういう部分で、ご自分のお仕事がしづらかったりすることはないんですか?」

「そりゃ、ありますよ」

苦笑しながら答えると、そうですよね、と潤子も苦笑で応えた。

「正直なところ、三崎さんについてはかなり意外でしたもの」

「え、何が?」

「じつは私ね。番組パーソナリティの候補として最初に三崎さんのお名前が挙がった時点では、勝手に三崎さんのことを独身だとばかり思いこんでいたんです。ほんとに何の根拠もないんですけど、三崎帆奈美という人は独り身か、それでなければ、外国人の恋人と自由なパートナーシップのもとに暮らしてる、みたいな感じとか……」

「外国人？」

「ほんと勝手なイメージですよ、イメージ。でもとにかく、ふつうに結婚してらっしゃるとはまったく思ってませんでした」

そして潤子は、真面目《まじめ》くさった顔で言った。

「だって、こう言っては何ですけど、三崎さんって私以上に似合わないですよね。結婚とか」

黒目がちの大きな瞳で正面からじっと見つめられ、帆奈美はとうとう噴きだしてしまった。

あなたに結婚は似合わない——そう評されたことに、憤慨《ふんがい》するどころか面映《おもは》ゆささえ覚えるのはなぜなのだろう。

尊敬する同性からの言葉に、ここ数日ずっと胸の底に溜まっていた汚泥《おでい》のようなものが、ほんの少し薄まったような気がした。

＊

週末の真夜中は、ラジオで自分の番組を聴く。この部分はもう少しちゃんと説明したほうがよかった、とか、逆に一秒二秒の空白を怖がって矢継ぎ早に言葉で埋めようとしてしまう癖を何とかしなくては、とか、思いはするのだが、いざとなるとなかなかその通りにいかない。

マイクを通して流れてくる自分の声には、ようやく慣れた。最初の頃はまるで見知らぬ他人の声のように聞こえて、ひどく居心地が悪かったものだ。

「……それって、私もよくわかりますよ、〈ヒロミン〉さん。想いを預けてしまうと、その人を失った時にどうなってしまうか不安で、つい、予防線みたいに意地を張ったり、反対のことを言いたくなっちゃう。誰かをまっすぐに好きになるのは、たしかに怖いことですよね。でもね、時には思いきって自分から動かないと、この世の何もかもがただ目の前を通り過ぎていく、それを眺めて見送るだけの人生になってしまう気がする。どんなに深く傷ついたって、大丈夫、恋愛で命を取られることはまずないですから。たとえうまくいかなかったとしても、そうして傷ついた経験のある人のほうが、誰に対しても優しくなれるし、きっと魅力的に成熟していくと思うんです。なので、ここは思いきって動いてみたらいいんじゃないかな、と、私は思うんですけどね。……というわけで、それでは〈ヒロミン〉さんには、この曲をお送りしましょう。初めて本当に好きになった相手、自分のもとに何か特別なものをもたらしてくれるその相手を失わないために、今度こそ一歩踏み出してみせる……そんな勇気のことを歌っています。ジェイムス・モリソンで、『You Give Me Something』」

町の雑踏を思わせる物音が流れ、ゆったりとしたリズムが刻まれて、そこに少し掠れた歌声が乗る。歌いながらつまびかれるギターの響きが、これまではなかなか素直になれなかった男の真情をせつなく彩る。

帆奈美は、おなかの上に白猫のおむすびをのせ、リビングのソファに横たわって耳を傾けた。

——きみって何かこう、
ちょっと特別な感じがするんだよ

そんなふうな意味のことを、かつては夫の隆一からも言われたことがあった。学生時代、出会って最初の夏だ。後からふり返れば、それが彼なりの告白だった。

あれからもう二十年以上にもなるのか。そう思ってみるだけで気が遠くなる。

隆一は、この時間でもまだ帰ってこない。連絡もない。帆奈美に対しては、仕事で出かけている時でさえ連絡を入れるようにと言うくせに、自分はといえばどんなに遅くなる時でもメール一つめったに送ってこない。男の（あるいは夫の）仕事と、女の（あるいは妻の）それとでは、はなから意味合いが違う。そう言いたいのだろう。

なめらかな猫の背中を撫でながら、クッションの上で頭を巡らせ、壁の時計を見やった。もう十二時を回っている。番組も残り半分ほどだ。

週刊誌の編集部がどれだけの激務であるかは知っている。それでも、本当にそのせいで遅いのだろうか、と思ってしまう。嫌なのは、何よりも、そうして勘ぐってばかりいる自分自身だ。

〈あんなもの、見なければよかった〉

収録の時に読み上げたリスナーからの文面を思い起こす。奈良から戻ったあの晩——もしも自分のほうが夫より後から寝室に入っていたなら、彼の携帯に届いたＬＩＮＥなど目にするはずもなかったのに。

低い振動音とともに画面に浮かびあがった、ほんの数行。それが、合計二回。たったのそれだけだ。なのに、そのあまりにも若く愚《おろ》かしい言葉の羅列と、語尾にいちいち添えられたカラフルな顔文字とは、隆一と帆奈美の間に積み重なっていたはずの二十数年をあっけなく粉々にするほどの破壊力を持っていた。裏返せば、要するにそのくらいのことで粉々になってしまう程度の信頼関係だった、ということなのかもしれない。

いずれにせよ、あれ以来、隆一に対して、面と向かって事実を確かめることは出来ないままでいる。どういう答えが返ってくるかわからないからだ。もっと正確に言えば、彼の答えによってこちらがどうふるまうべきかがわからないからだ。

番組のパーソナリティとしては賢《さか》しらに意見できても、それがいざ我が身ともなると、〈ぎゅうっとお灸を据える〉ことさえ出来そうにない。〈地獄のほうがまし、というくらいに締めあげて一度だけ許す〉などという高度な技を、いったい誰がどうやったら使えるというのだろう。自分はいつだって、口ばっかりだ。

ジェイムス・モリソンが、リフレインの部分を歌いあげる。情熱的でありながらどこか醒《さ》めたような歌声に、疲れた帆奈美がそっと目を閉じたときだ。

くぐもった音で、メールの着信音が鳴った。クッションの下に手を差し入れて携帯を引っぱり出し、隆一からだろうかと開いて見るなり、思わず半身を起こした。おなかからずり落ちた猫が、喉声で文句を言う。

床に足を下ろしてまっすぐに座り、文面を読み直した。

〈遅くにごめんなさい。会って相談したいことがあります。明日か明後日、お時間頂けないかしら。私のほうはオフなので何時でもかまいません〉

きた、と思った。きっとこれが、田中潤子から聞かされた〈大事な仕事〉の話だろう。

誰からの依頼であろうと、受けるかどうかはスケジュール次第だし、もちろん内容にもよる。どんなご相談ですか、と前もって訊いてみたいのはやまやまだが、いかんせん、相手は水原瑶子だ。

急いでベッドを滑り出てダイニングにいき、椅子に置いてあったバッグから、長年愛用している革の手帳を取りだす。スケジュール以外にも、いま進行中の撮影に関するメモ書きやポラロイドなどではち切れそうにふくらんだそれを広げ、明日と明後日の予定を確認する。

テーブルのそばに立ったまま、返信画面を開いた。さすがに先方と同じような切り口上というわけにはいくまい。

〈こんばんは。先日の撮影では大変お世話になりました〉

書き始めてから、はたと悩んだ。お世話になりましたと書いても、あるいはお疲れさまでしたと書いても、別にお世話なんかしてないし疲れてもいないわ、と弾き返されてしまいそうだ。気にしすぎ、だろうか。ええいとばかりに続ける。

〈当方、明日の十七時以降か、明後日の午前中でしたら大丈夫です。時間と場所をご指定頂ければ伺います〉

おそらくは都内。まさか地方ということはないだろう。瑶子は、人気女優だけに偏屈だが、意地悪な人間ではない。

送信ボタンを押し、返事のメールを待っていると、一分もせずにいきなりベルの音が鳴り響いた。携帯を取り落としそうになる。

「……はい、三崎です」

耳にあてたとたん、電話の向こう側に、ここととは違う空気が流れているのがわかった。春の宵のように柔らかく湿った、落ち着いた空間の広がりを感じる。かすかにジャズピアノの旋律が聞こえた。

「まだ起きててくれて助かったわ」

瑶子は言った。ベルベットのような、と評されるその声は、電話越しに耳もとで聞くとますます甘やかに艶を帯びていた。

「明日の十八時でかまわないかしら。青山の、私のマンションで」

「——承りました。伺います」

「住所はあとでメールするわ」

「お願いします」

すると、少しの間があって、瑶子が言った。

「何の相談かって、訊かないの？」

どういう意味での質問だろう。

「お訊きしたほうがいいですか？」

「知りたくは、ない？」

「もちろん知りたいですけど……」帆奈美は、慎重に言葉を選んだ。「ただ、水原さんが会って相談したいとおっしゃるなら、まずはお会いするのが一番なんじゃないかと思って」

またしばらくの間があった後、くすりと笑う気配がした。

「いいわ。明日ね。よろしく」

電話は切れた。

足もとに、おむすびが体をすりつけて甘えてくる。すぐには動けなかった。心臓ばかりが奔《はし》っていた。

第4章 I'm Not The Only One

食の雑誌の撮影は、たくさんの色と匂いに満ちている。

さまざまな場面を想定したテーブル。たとえば都会の高級ホテルの朝食、海辺のランチ、友だちを招いてのお家《うち》ごはん、家族の食卓……。セッティングを変え、光の角度や色も考え、サラダに霧を吹いたり、ドライアイスで湯気を加えたり、あるいはその場にいる誰かにパンをわざとひと口かじり取ってもらったりしながら、料理を見せるのではなく、物語を見せてゆく。読者が思わず生唾を飲むような画《え》を撮ってもらうには、一瞬一瞬が勝負だ。

ファッション雑誌の撮影にもまた、色だけでなく匂いがある。

ウールにファーにレザー、コットンや麻やシルク、それぞれの固有の匂いに、化粧品や男女の肌の匂いが入り混じり、そこへまたスタジオのライトに熱せられた塵《ちり》の匂いなどが加わって、得も言われぬ緊張感をかもし出す。

帆奈美は、それらの緊張感が好きだった。もちろん、スタイリングそのものが好きだからこそ仕事にしたのだが、続けていられるのは毎回の撮影での張りつめた空気と、やりきった時の安堵や達成感があればこそだ。

けれどこの日、帆奈美には緊張を楽しむだけの余裕がなかった。早朝、まだ人影のない街角でのロケを終え、あとは丸一日ハウススタジオを借り切って、下着ブランドのカタログの撮影をする。その合間合間にふと、夕方からの特別な予定を思うたび、今この場への集中を取り戻すのに苦労する始末だった。

これまでたいがいの仕事は経験してきたのに、と帆奈美は思った。つい最近だって、気難しくて意地悪だと噂のある若手俳優のグラビア撮影をつつがなくこなし、かつて伝説的アイドルだった女性タレントのロングインタビューもきれいに撮れて、昨日などは無表情で有名な弁護士に花柄のシャツを取っかえ引っかえ着てもらい、最後には素晴らしくいい笑顔をもらった。どれも、簡単な仕事ではなかった。それでもちゃんとやり遂げて、一つひとつが自信になった、はずだ。

それなのに——すでに何日か一緒に過ごしたことのある女優とただ打ち合わせをしにいくだけで、どうして今さらぴりぴりしなくてはならないのだろう。

外の並木道から、瀟洒《しょうしゃ》な建物を見上げる。

水原瑶子から知らされたアドレスをもとに、携帯ナビで辿り着いたその住まいは、思いのほか小さな三階建てのマンションだった。格子の嵌《は》まった窓のそれぞれに暖かな色の明かりが灯り、外壁には蔦のつるがびっしりと這《は》っている。今は葉を落としているが、春夏には涼しげな緑に覆われ、秋には美しく紅葉するのだろう。どこか異国の雰囲気をまとった古い建物は、最新のデザイナーズマンションなどよりもずっと彼女に似合っている気がした。

「いらっしゃい」

呼び鈴に応えてドアを開けた女優は、化粧をしていなかった。撮影の間に素顔を見たことは何度もあるが、これまででいちばん寛《くつろ》いでいるように見える。

（自分の家なんだからあたりまえか）

そう思った時、ようやく、緊張の正体がわかった。相手のプライベートスペースに招かれるということは、ある意味、巣穴に引きずり込まれるも同じことだ。こちらはどうしても無防備にならざるを得ない。

玄関からしてすでに、未知の匂いがしていた。靴箱の上にレースのドイリーが敷かれ、アンティークの香炉が載っている。横目で見ながら、促《うなが》されるままに柔らかな革のスリッパを履き、奥へと進む。ほどほどの広さのリビングは、上品なシノワズリでまとめられていた。

「どこでも好きなところに座ってて。今、お茶淹れるから」

「あの、どうぞお構いなく」

「いいのよ、私が飲みたいの。コーヒー、紅茶、中国茶、ハーブティー、どれがいい？

それともお酒がいいかしら」

「……では、中国茶を頂いていいですか」

「もちろん。私もそうしよう。お酒は、後でまたゆっくりね」

そんなに時間を要する話なのだろうか。いずれにせよ、この後に帆奈美が何か別の予定を入れているなどという可能性は微塵《みじん》も想定していないことがよくわかる。

観念して、三人掛けソファの端に腰をおろした。手の込んだ刺繡《ししゅう》のクッションも、シルクロードをはるばる運ばれてきたかのような絨毯《じゅうたん》も、紫檀《したん》に透かし彫りを施したサイドテーブルも、どれもみな部屋にしっくりと馴染んで美しい。

壁にかかっている植物を描いた二枚の細密画は、アンティークだろうか。ふさわしく額装されたそれを見上げ、

「素敵ですね、この絵」

と言ってみると、

「それは、昔ロンドンで見つけたの。美しいでしょう」

瑶子は、アイランド式のキッチンに立ってお湯を沸かしながら目を細めた。

銅製のやかんの底を、青い王冠のような炎が炙《あぶ》る。ゆったりとした薄手のセーターにデニム。何でもない格好が、彼女にかかるとまるで映画のワンシーンそのままだ。

「どうぞ」

運ばれてきた中国茶の香りが馥郁《ふくいく》と漂う。向かい側、一人掛けのソファに瑶子が座る。淡い青磁色をした透きとおるほど薄手の湯呑みを見て、

「ああ、やっぱりいいですねえ。ここのお店の茶器、大好きですけどなかなか手が出なくて」

帆奈美が言うと、彼女は軽く微笑んだ。

「このごろは日本でも手に入るようになったのよね」

「え？　ということは、これも旅先で？」

「もうずいぶん前だけど、台湾《たいわん》で映画を撮った時に買ってきたの。出会ったとたんにどうしても欲しくなって、何度も考えたけどあきらめられなくて。割れると悲しいから、これだけは手荷物にして、文字どおり大事に抱えて帰ってきたのよ」

「ああ……それってよくわかります。一瞬で恋に落ちるようなものですよね。でも、旅先の思い出といっしょに買い物すると、たいてい一生の宝物になりますから」

「あなたもそういう経験、ある？」

「そういう経験ばっかりですよ」

「へえ。恋多き女なんだ」

帆奈美は笑った。

「モノが相手だと、確かにそうかもしれません。クリニャンクールの蚤《のみ》の市《いち》なんて行こう

ものならもう、帰りのトランク以外にも別送便で大変なことになっちゃいますし」

瑶子が、こちらをじっと見て目を細める。

「パリへは、よく行くの？」

「このご時世ですから、仕事ではだいぶ減りましたけどね。プライベートまで合わせると、ここ十年で五、六回でしょうか。おととしのファッション誌のロケが最後です」

「そう」

茶托《ちゃたく》ごと手にした中国茶を熱そうにすすると、瑶子はそれをサイドテーブルに戻した。

「ねえ。近々パリへ行かない？」

「え？」

「私と一緒に。ついでにロンドンも」

一瞬の間に、ありとあらゆる考えが脳裏に渦巻いた。これが、例の〈相談〉の中身か。どういう仕事で、なぜ私なんだろう。時期はいつごろで、期間はどれくらいなんだろう。それでなくとも過密な撮影スケジュールと毎週のラジオ収録を考えると、まず不可能ではないのか。でも、できることなら——。

「ね、行きたくない？」

訊かれて思わず、

「行きたいです」

答えてしまっていた。

「そう。いい返事ね」

「ただ……」

「わかってる。ある意味、私よりあなたのほうが、周りの都合に合わせて動かなくちゃならないぶん忙しいのよ。だからまずは田中潤子に訊いてみたの。ラジオ番組のパーソナリティに代役は立てられないのか、って」

あっけにとられた。潤子は昨日、水原瑶子との間にそんな話があったことまでは言わなかった。

「彼女、場合によっては可能だって言ってたわよ。パーソナリティがタレントや何かの場合はどうしても、そこそこ長いロケが入る時もあるし、人によってはお正月休みを取ることもある。そういう時は局のアナウンサーが代理を務めたり、あるいは前に呼んで評判の良かったゲストが一回だけ替わったりとかね。多くはないけど時にはあるって」

「それは……そうでしょうけど……」

「なに」

「私は、タレントでも何でもないですし」

唯一無二の存在として世間的に求められての役割なら、たまのわがままも通るだろうが、自分の場合は違う。別の仕事が入ったからと、周囲に迷惑をかけることはできない。別の仕事を入れないようにするのが筋だ。

　すると、瑶子はふっと笑った。

「やっぱりね。あなたはそう言うだろうなって思ってた」

「……すみません。せっかくお声がけ頂いたのに」

　久しぶりのパリ、そしてロンドン。

　儚《はかな》い夢だった、と思いながら頭を下げると、

「まあ、待ってよ。そう答えを急がないで」

　瑶子の笑みが苦笑に変わった。

「後先になったけど、そもそもの話をするわね。事の発端は、映画のプレミアなの。来春公開になる英仏合作の超大作映画があって、日本語吹き替え版では、主演女優の声を私が担当することになってるの。その関係で、パリとロンドンで行われるプレミアにも招待されたんだけど、どうせならそのお祭りの様子も含めて、向こうの街角でのスナップや何かをたくさん撮り下ろそうって話になってね。あなたに頼みたいのは、そのスタイリング」

「あの、それってもしかして、水原さんの写真集ですか？」

「そう。最後のね」

「最後？　まさかそんな、もったいない」

　瑶子がこれまでに何冊かの写真集を出していることは知っている。中には大御所が撮り

下ろして話題となったものもあって、それは帆奈美の本棚にも並んでいるほどだった。彼女ならこの先もまだまだ――。

「いいえ。これっきりにしたいの」

静かな気魄《きはく》に、帆奈美は息を呑んだ。

「そりゃ、こういう仕事だから、この先もポートレートを撮られる機会はいくらもあるわ。皺だって白髪《しらが》だって魅力の一つにしてみせる、それくらいの自信はあるのよ。でも、写真集となると話は別。あれは残すためのものだからね。今回の一冊で、終わりにする。あとは記録としての写真が折々に撮られては消えて、いつかきれいに忘れられていけばいいの」

ともあれ、と瑶子は言葉を継いだ。

「映画のプレミアでレッドカーペットを歩く時のドレスと、その前後のスナップ撮影でのスタイリングすべて。――どう？　やってみない？」

すごい話だ、と思った。正直、またとないチャンスだった。

「田中潤子に聞いたけど、二月のあたまに特番があって、いつもの番組は一週お休みだっていうじゃない。あなた、知ってた？」

「あ、はい。それは聞いています」

「じゃあ、いいじゃない。もしすでに仕事が入っているとしても、動かせるなら動かして、そのへんのスケジュールを空けてほしいの。プレミアのほうだけなら、最悪の場合、先にドレスや小物まで全部選んでおいてもらえたらこっちで何とかしようもあるけど、街での撮影の時はいつ何が起こるかわからないし、お天気のこともあるし、きっちり一緒にいてもらわないと。パリが三日、ロンドン三日。予備日と移動日を含めてざっくり十日間。――あらためて訊くけど、どう？　やりたくない？」

一も二もなく、頷きたかった。久々に血の沸きたつような思いを味わっていた。体の奥底で無数の虫がうずうずと蠢《うごめ》いて外へ出たがっている。予感と好奇心の虫だ。

けれど――夫はなんと言うだろう。

この大きなチャンスを前に、そんなことを気にかけてしまう自分が情けない。

以前の隆一なら、妻が海外ロケだなどと聞けば厭味の一つも言ったはずだが、今ならどうだろう。つかのまの独身を喜んで、どうぞ行っておいでとばかりに送り出してくれるかもしれない。

今、家を留守にするのが夫婦にとっていいことなのかどうかわからなかった。それより前に、夫を問い詰めたいのかどうかもわからない。いっそはっきりさせてしまいたい、でも本当のことなど聞きたくない、相反する気持ちの間で振り子のように揺れている。

瑶子は、急かすこともなくこちらを見ている。

帆奈美は、思いきって言った。

「すみません。明日中にお返事しますから、もう少しだけ待って頂けますか」

「いいわよ。一日くらいなら待つわ」

瑶子は艶然《えんぜん》と微笑んだ。

それから、あ、そうそう、と思いだしたように言った。

「カメラマンは、あなたの同級生くんに頼んでおいたから」


夜、自宅マンションの下でタクシーを降りたのは十時少し前だった。瑶子との約束が夕方六時だったたから、かれこれ三時間以上も二人きりで話していたことになる。

タクシーの中、FMの番組で流れていた洋楽がまだ耳に残ったまま離れない。サム・スミスの『I'm Not The Only One』。

――知ってるよ、知ってるんだ
自分があなたのオンリーワンじゃないってこと……

帆奈美は髪を後ろへ振りやり、冷たい夜風を胸の奥深く吸い込んだ。

パリとロンドンでのプレミア上映。レッドカーペット用のドレスやアクセサリー、靴、クラッチバッグが、それぞれ別々に必要となるだろう。

が、そちらは非日常だけにかえってやりやすい。むしろ難題なのは、合間を縫って撮影する街角スナップのほうだ。あらゆるシチュエーションを想定して幾通りものコーディネートを考え、前もって各メゾンから衣装や小物を借り、間違いなく渡航先へ送り届けるための手筈《てはず》を整えなくてはならない。考えただけで不安に駆られ、脈が速くなる。

けれどこれは、今まで関わってきたような雑誌のファッションページやムック本の撮影ではない。瑶子の（本人によれば女優として最後の）写真集となるのだ。せっかくだから、後のちまで語りぐさとなって残るほど、美しくて挑戦的な、刺激に満ちあふれたものを創りたい。そのために、いったい自分は何をすればいいのだろう。

帆奈美はぶるっと胴震いした。全身に、興奮による鳥肌が立つ。駆け出しだった頃の自分に、今夜のことを教えてやりたい。独立してフリーになった時でさえ、こんなにもメジャーで大きな仕事を頼まれるようになるとは考えていなかった。ほんの数日前の自分に聞かせたところで本気にしないだろう。

ふわふわと心もとない気持ちを抱えたまま、マンションのエントランスを横切り、エレベーターに乗り込む。足の裏が、床から三センチくらい浮いている感じがする。

ドアを開けると、夫の隆一は先に帰宅していた。玄関の三和土《たたき》に脱がれた革靴を目にしたとたん、気が重くなる。酸素が薄くなったかのようだ。

寝室から、例によっておむすびがするりと滑り出てきた。ただいま、と告げた帆奈美の顔を見上げ、に、あ、と掠れ声で甘える。

奥のリビングからは、英語のセリフや派手な爆発音が聞こえてくる。先週、隆一自ら借りてきた洋画のDVDだろう。

また〈こそ泥〉などと呼ばれてはかなわない。

「ただいまー」

あえて大きな声で呼ばわったのだが、音にかき消されて聞こえなかったらしい。帆奈美がリビングに入っていくと、ソファに座っていた隆一は飛び上がり、いじっていたスマートフォンを慌てて隠すようにしてこちらを向いた。

「……ただいま、ぐらい言えよ。びっくりするだろ」

「言ったよ、もちろん。テレビの音で聞こえなかったんじゃないの？」

隆一は、仏頂面でリモコンに手をのばした。音量を絞るのかと思ったがそうではなく、かなり前まで巻き戻してから再生ボタンを押す。

ふだん、映画を観ている最中に着信音が鳴ったりなどすると、彼は即座に一時停止してから電話に出る。自分の居ないところで勝手に進んでしまったものを、後から巻き戻すのはうんざりするのだそうだ。

今夜は違ったわけだ、と帆奈美は思った。映画なんかどうでもよくなるくらい、携帯の用事のほうが大事だったということか。電話か、それともまたＬＩＮＥかは知らないけれど。

ソファの前のローテーブルには、芋焼酎《いもじょうちゅう》のボトルとお湯のポットが置かれている。つまみの類はない。

「何か食べる?」

「もうとっくに食ったよ。この時間だぞ」

画面から目を離すことなく隆一が言う。

「そうじゃなくて、アテになるものでも作ろうかっていう意味で訊いたの」

「要らない。自分でやるからいい」

「……ねえ、なに怒ってるの?」

「べつに怒ってないよ。風呂でも入ってくれば」

帆奈美はため息を押し殺した。

「そうね。そうする」

背中を向け、リビングを出た。

風呂椅子に座って熱いシャワーを浴びながら、意識はそこに無かった。よくもまあ、あそこまでわかりやすく不機嫌になれるものだ。妻の帰宅にぎょっとなって飛びあがったのがよほど気まずかったのだろうけれど、浮気をしているのは向こうなのだ。あんなふうに八つ当たりされるいわれはない。

（——浮気）

ふと、ボディソープを泡立てる手が止まった。脳裏に浮かんだ字面に、今さらあらためて狼狽《うろた》える自分がいた。

心臓の後ろ側、肩甲骨の下あたりに、嫌な感じの鈍痛が生まれる。棍棒《こんぼう》のような、まったく鋭利ではないものをぐりぐりと押し込まれるかのようだ。

身体を二つに折り、シャワーの下に頭を突き出すと、帆奈美は顔を覆って低く呻《うめ》いた。熱いしぶきが背中にはね、後頭部から鼻先へと滴《したた》り落ちる。いっそ泣いてしまえば少しは気持ちの整理がつくかもしれないのに、泣くだけの理由さえ見当たらない。自分のほうも、いつのまにか夫からこんなにも心が遠く離れていたのだと思い知らされる。

ようやく気を落ち着けて風呂から上がると、髪を乾かしてリビングへ戻った。ずっと足もとで待っていたおむすびが、先に立って走ってゆく。

隆一はまだ映画の続きを観ていた。いよいよクライマックスとみえ、派手な銃撃戦が展開されている。

流しの足もと、空になっていた皿を洗ってキャットフードを入れてやると、おむすびはさっそく顔を突っ込んで食べ始めた。カリ、カリリ、と小気味よい音が響く。水も新しく替えてやり、自分のためには紅茶を淹れようと、やかんを火にかけた。夫が独占しているお湯のポットを拝借しにそばまで行くほうが億劫《おっくう》だった。

結婚以来ずっと共働きでやってきたけれど、後から帰宅した夫のために帆奈美がコーヒーを淹れに立つことはあっても、彼の側が妻のために紅茶なりお茶なりを用意してくれたためしは一度もない。そのことに、とくに不満を抱いたことはなかった。最初の頃こそいささかの割り切れなさはあったかもしれないが、もう覚えていない。いつしか期待すらしなくなっていた。

けれどそれも、夫婦として相手に誠実でいようという気持ちがお互いにあった上での話だ。どういうつもりの〈浮気〉なのか、こちらがまだはっきり問いただしていないだけで、事実は事実。LINEの文面を通して、その証拠を堂々と見せつけられてしまった今となっては、妻から夫への一方通行的なご奉仕が、とたんに苛立たしいものに思えてきた。にもかかわらず、さっきも帰るなりすぐに、夫の腹具合を気遣って「何か食べる?」とつい訊いてしまうのはどうしてなのだろう。ただの習慣? 潤滑油としての会話? それとも自分は何か後ろめたいのだろうか?

ダイニングテーブルでノートパソコンをひろげ、ミルクを多めに入れたアッサムティーを飲んでいると、食べ終えて毛づくろいも済ませたおむすびが膝に飛び乗ってきた。背中を撫でてやりながら仕事関係のメールに返信をしているうちに、やがて映画が終わったようだ。

ディスクを取り出してケースにしまっている隆一に、帆奈美はようやく話しかけた。

「二月にね」

「ああ？」

入れ替わりに映し出された深夜のバラエティ番組は、これまで以上に音が大きい。お隣に迷惑だと気を揉みながらも、わかりきったことを口にすれば夫の機嫌は悪くなるばかりだ。彼がリモコンに手をのばすのをじりじりと待つ。やっと音が小さくなった。

「二月のあたまにね。出張が入りそうなの」

「へえ。今度はどこ」

今度は、というのは、この間の奈良をあてこすっているらしい。帆奈美は言った。

「パリと、ロンドン」

隆一が身体を起こし、初めてこちらに向き直った。

「無理だろ、お前」

「どういうこと？」

「ラジオのレギュラー抱えててさ。パリもロンドンも両方行ったら、一週間じゃ帰ってこられないだろ」

「それが、二月のあたまだけは特番が入るから、いつもの番組はお休みなの。二週間ほど間が空くわけ」

「だからって、勝手に海外なんか行っていいのかよ。万一帰ってこられなかったら、周りじゅうに迷惑かけるんだぞ」

「それはそうだけど、プロデューサーの田中さんも承知してくれてることだから」

隆一が、黙ってうさんくさそうに目を細めた。

「……なに？」

「『出張が入りそう』が聞いてあきれるよ」

「え？」

「入りそう、じゃないじゃん。もう決まったことなんじゃん」

「っていうか……だからこうして、あなたにも話をしてるんだけど」

「じゃあ、まだ断れるんだな？」

帆奈美は、思わず眉根を寄せた。

「どうして断らなくちゃいけないの？」

「お前がいない間、猫の面倒は誰が見るんだよ。誰が餌《えさ》やって、誰がウンコの掃除すんだよ」

「え？」驚いて訊き返した。「だってあなた、家に帰ってくるでしょう？」

ふだんの餌やりや水替え、猫トイレの掃除などはすべて帆奈美がしているが、たまの地方ロケの時などは一応、彼がしてくれている。自分も可愛がっているのだから当然だろう。

「週刊誌の校了の日だって、せいぜい一泊だけでしょう？」

「俺にわかるかよ、そんなこと。デスクに訊いてくれよ」

「そんな。……それでも、二日も帰ってこられないってことはないんだし、おむすびだってそれくらいなら留守番できるし」

自分の話だとわかるのか、猫が膝から帆奈美を見上げて目を細める。

「あのさあ」隆一が、聞こえよがしのため息をついた。「お前、今さらだけど俺の仕事、わかってる？　定時で帰れる仕事じゃないんだぞ」

ほんとうに今さらのことをわざわざ口に出す。

「記事になりそうなネタが飛びこんでくれば、連日張り込みで帰れないかもしれないし、急に取材で地方へ飛ぶことになるかもしれない。全員が徹夜続きで目ぇ血走らせてる時に、『猫に餌やらなくちゃいけないんで帰ります』なんて言えるわけないだろ」

帆奈美は、ひらきかけた口をつぐんだ。

なるほど、彼の言い分にも一理ある。だが、彼の側の〈こうなるかもしれない〉事態を予測して、こちらばかりが仕事を断らなくてはいけないという道理がわからない。

水原瑶子から話を持ちかけられた時は、夫が何と言うかが気がかりだったのに、いざとなると、彼が何と言おうと仕事を受ける気になっている自分に驚く。

「じゃあ、こうしましょう」帆奈美は言った。「私の留守中に、あなたがどうしても家に帰れない場合を考えて、二月までに信頼できるペットシッターさんを探しておく。もしもの時にはその人に連絡してもらえれば、あなたもこの子も安心でしょ」

「はっ、勘弁しろよ、何が安心だよ。赤の他人を家に入れるなんてそんな、気色悪い。留守をいいことに、どこを覗かれても何を触られてもわかんないんだぞ。俺は絶対ごめんだね」

じゃあどうすればいいのよ！　と、怒鳴ってしまいそうになった。

お互いに自分の仕事を持っていて、家庭内でもほとんどのことは別会計にしていて、このマンションは同じだけお金を出し合って購入した。対等のはずだ。

「ねえ」

帆奈美は、苛立ちを懸命に抑えて言った。

「どうしてもわからないんだけど、教えてもらえる？　まだ実際にあるかどうかもわからないあなたの出張や張り込み取材のために、どうして私が、せっかくの仕事を断らなくちゃいけないの？　あなたの仕事への責任と、私の背負ってるそれとは、同じ重さのはずでしょう？」

すると、隆一はきょとんとして言った。

「へ？　なんで？」

全身から力が漏れ出てゆくのを感じて、帆奈美は思わずダイニングテーブルのへりを握りしめた。腰からも背骨からも芯が抜け、椅子からずるずると滑り落ちそうになる。

――へ？　なんで？

人間の顔をした宇宙人と話しているみたいだ。

「とにかく俺は、他人を家に入れるなんて絶対にいやなんだよ」隆一は続ける。「お前がどうしてもその、『パリ・ロンドン一週間の旅』みたいなふざけたロケに行くって言うなら、留守の間のことはもういいよ。美貴に頼むから」

隆一の、三つ下の妹だった。無類の詮索《せんさく》好きで、話題といえば人の噂話ばかりだ。

軀《からだ》の奥底からおそろしく強い拒絶反応が衝《つ》きあげてきて、

「悪いけどそれはちょっと……」帆奈美は絞り出すように言った。「それは、私のほうが勘弁してほしいかな」

「なんでだよ。赤の他人よりはマシだろ。よけいな金もかけないで済むし」

「赤の他人にお金を払ったほうが、むしろずっと気が楽。そりゃ、あなたはいいでしょう、身内だもの。でも私は、」

「何言ってんの？」隆一の声がわざとらしく裏返る。「お前にとって、俺の妹は身内じゃないって言いたいわけ？　うちのおふくろも親父も、しょせん他人ってことかよ」

「ひとことも言ってないでしょ、そんなこと」絶望的な思いで、帆奈美は夫を見つめた。「ねえ、わからない？　他人だったら気兼ねなく頼めるけど、近しい間柄だとよけいに気を遣うってこと、いくらだってあるじゃない。考えてみてよ、あなただってそうでしょ？

私のほうの身内に、自分の出した洗濯物とか散らかった部屋とかを見られたら、あんまりいい気持ちしないでしょ？」

「べつに。全然気になんないけどね」隆一は平然と言ってのけた。「そんなの、俺のせいじゃないし。それで恥ずかしい思いをするのはお前だろ？　俺は、自分の部屋はちゃんと片付けてる。お前がそれ以外の家のことを怠《なま》けて、やるべきことをちゃんとやってないってだけの話じゃん」

「……どうしてそうなるのかな」

言葉はすでに、問いではなく、呟きにしかならなかった。

夫婦共働きで、お財布は二つで、生活に関することはきっちり折半している。つまり、生活に関する責任は双方が同じだけ負っている。それなのにこのひとは、ふだん口には出さないまでも、家事全般は本来なら妻の義務であるとずっと思い続けてきたのか。出がけにゴミの袋を階下まで持って降りるだけのことさえ、あんなに恩着せがましい顔をするのはそのせいか。

「お前が、ふだんからのだらしなさを美貴に見られるのがいやだって言うならさ」隆一は、手にしていたDVDのケースをぱちりと閉めて続けた。「自分の都合で長々と留守にする前に、ちゃんと掃除なり洗濯なりして、部屋とかも片付けておけばそれで済む話だろ」

帆奈美とは視線を合わせようとせずに、ソファに置いてあったスマートフォンを拾いあげる。

「そもそも、普通の主婦はみんなそうやってちゃんと家事をこなしてるんだよ。仕事を持ってるからしょうがないとか言うなよな。今の仕事はお前が好きでやってることなんだし、べつに俺は働いてくれなんて頼んでない。自分のだらしなさを棚に上げて、後で何言われるかわかんないから身内を家に入れるのはいやだなんて理屈、通らないからな」

部屋着にしているフリースの上着を小脇に抱えて、ダイニングを横切り、自分の部屋に向かおうとする彼を、

「ちょっと待って」

帆奈美は呼び止めた。

思う以上に冷たい声が出てしまったことに狼狽えかけ、けれど踏みとどまる。ここで怯んではいけない。

「あれを片付けるのも、私の役目なの？」

ローテーブルの上を指さす。焼酎のボトルや耐熱グラス、お湯のポットなどがそのまま置きっ放しになっている。

ふり向いた隆一が、いやそうに眉をひそめた。

「ちょっとトイレ行こうとしただけだろ。何をえらそうに、鬼の首を取ったみたいに言ってんだよ。コドモかよ」

上着をダイニングの椅子の背に一旦かけ、スマートフォンだけは握りしめたままでトイレへ向かう。

帆奈美は、向かいの椅子にかけられたフリースを眺めやった。見慣れたノルディック柄が、突然、視界に入れたくもないほど厭《いと》わしいものに思える。

これまで隆一は、妻に対する不平不満を、頭にはあったにせよ、あまりしつこく言い立てたりはしなかった。帆奈美の仕事が忙しくて帰りの遅い日が続いた時など、男の理屈を八つ当たりのようにぶつけてくることはあったが、互いの間に決定的な亀裂が入ることだけは彼のほうも避けていて、帆奈美の反応を見ながらこれは言い過ぎたかと判断すれば、自ら立ち止まったり引き返したりしていた。

その夫が、今夜に限って、あんなにも延々と勝手な持論を展開したのはなぜなのか。彼の心理状態が手に取るようにわかってしまうことが悲しい。悲しいと言うより情けなくて、滑稽で、あまりにばかばかしくて——帆奈美はひとり、泣きたい気持ちで苦笑いをもらした。

妻への思いやりが（そう、上辺だけのものすら）消え失せてしまったのは、要するに隆一にとって、今までのこの生活よりも素晴らしく思えるものが見つかったからだ。仕事にばかり夢中で夫のことなど顧《かえり》みない妻より、内緒で逢えば「愉しかった、また逢いたい」と素直に書いてよこす女のほうがそれは可愛いだろう。そういう女と日々比べるうち、妻に対する不満があらためて噴出し、無理してそれを呑みこむ気が無くなった。そういうことだ。

相手はいったいどんな女なのだろう、と何度目かで思ってみる。あんなに自分勝手で前時代的な考え方をする男を、結婚しているとわかっていて欲しがるなんてどこの馬鹿だろう。それとも夫は、その女に対しては別人のように優しいのだろうか。

隆一がトイレから戻ってきた。帆奈美には目もくれずにテレビの前へ引き返し、焼酎のボトルを脇にはさんだ手でグラスを持ち、もう一方の手にお湯のポットをさげてキッチンへ戻る。水音が聞こえたかと思ったらあっという間にやみ、グラスを他の洗いものの上に重ねる音がした。

ざっとすすいだだけで、ろくに洗っていないのだ。後でもう一度ちゃんと洗剤で洗わなくては、と思ってしまう自分のほうが細かいのか。長年一緒に暮らす間には、自分とは相容れない夫の癖にも黙って目をつぶるようになっていたはずなのに、今はその一挙手一投足がいちいち腹立たしい。正直、もう、限界かもしれない。

(だめ、早まるとろくなことには……)

帆奈美が自分を戒《いまし》めようとした時だ。膝で丸くなっていたおむすびが起きあがり、声にならない掠れ声で鳴いた。

と、ちょうど椅子の背にかけてあったフリースに手をのばしかけていた隆一が、その猫に向かって聞こえよがしに言った。

「かわいそうになあ、お前。今度は海外だってさ。一週間も置いてくなんて、勝手な飼い主だよな。ったく、責任持てないなら、最初から飼わなきゃいいんだ」

一瞬にして、頭の中が深閑と冷たく醒めるのを感じた。

そうか、どこまでもその理屈か、と思った。

拾った猫を、最初に飼いたいと言ったのはなるほどこちらだったかもしれない。けれど隆一だってさんざん可愛がってきたではないか。

夫婦二人して慈《いつく》しんで子どもを育ててきたはずが、ある時突然、お前が欲しいと言ったから作ったんだ、俺は欲しくなかったんだ、と突き放されたような気分だった。

「勝手なのはどっちよ」

はっと気がつくと、口から出た後だった。

「え？　何だって？」

「……いい。何でもない」

「言いかけたんなら言えよ」

隆一が剣呑《けんのん》な目を向けてくる。

帆奈美は、ゆっくりと息を吸いこんだ。

「私が勝手なのは、認める」

「ああ、だろうな」

「こちらの仕事の都合なんか、おむすびには関係ないからね」

「まったくだよ」

「だけど――あなたにそれを言う資格があるの？」

隆一の眉根がみるみる寄っていった。

「どういう意味だよ」

覚悟を決めるしかなかった。これ以上、とうてい黙ってなどいられない。

「勝手で無責任なのはあなたのほうじゃないの、って言ってるの。あなたこそ、責任持てないなら、最初から結婚なんかしなきゃよかったじゃない」

隆一の視線から剣呑さが薄まってゆき、かわりにひどく訝《いぶか》しそうな目つきになった。探りを入れる口調で言った。

「俺は、自分の責任は果たしてるけどな」

「そうかな。とてもそうは思えないけど」

「だからどういう意味だよ。言いたいことがあるならはっきり言えよ」

言っても、いいのだ。許しを得たも同じことだ。そう思うと、口にする前から、おそろしいほどの解放感に動悸がして、呼吸が浅くなる。

帆奈美は、とうとう、言葉を押し出した。

「あなた――よそに女がいるよね」

その瞬間の隆一のポーカーフェイスは、称賛に値するものと言っていいだろう。眉ひとつ動かさずに、けれど、だからこそその不自然さを露呈しながら、彼は口をひらいた。

「はっ。何を言いだすかと思えば。馬鹿じゃないのかお前、そんな……」

「やめて」帆奈美はさえぎった。「言い逃れとかは、みっともないからやめて。聞きたくない」

「おい、帆奈美」

「全部わかってることなの。私、あなたのＬＩＮＥに送られてきた文面を読んじゃったから」

夫の顔から、まるで仮面がずるりと滑り落ちるように表情が消えてなくなるのを、帆奈美は見た。のっぺらぼうだ。ほんとうに宇宙人に変わってしまったかのようで背筋が寒くなる。

隆一は、何も言おうとしない。弁解の言葉もないのか、こちらの出方をうかがっているのか――おそらくは後者だろう。

ＬＩＮＥの文面を見たと言っても、あの夜、目の前で送られてきたほんのいくつかのメッセージだけだ。たったそれだけでも相手の女性とすでに深い仲であることを確信するには充分すぎるものだったが、

「すごく、仲がいいのね」帆奈美は、手の内は明かさないまま続けた。「全然知らなかった。あなたが私を裏切ってたなんて。浮気とか、遊びとか、そういうことだけはしない人だと思ってたのに。長い付き合いでも知らないことっていっぱいあるのね」

「……きじゃない」

突っ立ったまま、隆一がぼそりと言った。

よく聞こえなくて、

「え？」

短く訊き返したのが挑発のように響いたらしい。

「浮気じゃ、ないし」苛立たしげに声を張って、隆一はくり返した。「悪いけど俺、本気だし。そのへんの不倫ごっこと一緒にしないでくれる」

（恥ずかしい）

というのが、帆奈美の抱いた唯一の感想だった。

絵に描いたような男の開き直りと、まるで乙女《おとめ》のような純情。まさしく〈そのへんの〉勘違い男が言いそうなクサい台詞《せりふ》を、よりによって自分の夫が平然と口にしていることに耐えられなくなる。

「大体さ。ひとのスマホを黙って見るってどういうことだよ。人としてどうかと思うよ。俺のほうこそ、お前がそんなやつだったなんて思ってもいなかったのにな」

「ねえ、あなた、それを言える立場じゃないのよ?」いっそ諭すような気持ちで、帆奈美は言った。「私に見られたら言い訳できないようなことをしていたのは、あなたのほうでしょう? それを、いったいどうしたらそんなふうに開き直れるの? どういう神経をしてるの?」

言いながら帆奈美は、無意識のうちにゆっくりと首を横にふっていた。

「おまけに、言うに事欠いて、『浮気じゃなくて本気』って……よくもまあ、そんな歯の浮くようなセリフを真顔で言えるよね。信じられない」

こんなふうに相手をわざわざ挑発するような言葉をぶつけるべきではない、もっと冷静に事の本質について話し合わなければ——と、頭の片隅では思うのに、自分を抑えることができない。おなかの奥底が煮えたぎり、せり上がってくるものに押し出されるようにして言葉が勝手に口からこぼれてしまう。だって、さんざん我慢してきたのだ。夫のスマホ画面に表示された、あの鳥肌が立つほど甘ったるいメッセージを目にして以来、もうずっと。

隆一は突っ立ったまま、こちらを睨《にら》むように見おろしている。テーブル越しの視線が、凍りつくようだ。

「いつからなの?」

帆奈美は言った。息を吸い込み、もう一度くり返す。

「いつから、私を裏切り続けていたの？」

「そういう言い方をするなよ」

「言い方の問題かなあ」

隆一が奥歯を嚙みしめるのがわかった。耳の下のあたりがごりっと動いて、喉仏が上下する。

「ああ、そうかよ」おそろしく低い声で言った。「そっちがその気なら、こっちも遠慮なく言わせてもらうけどな。お前、これまでどれだけ俺のことを馬鹿にしてきた？」

「……え？」

馬鹿にって？

一瞬、言葉そのものの意味がわからなくなった。膝の上で、おむすびがもぞもぞと座り直す。帆奈美は、白猫の頭のてっぺんにある四角いぶちを見おろしながら、自分の胸のうちをまさぐった。

一度もない。隆一を馬鹿にしたことなど、ほんとうに一度もなかった。むしろ、夫として、男として、出来るだけ立てるようにしてきたし、プライドを傷つけることのないよう充分すぎるほど気を配って接してきたはずだ。それなのに、

「そうやってさあ、不本意です、傷つきました、みたいな顔すんのやめろよ。いちいちわざとらしいんだよ」隆一は吐き捨てるように続けた。「お前はいつだってそうだよ。自分

だけは間違ってませんみたいな顔して、上から目線で人のこと見下してさ。私はよくできた嫁です、いつも夫の顔を立てて一歩下がってます、って。そういう態度こそが鼻につくんだよ」

「……そんな」

「俺はさあ」と、隆一がさえぎる。「お前にいちいち立ててもらわなきゃ誰にも認めてもらえないほど、情けない男なのかよ。え?」

「どうしてそういうことになっちゃうの?」

「だってそうだろ。人前に出るたんびに、お前に何から何まで気遣われて、大げさに持ちあげられて花持たされてさ。夏の、うちの編集長の引っ越しパーティの時だってそうだったじゃんか。一緒に呼ばれたはいいけど、わざとらしくああいうふうな言葉を並べられるたんびに、俺は恥ずかしいんだよ。そりゃ、お前はいいだろうさ、嫁としての株は上がって鼻高々だろうよ。けど、逆に周りは俺のことをどっかで憐《あわ》れむみたいな目で見るんだ。女房にかばわれてようやく一人前かよ、みたいな目でさ。今までそれで、どんだけ恥ずかしくて情けない思いをしてきたか……お前、一度でも気づいたことあったか? 隣で苦笑いを浮かべてるしかない俺が、ほんとはどんな気持ちでいるか、考えてみたことがいっぺんでもあったかよ」

「そ……んな……。だって……」

　さっきまでは止まらなかった言葉が、今度は、出てこない。

　俺の気持ち？　どれもこれもみんな、あなたの気持ちを考えたからこそしてきたことだったのだと、言いたいのに、言えない。初めて聞かされる隆一の本心に、帆奈美は打ちのめされていた。

「馬鹿になんか……」掠れ声をしぼり出す。「したこと、ないよ」

「はっ、よく言うよ」

「ほんとだってば。ただ、あなたって、人が集まるところではあんまり喋らないから……それこそ、編集長さんのところのホームパーティに呼ばれていった時だって、隅っこでビール飲んでるばっかりだったじゃない。そうすると、どうしても周りの人は気を遣って私に話しかけるじゃない」

「だからさあ、そういう時に、なんで必要以上に俺を立てまくったりするんだっての。さんざんいいことばっか並べるくせに、言葉にまったく心がこもってないからおかしなことになるんだよ」

「嘘よそんなの」

「うるさいっての。お前はふだん、女ばっか多い業界でフワフワへらへら仕事してるからわかんないんだろうけどなあ、男ってのは、面子の生きものなんだよ。面子をつぶされたらそこで終わりなんだよ。いいか、外へ出れば出たなりに、俺にだって外の顔ってものがあってなあ、」

「それはわかってるけど、」

「いや、わかってないね。全然わかってない。お前が並べたてる〈いい夫〉像なんか、ふだん外で仕事相手に見せてる俺とは百万光年もかけ離れてる。要するに、あれだよ。学校の友だちの前では精いっぱいやってんのに、いきなり露悪趣味の母親から、家では何から何までママに従順なのよって言いふらされるのと同じくらい恥ずかしいことを、お前はしてるんだよ。そういうこと、今まで考えたためしがあったか？　ただの一度もなかっただろうが。ええ？」

帆奈美は、答えようとして口をひらいた。結局、何も言葉が出てこないまま、またつぐむ。

「ほうら見ろ」

勝ち誇ったように、隆一が言った。

頭の中に綿が詰まったようだ。目の前がぼうっと白くなって、何も考えられない。

俺のことを馬鹿にしてきた。

上から目線で見下した。

褒め言葉に心がこもっていない。

面子をつぶされた。

男としてそれらがどんなに情けないことかわかるか、と隆一は言うけれど、そんな被害者意識に凝り固まったセリフばかりを並べたてるほうが、よほど情けなくはないか、と思う。

しかしその一方で、実際、隆一が人前で立ててもらうことをそんなに嫌がっていたとは気づきもしなかった。決して妻としての自分の株を上げようとしてしたことではないし、彼を見下したつもりも毛頭ない。それでも、ならばお前はほんとうに心の奥底から夫に感謝しているのかと訊かれたら、微妙に目をそらしたくなってしまうのも事実なのだ。

「どうして言ってくれなかったの？」と、帆奈美はようやく言った。「『人前で褒めたりするのはやめろ』って、ひとことでも言ってくれたら、私だって考えたのに」

「どうだか」隆一は鼻の先で嗤《わら》った。「正直、言う気もしなかったよ。そんな気がなくなるくらい、お前は得々として〈デキた女房〉を演じてたしな」

「どうしてそういう言い方、」

「『言い方の問題かなあ』？」

すかさず隆一が斬り込んでくる。隙を見せたとたんに脇腹を刺された格好だった。

帆奈美が思わず眉根を寄せて呻くと、ずっと膝の上にいたおむすびが首をねじり、心配そうに見上げてきた。大事な二人が言い争っているのがわかるのだろうか、見比べるように視線を交互に投げ、あーおう、と変な声で鳴く。

「お前って、昔からそういう女だったよな」

隆一は言い捨てた。それなりに長い夫婦生活の中で、一度も見たことがないほど残忍な顔つきだった。

「いつだって、自分だけが正しいんだ。その正しさで人のことを追い詰めるんだ」

どこで間違ったのだろう、と、痺れた頭の隅で思った。

浮気を糾弾していたのはこちらだったはずなのに、いつのまにか形勢が逆転している。

それどころか、おおもとの話がどこかへすっ飛んでしまっている。おかしい。

帆奈美は、ゆっくりと息を吸い、そっと吐き出した。おむすびの背中に手を置く。ひんやりと冷たい、滑らかな毛並み。その下に、確かな体温を感じる。

そうだ、おかしい。どうしてこちらが一方的に責められなければならないのか。

ふつふつと、怒りが煮詰まってゆく。

もう一度、大きく深呼吸をしてから、帆奈美は言った。

「自分のせいじゃないって言いたいの？」

「ああ？」

「そうやって精神的に追い詰められたから、自分はよその女に走ったんだ、って言いたいの？　つまり、浮気は私のせいだって？」

「……そこまでは、誰も言ってないだろ」

「言ってるも同じことでしょう？」

詰問の口調になったとたん、おむすびがまた落ち着かなげに立ちあがって鳴いた。そっと抱き寄せてやりながら続ける。

「いくらあなたが本気だの何だのって陳腐《ちんぷ》な言い訳を並べたって、私から言わせてもらえば、どこまで行ってもただの浮気でしかないのよ。正直なところ、同じ浮気をするんだったら、もうちょっとましな女を選んでほしかったけどね」

「……なんだって？」

隆一が眉をひそめて凄んでみせる。

動じてなんかやるものかと思った。いったん解き放つと決めた怒りを引っこめる気などなかった。

「頭の悪そうな女」

テーブル越しに夫を睨み上げて、帆奈美は言った。言い放った。

「甘ったれた文面に、絵文字だらけ。女子高生？　っていうかほとんど中学生並み？　あなた、ああいう子どもっぽい女が趣味なの？」

「帆奈美、お前……」

「確かにね、ああいうタイプなら、あなたのこと見下したり馬鹿にしたりするわけないよね。『すっごーい！』とか、それこそ心をこめて言われるだけで、本気で尊敬されてる気がするもんね。『逢えて嬉しかった』とか『また連れてってね』って言われたら、そりゃ嬉しいでしょう。あなたの妻はそんな可愛いこと言ってくれないもんね。そっちの子を好きになって、浮気じゃなくて本気になっちゃうのも無理ないよ。誰が聞いたって、きっとあなたの味方をしてくれ……」

風を切る音がして、視界の左端から大きなてのひらが飛んできた。強い衝撃に椅子から転げ落ちそうになり、悲鳴とともにテーブルにすがる。おむすびが怯《おび》えて飛んで降り、どこか物陰に隠れた。

痛みは、後から来た。ずわん、ずわん、と顔面の左側が痺れ、左目が開けられない。

隆一は息を乱し、唇を震わせている。いまだ怒りを抑え込みかねているようにも、あるいはまた、彼のほうが怯えているようにも見える。

ずいぶんたって、ようやく口をひらいた。

「お……お前が、悪いんだからな。そういう口のきき方をするから」

狼狽えたようにそれだけ言い捨てると、さっときびすを返した。リビングを出て自分の部屋へ行き、ごそごそと何かしていたかと思うと、チャリン、と鍵を手にする音がした。そのまま、玄関のドアを開けて出ていった。靴を履くのももどかしげだった。

吹き込んでくる風の音がやむと同時に、重たい玄関のドアが再び閉まる。

帆奈美は、息を吐いた。身体が震えていることに、初めて気づいた。

「むーちゃん」と、小声で猫を呼ぶ。「むーちゃん、ごめん。もう大丈夫だよ」

ソファの陰から、くぐもった鳴き声が応えるが、まだ出てくる様子はない。よほど怖かったのだろう。

帆奈美は、そっと手を持ちあげ、左の頬と目もとを覆った。かなり痛む。明日には痣《あざ》になってしまうかもしれない。

よろよろと立ちあがり、ソファのところまで行って倒れこむように腰をおろした。

殴られる、と察知してから、てのひらを頬で受けとめるまでの短い一瞬を思い起こす。あの瞬間に脳裏をよぎったのは、恐怖よりも、むしろ快哉《かいさい》に似た感情だった。

ああ、ついにやってくれた、と思った。この具体的な暴力の一瞬をもって、自分は夫から自由になれるのだ、とさえ。先に手を出させたほうが勝ちだなどと、あらかじめ冷静に考えて煽《あお》ったつもりはない。それでも、ふり返ればまるですべてが計算の上のことだった気がして――。

帆奈美はそんな自分を、つくづくと底意地の悪い女だと思った。

第5章

Take A Bow

冬のロンドンが寒いことくらい知っているつもりだったが、前に来た時はこれほどだったろうか。日本の寒さともまた違って骨にこたえる。

それともこれは、身体より先に気持ちが負けているせいなのだろうか。

隆一との諍いは帆奈美の心に、容易には癒《い》えない傷を残していた。切れ味鋭い刃物ではなく、錆《さび》の浮いた鉈《なた》で肉を抉《えぐ》り取《と》られたかのようだった。

とはいえもちろん、スタッフの身で辛いだの寒いだのと弱音を口にするわけにはいかない。当の女優がただのひと言たりとも不平不満を漏らさないとなればなおさらだ。

由緒ある劇場街の片隅、レンタルしたロケバスから石畳へと優雅な身ごなしで降り立った水原瑶子は、

「いま考えると、かえって良かったかもしれないわね」

独りごとのように呟いた。

「何がですか？」

藤井カナが、彼女の髪を直しながら訊く。

「スケジュールよ。パリじゃなくてロンドンでのプレミアのほうが先になりました、だなんて、事後報告で聞かされたときは頭にきたけど、結果的には良かったなと思って。だって、どうしたってパリのほうがお買い物は愉しいじゃない。どうせ荷物が増えるなら、帰りがけのほうがありがたいわ」

「なに言ってるんですか、瑶子さん。世界中どこからだって、いつもさっさと航空便を送ってしまわれるくせに」

「あら、そうだっけ？」首をかしげるようにして笑う。「ふふ、カナちゃんも言うようになったわね」

「すみませーん」

姉妹のようにじゃれ合っている二人を、帆奈美はすぐそばに控えて見ていた。ふと、〈場数《ばかず》〉という言葉が脳裏をよぎる。彼女たちが一緒にくぐってきた正念場の数々。自分など緊張のあまり、今はとても談笑どころではないというのに。

四角い広場を寒風が吹き抜けてゆく。ここレスター・スクエアは、ロンドンのウエストエンドにある劇場街だ。

東にコヴェント・ガーデン、西にピカデリー・サーカス、北にはケンブリッジ・サーカス、南はトラファルガー広場。ロンドンの中心ともいえるこの広場周辺には、イギリス全土でも最大規模の座席数を誇る映画館が複数あるほか、大小の劇場も集まっていて、ミュージカルなどが次々に上演されている。

中央にはフェンスで囲われた小さな公園があり、その中心に立つ彫像を指さして、現地コーディネーター兼通訳のリチャード・モリスが日本語で言った。

「あれは、シェイクスピアの像です。なんかちょっと、カッコつけててエラそうね」

ちらりと笑ったカナが、瑶子の額と鼻をパフで軽く押さえ、

「はい、オーケーです。瑶子さん、頑張ってきて下さいね」

そう言って離れる。入れ替わりに帆奈美が近づき、自ら着付けをした着物と帯まわりを整えた。

背中の中心に寄った皺を両脇へ寄せ、衣紋《えもん》の抜き具合を確認し、最後に正面から眺める。

明治時代に作られたアンティークの振袖。古来、最も高貴な色とされてきた濃い紫の絹地に、絢爛《けんらん》たる鳳凰《ほうおう》や花々や吉祥紋様が豪華に刺繡された、ずっしりと重たい一枚だ。本来、振袖は若い独身の女性がまとうものだが、海外の大がかりなパーティで披露するからには、これくらいのインパクトがなければイブニングドレスの派手さに負けてしまう。あえての選択だった。

プレミア上映へと向かうために着飾って道を行く人々が、それぞれふり返り、目を瞠り、東洋の美女に感嘆の声をあげる。

帆奈美が帯に漆塗りの扇子《せんす》を挿し直していると、瑶子と目が合った。分厚い雲の間から射す淡い光が、彼女の瞳を黒曜石のようにきらめかせている。

「素敵ですよ」

思わず口にすると、女優は艶然と微笑んだ。

「そう？」

「はい。とっても」

「あなたがコーディネートしたんじゃないの。自画自賛？」

「そうなりますね」精いっぱいの笑みを返す。「ほんとうに、誰より素敵に目立ってます」

「当然よ。――行ってくるわ」

「はい。行ってらっしゃい」

帆奈美もそばを離れた。

劇場前に長々と敷かれたレッドカーペットの脇にロープが張られ、ガードマンたちが不届き者を監視している。そのロープの外側には、ロンドンじゅう、いや世界じゅうから訪れたメディア・カメラマンたちが押し合いへし合いしながら次なるセレブの到着を待っている。

中に、黒革のライダースに身を包んだ澤田炯の姿もあった。

タキシード姿の主催者側スタッフにエスコートされた瑶子が、しとやかに袖を押さえながら片手を挙げると、無数のフラッシュがいっせいに弾けた。

英仏合作映画のプレミア上映とその後のイベントは、当初、パリのあとロンドンという順番で行われることになっていた。突然の変更が伝えられたのは年の瀬も押し詰まってからのことだ。会場として予定されていたパリの劇場が火災で一部焼けて使えなくなり、同程度の格式とキャパシティを備えた別会場を押さえるために、ロンドンと予定が前後してしまったのだった。

二月のあたま、という期間までが変更されずに済んだのはまだしもの救いだった。もとより、何ヶ月も先まで分刻みでスケジュールが決まっているセレブたちが一堂に揃うのだから、行き先は多少変わろうと、二都市での滞在が合計六日間、という開催期間だけは、一日たりとも動かせないというのが実情だったに違いない。

とはいえ、突然の変更は、帆奈美の精神をぎりぎりまで磨り減らすこととなった。各会場で瑶子がまとう晴れの衣装——二種類の振袖——や、それに付随する小物ばかりではない。写真集のために用意すべきものも山のようにある。

たとえばパリに到着して一日目に訪れるのはどことどこ、服装と靴はこれ、アクセサリーやバッグはこれとこれ、ただし雨の場合はコートをこちらに変えて、傘は……などと、日数ぶん以上にきっちりコーディネートして揃えつつあったものが、行き先が前後して行程が変化するだけでとたんにややこしいことになった。イギリス宛《あて》に送る荷物と、フランス宛の荷物。ひとつでも間違えれば大変なことになる。

加えて、夫だ。

言い争いの末に帆奈美の頰を平手で打ったあの夜以来、隆一はめったに帰ってこなくなった。正確には、帆奈美が家にいる時間帯には寄りつかなくなった。かわりに、留守の間を見計らって、必要なものを取りに寄っているらしい。いくら彼が形跡を残さないようにしてもすぐにわかるのだ。

雑誌のロケ、ショップやイベントのスタイリング、あるいはラジオ番組の収録などの仕事を終えて家に戻ると、朝出かけた時とは空気が微妙に違う。クローゼットから彼の服が一枚消えているだけでもそれと気づいてしまう自分が鬱陶《うっとう》しくてたまらなかった。たまに、メールのやり取りはある。長く夫婦を続けていると、どうしても連絡や確認が必要なことも出てきて、それが些末《さまつ》な事柄であればあるほど腹立たしい。

隆一からは、あの翌日、メールでただ一行、詫《わ》びの言葉が届いた。

〈ゆうべは悪かった〉

いったい何を悪かったと思っているのだろう。妻を殴ったこと、だろうか。それとも、〈本気の浮気〉についてだろうか。とりあえず謝っておいたほうが、という気分と、しかし後々のために言質《げんち》は取られないでおこう、という腹とが透けて見えてしまうことに、心底うんざりする。

長い付き合いの隆一に対して、そんな感情を抱く日が来ようだなんて想像したこともなかった。他人同士なのだから互いにいろいろと文句もあろうけれど、それでも何だかんだ言いながら、この先も仲良く歳を取っていくものだとばかり思っていた、のに……。自分の感情が、誰か他人の持ちもののように思える。

しかし、それ以上に不可解なのは、正月明けに、例年と同じく二人揃って遠藤家へ挨拶に行ったことだ。

さすがにこの時ばかりは、隆一からのメールも遠慮がちだった。

〈正月は、どうする？　俺としては、一緒に行ってもらえるとありがたいんだけど〉

ふざけないでよ、と、もちろん思った。いったいどこまで人を馬鹿にすれば気が済むのだ。

けれど帆奈美にしても、今すぐに離婚だ何だと具体的な行動を起こす決心がつかない以上、場外からのよけいな干渉はできるだけ避けたい。ただそれだけのために一緒に行くことを了承したのだったが、親たちの前で、言葉少なだが互いを深く理解し合っている夫婦、を演じるのは苦痛以外の何ものでもなかったし、隆一の母親から、

〈それはそうと、あんたたち、もういいかげんに本気で子どものことを考えないとね〉

恒例行事のように同じ言葉を向けられた時は、危うく叫び出しそうになった。

あなたの息子はもうずっと前から私のことなんか抱きもしないで、若いだけの馬鹿そうな女と恋愛ごっこにうつつを抜かしているんですよ。それなのに子どもなんか、いくら待ったたって出来るわけがないじゃないですか。

もちろん、こらえた。この姑は、いざとなったら息子の不実など咎《とが》めもせずに、嬉々として若い女のほうを家に招き入れるかもしれない。そう思ったら背筋がうっすらと寒くなった。

約一世紀ぶりにテムズ川にかかった新しい橋、ミレニアム・ブリッジ。その銀色の欄干《らんかん》に寄りかかった瑶子が、

「ああ、気持ちいい」

大きく深呼吸をする。視線の先には、古色蒼然たるタワー・ブリッジが左右対称にそびえている。

「朝のうちは空気も澄んでるし。ロンドンっ子にならって、ランニングでも楽しみたいくらい」

すぐそばを、金髪の女性ランナーが足音も軽やかに通り過ぎてゆく。出勤途中なのかもしれない。

「寒くないですか？」

わずかに離れたところから帆奈美が声をかけると、瑶子は肩をすくめた。

「寒いわよ、そりゃ。でもそれはあなたたちも同じでしょ」

「私たちは、格好なんか気にせず着ぶくれていられますから」

「大丈夫よ、心配しないで。この仕事、気合いだけが勝負なの。風邪なんか何十年もひいたことないわ」

川面《かわも》を渡ってくる冷たい風に目を細め、天を仰ぐ。のけぞらせた顎から喉への美しい輪《りん》郭《かく》が、異国の景色をくっきりと切り取る。

立て続けにシャッターの音が響いた。瑶子の斜め後ろ、反対側の欄干近くから、澤田炯がカメラを構えているのだった。

「すみません、そのままちょっとここで待ってて下さいますか」澤田が近づいてきて言った。「場所変えますんで」

「次はどう撮るの？」

「少し離れます。瑶子さん込みのミレニアム・ブリッジを、ロングで撮らせて下さい。セント・ポール大聖堂をどーんと背景にして」

「了解。古都ロンドンの歴史と展望、みたいな感じね」

「それです、まさに」

我が意を得たりと笑ってみせ、澤田はカメラバッグを担ぎ上げて肩にかけると、走って離れていった。

「走らなくたっていいのに」

ね、と瑶子がこちらをふり返る。帆奈美は、彼女の肩からかけたタータンチェックのストールを手直ししながら言った。

「水原さんを寒い中でお待たせしちゃ大変って思ってるんですよ。スタッフはみんな同じこと考えます」

「大丈夫だって言ってるのに。でも、気持ちはありがたいわ。それはそうと、ねえ、三崎ちゃん」

「はい」

「私、これからは三崎ちゃんのこと、炯くんにならって『ナミちゃん』って呼ぶから。いい?」

「あ……はい、もちろんです」

「だから、あなたも私を下の名前のほうで呼んでくれない?」

「えっ」

「いいでしょ。お願い」

帆奈美は慌てた。お願いなんか、されても困る。

「そ、そんな、恐れ多いです」

「あのね。私、勝手に決めてるの。私が個人的に選んでチームに加わってもらった人とだけは、下の名前で呼び合うって」

——個人的に選んでチームに。

当たり前のように口にされたその言葉に、帆奈美は、たじろいだ。嬉しく誇らしい半面、いきなり肩のあたりがずしりと重たく感じられる。

「なによ、今さら」瑤子がおかしそうに目を細める。「今回のこと、伊達《だて》や酔狂《すいきょう》であなたに頼んだわけじゃないわよ」

二十メートルほど離れた位置、橋を行き交う人々の迷惑にならないよう気遣いながら、澤田が三脚をセッティングしている。その作業ぶりを眺めやりながら、瑶子は呟いた。

「カメラマンに関してはね、まだいいの。今回みたいな撮り下ろしの写真集はともかく、ふだんは仕事の内容次第で誰と組むことになるかわからないからね。でも、ヘアメイクとスタイリストは話が別でしょ。言ってみれば、私が戦場に出て思う存分戦うための、鎧とか武器を用意してくれるスタッフだもの。私のことを私以上によく知った上でもっと高めようとしてる人でないと、安心して任せられない」

澤田が、試し撮りをしてはデジタル一眼レフの上に手をかざしながらチェックし、何かを微調整している。まだ納得がいかないらしい。

「でも、水原さんだったら……」

帆奈美が言いかけると、

「〈瑶子さん〉」

にっこりと当人にさえぎられた。

「……瑶子さん、なら――いくらだって超一流の方たちを指名できるでしょうに」

「できるわよ、そりゃ。だけど、すでに一流になっちゃった人に頼んだって面白くないじゃない。仕上がりがどんなに素敵でも、ああ、誰々のスタイリングなんだから当然ね、ってことになっちゃう。そんな予定調和で満足するより、これからの人と組んだほうがうんと愉しいもの。これからっていうのはもちろん、未熟って意味じゃないわよ。未知数っていう意味」

わかるでしょ、というように視線で念押しされる。

「ヘアメイクに関しては、私、カナちゃんに全幅の信頼をおいてるの。彼女、若いのに技術も高いし、何より引き算のセンスが抜きん出てるから。ただ、スタイリストはね……よくお願いする人は何人かいるけど、全部任せてみたいって思うような相手が見つからなくて、もうずっと探してたのよ。私の望んでることを察した上で、私自身がまだ気づいてない扉を開けてくれるような、半ば専属のスタイリストをね」

「専属……？」

「だから、半ばだってば」瑶子は、事も無げに言った。「映画やグラビアなんかで先方が決めたスタイリストと組む場合は仕方ないけど、私が選んでいい時は必ずお願いするような人」

「まさか、それって……」

「まさかじゃないわよ。あなたよ」

テムズ川の上を渡ってくる風が、帆奈美の火照《ほて》った耳朶《じだ》を冷やしてゆく。

「大丈夫。よその仕事をするな、なんて言わないから安心して。常識の範囲内での仁義さえ通してくれたら充分」

この業界における常識の範囲内とは要するに、単発の雑誌のグラビアなどを除いては、年格好や立ち位置がかぶる女優やタレントなどのスタイリングを、個人的かつ継続的に引き受けることはしない、といったようなことだ。どう答えればいいのかと迷っていると、ようやくセッティングを終えた澤田がこちらに合図をよこすのが見えた。

即座に瑶子が、銀色の欄干に片手をかけてポーズを取る。巨大なドーム屋根を持つセント・ポール大聖堂を背景に、女優の佇まいが際立つ。異国を旅する者の好奇心と、心許《こころもと》なさの両方までが伝わってくるようだ。

そうだ——今はまず、この撮影をつつがなく終えなくてはならない。服やストールの乱れなどをもう一度チェックし、

「それじゃ、よろしくお願いします」

帆奈美は、急いで反対側の歩道へと渡り、通行人にまぎれるべく、背中を向けて歩きだした。後ろ姿なら、澤田のカメラに映りこんでもスタッフとはわからない。足早に、さりげなく遠ざかる。

どうして他の誰かではなくて自分だったのだろう、とは、このロケに誘われた時から何度も考えてきたことだった。何か突出した才能があると思ったためしはない。ふだん手がけるスタイリングだって、ひと目で〈三崎帆奈美の仕事〉とわかるような特徴的なものではないし、読者人気も悪くはないが中くらいで、それが分相応と思ってきた。とりあえず、夫と対等程度の収入を得られればそれで満足だった。けれど――。

「オーケーでーす！」

背中から吹きつける川風に乗って、かすかな日本語が耳に届く。

はっとなって立ち止まり、ふり返ると、遠くで澤田が頭上に両手を挙げ、大きな丸を形づくっているのが見えた。先ほどの場所でポーズを解いた瑶子が、帆奈美を目で探し、こちらへ軽く手を挙げてよこす。

〈未熟なのではなく、未知数〉

そのフレーズが、耳の中でリフレインしている。

あなたの中にはまだ誰も知らない伸びしろがある――そう認めてくれる人がいるということ。しかもそれが、あの瑶子だということ。

幸運には違いない。けれど、そんな怖ろしい幸運があるだろうか。もし、期待に応えられなかったら、どうすればいいというのだ。

久しぶりに訪れたロンドンの街そのものは、記憶にあるのとたいして変わっていなかった。話題のデザイナーズブランドの隆盛などには時代の変遷が感じられるものの、流行の最先端をゆくそれらの店舗でさえ、数百年も前に建てられた建造物の一階に入っていることが多いため、テナントが次々に変わったとしても、町並みそのものはほとんど変わることなく保たれる。

「そのへん、日本とは違いますねぇ」と、カナが感心したように言った。「古いビルを全部取り壊して、真っ平らな更地に新しいビルを建てて……みたいなこと、こちらではしないんでしょうか」

「街の中心部に関してはまず、ないんじゃないかな」答えたのは澤田だ。「建物がこのとおり頑丈な石造りだし、しかも地震のない国だから一概に比べるわけにもいかないだろうけどさ。それでもつい、文化の成熟度みたいなことを思っちゃうよね」

午前中いっぱいロケバスであちこち移動しながら撮影をした一行は、今ようやく、小さな公園広場に面したカフェ・レストランで遅い昼食にありついたところだった。

〈イギリスの食事は美味しい。ただし三食とも朝食なら〉

そんなふうに揶揄《やゆ》されるほど、料理の味にはまず期待できないのがこの国だが、首都ロンドンだけはそう悪くもない。世界中の様々な国から料理人が集まるおかげで、店を正しく選びさえすれば、まともなランチやディナーにありつける。

現地コーディネーター兼通訳のリチャードにはその点をあらかじめしつこく頼んであったそうで、おかげで到着から三日目になるが食事に不満は抱かずに済んでいる。今日のこの〈カフェ・ヴォッカチオ〉も、オーナーがイタリア人というだけあってパスタもピザもまさしく本場の味、デザートや食後のコーヒーに至るまですべてが満足のいくものだった。

「昨日があのパーティだったなんて、嘘みたいですね。なんていうか全部がぼんやりして、夢でも見てたみたい」

カナの言う意味は、帆奈美にもよくわかった。ふだんの生活とはあまりにも世界が違いすぎて、まるでおとぎ話の中に入りこんだかのようだったのだ。

プレミア試写会が終わった後、すべての招待客やメディア関係者は、何台もの無料大型バスでパーティ会場へと移動した。そこからは瑶子の随行者として澤田をはじめカナも帆奈美も加わったのだったが、暮れてゆく街を抜けてけっこうな距離を運ばれてみれば、辿り着いた先は埠頭《ふとう》だった。大きな二階建ての倉庫が、このイベントのためだけに改造され、一流ホテル顔負けのパーティ会場となっていたのだ。

英仏合作のファンタジー映画の、幻想的な作品世界を忠実に再現する内装。登場する様々なエルフやゴブリンなどに扮《ふん》した男女のスタッフたち。その日その時限りの、あまりにも贅沢なテーマパークだった。いったいどれほどの費用がつぎ込まれたものか、想像すら追いつかない。

そんな非日常世界の中にあって、紫色の振袖姿の瑶子はひときわ目立っていた。真紅のロングドレスを着こなしたイギリス人の主演女優は、自分に向かってフラッシュを焚《た》く報道陣や招待客たちがその前後に必ずと言っていいほど瑶子にカメラを向けるのを、いささか硬い笑顔でずっと意識していた。

「ま、彼女にしてみりゃ面白くはなかったでしょうよ」澤田が、熱いコーヒーを平気ですすりながら思い出し笑いをする。「だって、はっきり言って瑶子さん、黙って立ってるだけでピラニアみたいでしたからね」

「何よ、それ」

「主役を食っちゃってたってことです」

「……この人から座布団一枚持ってって」

隣で聞いていたリチャードが、きょとんとした顔で澤田の尻の下を確かめ、それから帆奈美を見た。

「ザブトン？　日本のあの、平たいクッションのことですか？」

「そうなんですけど、日本ではね、ジョークが全然面白くなかった時にそういうふうに言うことがあるんです」

「そこ、解説要らない」

澤田に仏頂面で言われ、帆奈美は思わず噴きだした。

「パリのプレミアのほうは、今度はブルーの振袖なんですよね？」

カナが、自身のスマホで撮った前日の画像を見直しながら思案げに訊いてくる。

「そう。夜空みたいなロイヤルブルーの地に一面、散りしきる桜の刺繡。この際だから、帯も、帯留めも扇子も、思いきってぜんぶ桜尽くしにしてみたんだけど」

「帆奈美さんから、紫っていうのはいちばん位の高い色だって教えてもらったでしょう？　それで昨日は髪を高く結い上げたんですけど、桜の着物だったらどうかなあ」

「着物が大正時代のものだから、髪もモダンっていうか、ちょっと婀娜《あだ》っぽく、玄人っぽく、垢《あか》抜けた感じにしてもらえたら素敵かも。……ごめん、伝わりにくいよね」

「あ、いえ、わかると思います。あの時代のポスターとか、個人的に大好きですから」

相談しながらふと目を上げると、瑤子がこちらを眺めていた。何も言いはしないが、ひどく愉しげな微笑だった。

と、

「ナミちゃん、悪い」澤田が言った。「そっちの相談が終わったらでいいから、ちょっとそこまで付き合ってもらえないかな」

あら、と瑶子が目を輝かせる。

「やっとデートに誘う気になったの？」

「それもまあ、もちろんですけどね」と澤田が笑う。「来る途中、すぐそこにアンティークショップが並ぶ小さい通りがあったでしょ。店構えとかの雰囲気も良かったし、できれば景色とか小物なんかも押さえておきたいんだけど、俺、そっち方面の知識が全然ないからさ。見当違いなもの撮っちゃってもあれだし、教えてもらえると助かる」

後半は帆奈美を見て、彼は言った。

「私はかまわないけど……」

周りを気遣う帆奈美に、瑶子がひらひらと手を振ってよこす。

「どうぞ、ごゆっくり。私はここでもうちょっとのんびりしてるから、気にせず行ってらっしゃい。いっそのこと、みんなで午後はオフにしちゃったら？　ロンドンは明日もう一日あるんだもの」

言いながら、店のスタッフを呼び止め、ガス入りのミネラルウォーターを頼む。

「まあそういうわけにもいきませんけど、じゃあちょっとだけ、スタイリストさんお借りしていきます」

「そのままどっかへ消えちゃってもいいのよ。私たちみーんな大人だし、戻って来なくても誰も何も言わないから」

リチャードが目だけきょろきょろさせながら真顔で頷くのを見て、カナが笑いだす。はいはい、と苦笑で躱《かわ》した澤田は、三脚やレフ板などのかさばる機材の見張りをモリスに任せ、帆奈美を促して店を出た。

枯れ木立を透かしてまばゆい陽の射す公園広場を、並んで横切りながら後ろをふり返り、おそらく店の中からガラス越しにこちらを見送っているであろう三人に向かって、一応、手を振り返してみせる。

「ああやって人質ならぬモノ質でも置いていかないと、あのひとのほうがどっかへ消えかねないもんなあ」

澤田がぼやく。文句のようでいて、たっぷりと敬愛のこもった物言いだ。

「たいしたひとよね。憧れちゃう」

ぽつりと口にした帆奈美を、彼は、隣から真顔で見おろしてきた。

「どういうところに？」

「沢山あるけど、そうね……いちばんは、あんなに自由人に見えるのに、果たすべき役割は見事にきっちり果たしてみせるところ、かな」

古びてなお美しいアパートメントの角を曲がり、ワンブロック先の骨董《こっとう》通りを目指す。磨り減った石畳や、頭上からぶらさがる色鮮やかなパブの看板。何度もペンキを塗り重ねられてぽってりと分厚くなった窓枠や、ドアの前に飾られた花鉢とトピアリーの洒落《しゃれ》たしつらえ。それぞれが、ここはロンドンだと教えてくれる。

一つだけでも重たいカメラバッグを提げた澤田が、正面からやってきた老夫婦のために脇へどいて道を譲ると、夫婦は帆奈美にまで微笑みかけ、礼を口にしてすれ違っていった。

再びさりげなく帆奈美に寄り添い、歩調を合わせて歩きながら、澤田が口をひらいた。

「前にさ。奈良の室生寺で、俺が瑶子さんのこと、かっこいいって言ったの覚えてる？」

急にどうしたのかと戸惑いながら、帆奈美は言った。

「覚えてるよ、もちろん」

奥の院からの復路、長い石段を下りてゆく時だった。そう、情景ばかりか、胸に湧いた感情まで含めてはっきり覚えている。

「俺さ」澤田は、肩から提げたカメラバッグを揺すり上げた。「あの時は、ナミちゃんと一緒に仕事するようになってから間もない頃だったし、まだよくわかってなかったけど、今になるとつくづく思うんだわ。ナミちゃんだって、めっちゃかっこいいよ」

「なに言ってんの」

「いや、冗談じゃなくてさ。今回だってそうでしょ。昨日みたいな、世界でも超一流のセレブが集まる晴れの場と、今朝からの、ほんとにプライベートの旅だって思わせるくらい自然な場面と……そりゃまあ見事にスイッチしてみせる瑶子さんも凄いけど、彼女の気分を作ったり支えたりしてるのは、ナミちゃんの用意する衣装だよ。おまけにあなた、カメラに写るかどうかもわからないところにまで手を抜かないじゃない」

「え？」

「絶対写らないインナーや小物にも細やかに神経遣うじゃない。これが東京ならともかく、ここ、海外だよ？　ああいうのって小さいことに見えるけど、写されるほうにとっても写すほうにとっても、すごく大きいことなんだよ。あなたそれ、ちゃんと肌でわかっててやってくれてるじゃない。ああ、やっぱすげえな、プロの仕事だなって思って、それこそ、見てて憧れる」

「そんな……」

「言っとくけどこれ、お世辞とかじゃなくてほんとの気持ちだから。つべこべ言わずにそのまんま受け取ってくれると嬉しい」

最後のひと言だけはなぜかぶっきらぼうに言い残し、澤田は足を速めた。見えてきたアンティークショップの店先へと辿り着くと、オーナーの許可を得た上でさっそくカメラを構え始める。

黒革のライダースジャケットに包まれた広い背中を見やりながら、帆奈美は、軽く混乱していた。

何だったのだろう、今のは。何かとても嬉しいことを言われたようなのだけれど、いきなりあれこれ盛りだくさんだったものだから、まだぴんとこない。おまけに、口説《くど》かれたわけではなく、ちゃんと真摯《しんし》な言葉をもらったこともはっきりしているのに、脳髄の芯がへんにとろりと痺れている。

ふっと、気づいた。澤田のくれた言葉はどれも、夫の隆一からはこれまで一度もかけてもらったことのない言葉ばかりだ。夫があんなにも頑《かたく》なに否定し続け、価値を認めたがらなかった、スタイリストとしての仕事——それを今、彼ははっきりと肯定し、称賛してくれたのだ。

思ったとたん、鼻の奥がじわりと水っぽくなった。

「ナミちゃん、こっちこっち」店先から澤田が手招きをする。「どのへんを押さえとけばいいか教えてくれる？」

短く洟《はな》をすすり上げ、帆奈美は急いで彼のそばへ行った。

並びあった店はそれぞれ、専門に扱う品物が違っていた。帆奈美は、簡単にレクチャーしてやった。古い銀器を並べた店では、同じように見えるカトラリーでもどれがメッキでどれが純銀かを教え、ガラス類を並べる店では、たとえばバカラのアンティークと庶民的なエッチンググラス、それぞれの魅力について教える。

　カントリーなキッチン用品専門の店もあれば、古いレースや生地専門、マホガニーやオークの家具専門、テディベアなどのぬいぐるみや人形の店、文房具の店、希少本の店、あるいは薬などの入っていたガラス瓶を並べる店……。誰が買い求めるのかと首をかしげたくなるようなマニアックなものもあった。

「パリはパリで、雰囲気がもっと女性っぽい感じで素敵だけど、私、グラス類やシルバーのカトラリーはイギリスのもののほうが好きだな。愛想はないけど、目的にかなっているって感じがして」

「あ、俺も」

「だと思った。腕時計もそうだって言ってたもんね」

するとファインダーを覗いていた澤田が顔を上げて帆奈美を見た。大きく口を開けて、にか、と笑い、帆奈美に向けてシャッターを切る。

ロケハンの時にせよ、スタジオ撮りにせよ、助手や編集者などを代わりに立たせてテストをすることはよくある。ここへ瑶子を連れてきて撮る気になったのかな、と思いながら、たまたま目に留まったシルバーの小さなブローチを手にとって眺めていると、さらに二度、三度とシャッター音が響いた。

不審に思って目を上げた瞬間、さらにもう一度。ライカ独特の乾いた音だ。

「なに撮ってるの？」

面食らって訊いた帆奈美に、

「いや……変わってないなと思ってさ」

澤田は、ようやくカメラをおろした。

「ずっと覚えてたわけじゃないのに、こうしてファインダー越しに見てると思いだす。そうやって何かに熱中してる時の横顔なんか、昔のまんまだよ」

＊

席を空けていたのは正味四十分ほどだったのだが、再び公園広場を横切ってカフェまで戻ってみると、外の陽だまりのテラス席に、瑶子がひとりで座って本を読んでいた。

驚いて、他のみんなはと訊くと、藤井カナが日本との細かい連絡のために一旦ホテルへ戻らなくてはならなくなり、リチャードがロケバスに乗せて送っていったという。

「海外で別行動なんていつものことよ。カナちゃんも私も慣れてるし」

瑶子は、年季の入った革表紙の本を閉じ、大事そうに膝に載せた。赤いブランケットは、店のスタッフに外のテーブルでもいいかと訊いたら貸してくれたそうだ。

「あとで、リチャードがまた私と機材を拾いに来てくれるって。あなたたちも、よかったらぶらぶらしてくれば？　自由に帰って、夕食の時に合流するのでもいいし」

帆奈美は思わず、澤田と顔を見合わせた。

「あの……おひとりのほうがいいですか？」

瑶子は笑った。

「私のことをいちいち優先しなくていいから。あなたの好きなようにしていいのよ」

「じゃあ、私もここでカフェオレを頂きたいです」

「俺はコーヒーで」と澤田も言った。「瑶子さんは？」

「じゃ、私は紅茶を」

了解、と彼が店の中に入ってゆく。スタッフを呼び止めてオーダーしている姿がガラス越しに見え、そのあと何か教わって奥へと消えていった。おそらくトイレでも借りたのだろう。

「さてと。どうだった？　澤田くんとのデート」

それはそれは茶目っ気たっぷりに訊かれて、帆奈美は思わず噴きだしてしまった。

バッグからスマートフォンを取りだし、今撮ってきたばかりの画像を瑶子に見せる。今後の参考と自分の愉しみのために撮ったものだった。控えめながら珍しい装飾が施された純銀のナイフや、日付や名前などの文字が刻まれたガラスのピッチャーなど、心にとまった美しいものたちをいくつか披露してみせると、瑶子はいちいち感嘆の声をあげ、やがてしみじみと言った。

「あなたの選ぶものって、やっぱり独特で素敵だわ。私もね、こんなふうな、ストーリーを感じさせるものが好きなの。贈った人の名前が刻まれているものなんかは特にそうだけど、そもそもアンティーク自体、私たちの知らない時代を長く生き抜いてきたものたちばかりじゃない？　目上のものにはきちんと敬意を払わないと、って思うのよ」

帆奈美は、以前訪れた女優の部屋と、そこに流れる静謐《せいひつ》な時間を思い起こした。

あんな部屋に暮らしたい、と思った。この際、不実な夫の所有物など全部持ち去ってもらって、けして贅沢でなくていい、ただ自分が好きだと思える美しいものたちだけに囲まれて暮らすことができたなら……。いや、それこそが贅沢というものだろうか。

三人分の温かい飲みものが運ばれてくる頃には、澤田も戻ってきた。瑤子の膝の上に置かれた本に目を留め、何を読んでいるのかと訊く。

「これ？　これは、本じゃなくて日記」

「え、瑤子さんって日記なんか付ける人なんですか？　ブログもやってないって聞いたのに、ちょっと意外だな」

「ううん、そうじゃなくて……」

茶色の古びた革表紙を指先でそっと愛撫《あいぶ》しながら、彼女は苦笑まじりに言った。

「もう亡くなっちゃったひとが遺《のこ》してった日記帳なの。こういうのが何冊もあってね、これはロンドンとパリを旅した時のもの。何度読んでも笑っちゃうくらい細かいのよ。その日何を食べたかとか、どんなお芝居を観たか、どちらが何を着ていたかまで全部書いてあって」

「え。もしかして、瑤子さんのことも書いてあるんですか？」

澤田の言葉に、彼女は一瞬口をつぐみ、それからふんわりと微笑んだ。

「そうよ。旅の間だけは、ずっと一緒だったから」

初めて目にする少女のような表情に胸を衝かれ、帆奈美は言葉を失った。けれど澤田は逆に身を乗りだした。

「どうしてそういうことを、もっと早く教えてくれなかったんですか」

「どういう意味？」

「ロンドンやパリって街が、瑶子さんにとってそんなに特別な場所だと最初から聞いていたら、今回の写真集だってそれを元にして組み立てられたのに、ってことです」

「ちょっと待って」瑶子が、めずらしく戸惑ったように遮《さえぎ》る。「つまりあなたが言うのは、この日記帳に書かれている場所で撮りたかった、っていうようなこと？　想い出をめぐる旅、みたいな」

「そう言っちゃうと何だか陳腐に聞こえますけどね」炯は苦い顔になった。「でもまあ、ざっくり言えばそういうことです」

瑶子は、即座に首を横に振った。

「だめよ」

「なんでですか」

「個人的な感傷を人目にさらすなんて嫌」

「人前で心まで素っ裸になってみせるのが女優だって、いつも言ってたじゃないですか」

「それは、与えられた役を演じる上での覚悟っていう意味でしょ」

「同じことですよ」

澤田はきっぱりと言い切った。

「何も、素のままでカメラの前に立って欲しいだなんて言いません。今の瑶子さんじゃなく、かつての瑶子を見事に演じてみせて下さいよ。それができるのはあなたしかいないんだし、どこまでもプライベートに近い姿や表情を撮ることが出来てこそ、この写真集は唯一無二のものになるんじゃないですか。今からだって遅くない。演じて下さい。かつて、あなたの奥底に確かにあった情熱とか、哀しみとか、それに嫉妬や怒りなんかも全部ひっくるめて」

〈嫉妬？〉

帆奈美は思わず目を上げ、澤田の顔をまじまじと見てしまった。

瑶子は、テーブルの上に置かれた紅茶のカップを見つめて黙っている。

ふと、先ほどの彼女の言葉が思いだされた。

〈旅の間だけは、ずっと一緒だったから〉

――自分はよほど鈍いらしい。そうか、と今さらのように思ってみる。そういう、ことか。

「立ち入ったことをうかがって申し訳ないですけど」澤田が食い下がる。「その日記、シンジョウさんのものですよね？」

その名を聞いたとたん、瑶子の眉がかすかに動いた。

「俺なんかでさえ、瑶子さん主演の作品を通して名前を知ってる。まして、映画を撮るほうに進んだ俺の先輩とか、映画誌の編集をやってる友人なんかにとってはもう、シンジョウ監督っていったらそれこそ雲上人《うんじょうびと》もいいとこですよ。そういう人と、ずっと恋愛してたわけでしょ？」

ようやく帆奈美にも話が見えてきた。〈シンジョウ〉とはつまり、新城亮二《しんじょうりょうじ》監督のことか。

日本人の映画監督としては初めて某国際映画祭の最高賞を獲得し、一躍有名になった人物だった。映画にさほど詳しくない帆奈美などはそのニュースで初めて名前を知ったが、以前から映画通の間では天才とも鬼才とも呼ばれ、新城を知らずに日本映画を語るな、とまで言われるほどの存在だった、ということまでは記憶している。

「あの」つい横から口を挟んでしまった。「うかがっていいですか、瑶子さん」

瑶子が顔を上げる。見たことのない頼りなげな表情に動揺を覚えながらも、帆奈美は言った。

「その方は、いつごろ亡くなられたんですか」

「……もう、十何年も前よ」

「どうして」

「膵臓《すいぞう》ガン」

声を発したことで、いくらか自分を取り戻したのだろうか。瑶子は咳払いをし、おもむろに手をのばすと、ぽってりとした白いカップを取った。もうぬるくなっているはずの紅茶に口をつけ、深々と息を吐く。

「膵臓っていうのは、沈黙の臓器なんて呼ばれるくらいでね。進行する間、痛みも何もなかったから、見つかったときにはもうすっかり手遅れだったの。それでも頑張ったほうだと思う。三ヶ月と言われて、一年以上生きたんだもの」

「たしか、看病したのは瑶子さんだったんですよね」と、澤田が引き取る。「戸籍の上での連れ合いの方は何ひとつしてくれなくて、献身的に看病したのも、最期を看取《みと》ったのも、ぜんぶ瑶子さんだったって聞いてます」

「ずいぶん詳しいのね」

と、瑶子が苦笑する。

澤田も苦笑で応えた。

「すいません」

「調べたの？」

「まさか。俺、最初のスタジオ撮影でご一緒した時に言ったじゃないですか。昔から筋金入りの水原瑶子ファンだったんです。当然、それくらいの噂は知ってますよ。一部では有名な話でしたから」

「……ふうん、そうなんだ」

まるで他人ごとのように呟くと、瑶子はふと帆奈美に目を向け、微笑んだ。

「ばかだと、思うでしょ」

「いえ、そんな」

「私ね。乗りかかった舟をなかなか捨てられない性分なの。舟底に穴が空いてるってわかっててもそのまま乗り続けて、当然のごとくずぶずぶ沈んじゃって……。でも、どういうわけか、溺《おぼ》れ死んだりはしないの。気がつくと自分で舟をかついで岸辺に上がってるのよ。『だからお前は可愛くないんだ』って、新城にはよく、いやな顔されたわ」

おそらくそれは監督にとって最上級の愛情表現だったのではないか——と、言おうとしたものの、やめた。それを一番よくわかっているのは瑶子自身のはずだ。

「ね、いいじゃないですか、瑶子さん」澤田が熱心にかき口説く。「その日記帳のことや新城さんとの思い出については、写真集の宣伝であからさまに謳《うた》わなくてもいいんです。中のエッセイでだって、書きたくなければ〈想い出の場所〉くらいにぼやかしておけばいい。ただね、ご存じでしょうけど、写真ってのはほんとに正直なんですよ。瑶子さんにとって特別な思い入れのある場所で撮らせてもらうのと、通り一遍の名所なんか巡るのとでは雲泥の差がある。特別な場所で撮るほうが、絶対、百万倍も説得力のある写真が撮れるんです。俺が撮りたいのは……そう、この際、俺のわがままを言わせてもらうなら、俺がどうでも撮りたいのは、瑶子さんにとっての心の核になる部分なんです。まったくの素じゃなくてもいい。ただ、あなたの本質を撮りたい」

熱い言葉だ。その彼の言葉と、輪をかけて熱っぽく語る声をすぐ隣で聞いていた帆奈美は、自分の中にも何かうずうずとうごめき始めるものを感じた。隣の火事が燃え広がるかのようだ。

仕事にはこんなにも情熱的な男なのかと、初めて知る思いだった。モデルやタレントに人気があるとか、様々な女性と浮名を流しているとか、最初に耳に入ってきたのがそんな噂だったせいで、自分の奥底にまだどこか眉に唾をつけて見るような気持ちが残っていたかもしれない。けれど、いま目にしているこの情熱は、それこそ彼の本質なのではないか。

「瑶子さん」

帆奈美は横から言った。

「さっき、おっしゃってましたよね。その日記帳には、当時どんな服を着てらしたかまで全部記録してあるって」

「……言ったけど?」

「用意します」

「え？」

「もちろん、何から何までそっくりのものとなると難しいと思いますけど、できるだけ近い雰囲気を作りあげることなら可能だと思うんです。どうですか、そういうの」

瑶子が驚いたように目を瞠って帆奈美を見つめる。だがそれ以上に、澤田が意外そうな様子だった。

「……何よ」

と訊くと、彼は、いや、と口ごもり、それから笑いだした。

「いや、びっくりした。あのナミちゃんが、ここへきて俺に味方してくれるなんてさ」

「あの、って？」

「や、昔からわりと慎重っていうか、石橋を叩いて叩いてついには壊しちゃう的な」

「失礼ね。べつにあなたに味方したわけじゃないけど……ただ、あまりにもイメージが溢《あふ》れ過ぎちゃって」

口にしてから、それが一番の理由だとわかった。

そうなのだ。瑶子がかつての旅で着ていた服装をほぼなぞるにしても、こんなふうな世界を作りあげてみたいという全体のイメージが、次から次へと勝手に溢れ出して止まらないのだ。

今は亡き恋人、それもかつては旅の間だけしか一緒にいられなかったひとを、幸か不幸か最期の時だけは見送ることができた彼女。恋人の遺した何冊もの日記から、想い出を取り出しては愛おしみ、また大事にしまい込み——そこにはもしかすると、唯一のかたわれを喪《うしな》ってしまった哀しみを永久に抱き続けなければならないかわりに、この先は何ひとつ喪うことを怖れなくていいという、そんな安堵もあるのかもしれない。

「ロンドンは、あと一日あります」と、澤田が言った。「おまけにパリはまだ丸ごと残ってる。両方とも案外小さな街だし、よっぽど郊外へ旅するのでなければ、ホテルなんかは今のままでも移動には困らないはずです。お願いです、瑤子さん。この際、思いきって、そっちの方向で俺に撮らせて下さいませんか」

「私からもお願いします。……どうしてもお嫌というのでなければ、ぜひ」

何とも言えない困った顔で、瑤子が二人を見る。帆奈美と視線を合わせ、澤田のほうを見やり、もう一度また帆奈美に目を戻す。

「かなわないわね、あなたたちには」

と、やがて彼女は言った。

「うっしゃ、やった」

小さく拳《こぶし》を握ってガッツポーズをする男を、

「やった、じゃないわよ」

あきれたようにたしなめる。

「無理を言ってごめんなさい」

帆奈美が頭を下げると、瑶子はふふっと苦笑いをもらした。

「ねえ、ナミちゃん」

「はい」

「いつか機会があったら話そうと思って、すっかり忘れてたんだけどね。澤田くんの……いいえ、もう炯くんでいいわね。彼の撮ってくれた、あの最初のスタジオ撮影」

さらりと呼びながら、膝の上に載せたままだった革製の日記帳をめくる。

「あの時、二番目のカットで私に用意してくれた服、どんなだったか覚えてる？」

「プライベートな雰囲気で、ってお願いした時のですか」

「そう」

「もちろん覚えてます。あのコーディネートを見るなり、瑶子さん、ご自分からスッピンになって下さったんですから」

淡いグレーの、襟ぐりの広くあいたニットはざっくりとしたアラン編みで、その下には白いタンクトップを重ね、同じく白のパンツとコンバースを合わせた。

と、日記をめくる瑶子の手が止まった。あるページに指をはさんで開き、テーブルの上を帆奈美のほうへと押しやる。

慌てて、万が一にもこぼさないように水の入ったグラスをどける。どれだけ大切な宝物かはわかっているだけに、おそるおそる覗き込み、その人差し指の示す文字を目で追った。

三月十二日・昼飯
ロンドン、チャールトンスクエア、「カフェ・ヴォッカチオ」

帆奈美は、思わず声をもらした。

「これって、このお店ですか」

えっマジで、と同じく澤田も覗き込む。

「いいから、その先」

瑶子に促されて目を戻す。ブルーブラックのインクで書きつけられた文字。悪筆というには妙に味のある癖の強い字だ。訪れた場所の印象、食べたものなどについて急いで目を走らせていった帆奈美は、その日の最後の記述に息を呑んだ。

リョージ→千鳥格子のツイードジャケット、黒のハイネック、グレーのズボン
ヨーコ→赤のチェスターコート、アラン編みのセーター（グレー、Vネック）、

白いズボン（フランネル）、靴＝コンバース

茫然《ぼうぜん》として目を上げると、こちらをじっと見ている視線とぶつかった。

「ね、ナミちゃん、わかる？」と、瑶子は言った。「あなたの選んでくれる服はちょくちょく新鮮な驚きももたらしてくれるけど、時にはこんなふうに、とてつもない安心を私に与えてくれるの。最初のあのスタジオ撮影の時から、私はもう、これから先着る服を全部あなたに頼みたいって思ってたのよ」

呼吸すら出来ずにいる帆奈美の隣で、澤田が長いため息をもらした。

「すげえな。女優の人生って、そのものがドラマみたいだ」

＊

じつのところ、〈カフェ・ヴォッカチオ〉での昼食は、あらかじめ瑶子がリチャード・モリスに頼んで行程に組み込んでもらっていたのだそうだ。

訪れるのはずいぶん久しぶりだというのに、店そのものの佇まいはもとより、あたりの公園や路地や建物の様子もほとんど変わっていなくて嬉しかった、と瑶子は言った。日本との連絡を済ませた藤井カナと落ち合い、ホテル近くの小さなレストランで夕食のテーブ

ルを囲んでいる時だった。

「そういうのもロンドンの素敵なところよね。流行には敏感なくせに、簡単には左右されない頑固さもあって。初めて来た時は取っつきにくい街だなと思ったけど、来るたびに好きになるの。なんていうか、偏屈な老人とだんだん打ち解けて仲良くなるみたいに」

「残すところ明日一日だけですからね」と、澤田が釘を刺す。「申し訳ないけど、朝早くから頑張って動いてもらいますよ」

ロケの行程を大幅に変更することになった理由について、カナには先ほど打ち明けたばかりだが、話を聞くと彼女も大乗り気だった。

「瑶子さんは、秘密主義が過ぎるんですよ」口をとがらせてカナは言った。「そんな凄い人が恋人だったなんて、私、これまで聞いたことなかった」

「ごめんね。なんていうか、ちょっとデリケートな話題だったものだから」

隠してたわけじゃないのよ、と瑶子は言った。

「それに、凄い人だってみんな言うけど……実際、映画監督としては恐るべき才能の持ち主だったと思うけど、ふだんはほんとにただの癇癪《かんしゃく》持ちのオッサンよ。一日のうちにも機嫌がころころ変わって、ついさっきまで怒って口もきかなかったかと思えばもう笑ってて。お守《も》りしてるこっちは振り回されて大変だったんだから」

「瑶子さんが振り回されるって、よっぽどじゃないですか」

と帆奈美が言い、

「うーん、どう聞いてもノロケにしか聞こえない」

と澤田が言う。

瑶子は肩をすくめ、ため息をついた。

「もう。だから話すの嫌なのよ」


翌日、一行は、早朝からまずハイド・パークへ出かけた。冬の陽射しが木立を透かし、地面にランダムな影模様を描く。樹々はすっかり葉を落としていたが、まるでゴルフ場のように広大な芝生はこの季節でも緑を保っている。

公園を大きく周回する遊歩道があり、小犬を連れた老人やランニングをする若者、乗馬を楽しむ人々などに交じって瑶子がそぞろ歩く様子を、澤田がカメラを構え、ロングで、あるいはアップで押さえる。耳たぶが凍りそうな寒さなのだが、日本よりも空気がからりと乾燥しているため、風さえ強く吹かなければ思ったより辛くない。

帆奈美は、スマホの画面をそっと確かめた。気持ちをささくれ立たせる類のメッセージが、夫から届いていないことに安堵する。こうして日本を離れていても、彼のしたこと（あるいは今この時もしているかもしれないこと）やあの不毛な諍いを思いだすたび内臓を抉られるようだが、今日だけは何もかも忘れて心穏やかに過ごしたい。冷たい空気を深く吸い込む。

以前、瑶子が新城監督とここを訪れた時に並んで座ったというベンチは、噴水池のほとり、巨大なオークの木陰に今もそのままあった。広大な緑と水とを背景に、トレンチコートを着た瑶子が腰を下ろす。物思わしげな視線を池の面へと投げると、それだけでもう映画のワンシーンのようだった。優しく降り注ぐ冬の陽射しの中、人待ち顔で座っている〈あの時の水原瑶子〉を完璧に演じてみせる。

いつだってそうだ、と帆奈美は思う。さながら画竜点睛《がりょうてんせい》といった風情で、どんな風景にも彼女はぴたりと馴染んで全体の核となる。

ハイド・パークでの撮影の後は、朝食が美味しいことで有名なレストランへ出かけてイギリス伝統の食事を楽しみ、ノッティングヒルにあるポートベローのマーケットへ向かった。アンティークの蚤の市は土曜日の開催だが、それ以外の曜日でも常設の店が軒を連ね、アクセサリーや食器、ファッションから絵画まで、古今東西、玉石混淆《ぎょくせきこんこう》、さまざまな品物との出会いを楽しめる。

「撮影なんかほどほどにして、あなたたちも自分の好きなものを探してご覧なさいよ」瑶子は言った。「思い立ってすぐに来られるところでもないでしょ？　人にもモノにも、一期一会の出会いってあるものよ」

ロケの行程を改めてからというもの、瑶子の表情は目に見えて柔らかく、深みを増していた。これまでに誰も見たことのない〈水原瑤子〉がそこにいた。いや、彼女が誰にも見せたことのない、というのが正確かもしれない。

あちこちの店を覗き、小一時間の自由行動ののちに集合し、それぞれいくつかの戦利品を手にロケバスへ戻る。ロンドンの隅々まで知り尽くしたリチャードが運転手を買って出てくれているおかげで、街なかの移動には何のストレスもなかった。

屋台で買ったフィッシュアンドチップスをつまみながらテムズ川沿いを歩き、喉が渇くとイギリス特有のぬるいビールを飲む。食料品のマーケットを冷やかし、小ぶりのリンゴを買って、堅くて酸っぱいそれに丸ごとかぶりつく。どれもやはり、かつて瑤子が新城監督とともに経験したことばかりだ。

衣装は途中、二度替えてもらった。移動に時間がかかっても、ヘアメイクや着替えがいちいち面倒でも、瑤子はひとことも文句など言わなかったし、終始楽しげだった。

「なんか瑤子さん、いつも以上に若く見えません?」

帆奈美の隣を歩くカナがささやく。

午後二時過ぎ、一行は王立植物園キュー・ガーデンを散策していた。中央に巨大なドームを持つ有名な温室はパーム・ハウスと呼ばれている。ヴィクトリア朝時代に鉄骨とガラスを用いて建てられたその温室に入ると、冷えきっていた身体は南国の温かな湿気に包み込まれ、カメラのレンズはみるみる曇った。

カナと同じことを、帆奈美もちょうど考えていた。若やいで見えるというよりも、ほんとうに十年くらい時を巻き戻したかのようなのだ。ファインダーを覗く澤田の背中からも、乗りに乗っている様子が伝わってくる。

「あんなに怜悧《れいり》な映画を撮るひとだったじゃない？　新城って」

頭上に大きな葉を広げるタビビトノキを見上げながら、瑶子が言った。

「だけど、じつはハワイとかタヒチとか、常夏の島での暮らしにとても強い憧れがあったみたい。ぐずぐずしてるうちに一度も旅することなく終わっちゃったけど」

そんな憧れもあってか、二人でここを訪れた時はとくに何をするでもなく長居したものだと瑶子は言った。

「ほら、ナミちゃんがうちに来たとき褒めてくれた植物画、あったでしょう。リビングの壁に二つ並べて掛けてある、図鑑の挿絵みたいなの」

「覚えてます、もちろん」

「あれは、今朝行ったポートベローの蚤の市で、新城が買ってくれた大昔の細密画なの。額装したのは、彼が亡くなった後だったけど」

昨日からのこの撮影が、瑶子にとって、愛おしい過去の再現であると同時に、自らの再生作業にもなったらどんなにいいだろう。ほんとうに、そうなってほしい、と帆奈美は祈った。

夕刻には、チャーチルも顧客だったという王室御用達の老舗香水店へ行き、瑶子がかねて愛用のオリジナル・パフュームを買い求め、そのあとは古いパブへ出かけ、勤め帰りの英国紳士たちに交じって一杯引っかけた。

ホテルに戻り、昨夜と同じレストランに集まったのは、リチャード・モリスを含めた五人だった。今夜でロンドンは最後ということで、彼も夕食に招いたのだ。

アラカルトの料理を頼み、それぞれが満ち足りて、さて食後のデザートメニューを……と帆奈美がウェイターを呼び止めようとした時だ。

店の照明がふっと明度を落とした。その中を、しずしずとケーキが運ばれてくる。スタッフたちの歌い始めたハッピー・バースデイのコーラスに、事情を悟った客たちも次々に唱和する。

中央に品良く一本だけ灯された細身のキャンドルの炎が、まっすぐに自分のほうに向かってくるのを見て、帆奈美は思わず「え？」と口にしていた。まさかと思ったケーキが、テーブルの中央に置かれ、歌が終わると同時に拍手がわく。

「お誕生日おめでとう」

と、瑶子が言った。

「ど……どうして？」

「一昨日だったかな、澤田くんがこっそり教えてくれたの」

「俺、あの当時からクラス全員の誕生日を暗記してたから」

「嘘ばっかり！」

　とカナが吹き出す。

　泣きたいようなくすぐったさをこらえながらキャンドルの炎を吹き消すと、まわりじゅうから温かな祝福の拍手が届いた。帆奈美は立ち上がり、他の客たちに笑顔で挨拶を返した。

　瑶子からのプレゼントは、イニシャル刺繍入りの麻のハンカチだった。カナからは、香りの良いハンドクリームとリップクリームのセット。リチャードは、ロンドンの洒落た店や路地裏が水彩で描かれた小さな絵本を贈ってくれた。ガイドの彼らしいチョイスだった。

「で、炯くんのはなあに？」

　女たちが両脇から帆奈美の手もとを覗き込む。その場で包みを開けないわけにはいかない雰囲気だ。

　リボンをほどくと、小さな黒ビロードの袋から出てきたのは、帆船と波をかたどった銀細工のブローチだった。ひと目でアンティークとわかる。波の上をゆく立体的な船は精緻《せいち》な作りで、風をはらんだ帆の縦のラインには、芥子粒《けしつぶ》のように細かなオニキスとパールが交互に埋め込まれている。

「名前にちなんで、帆と波で」

と、澤田は言った。かけらも照れた様子がないのが小憎らしい。

「さすがね。今日のポートベローで？」

と瑶子。

「いえ。昨日、〈カフェ・ヴォッカチオ〉で俺らだけ席を外して、骨董通りの撮影をしに行ったじゃないですか。あの時に発見して、ナミちゃんに見つからないようにこっそりと」

「なかなかの趣味だわ。それだったら私も欲しいくらい」

以前はどんな女性の宝石箱におさまっていたのだろう。ストーリーを持っているものが好き、という瑶子の言葉が思い出される。

帆奈美は、皆に向かって頭を下げた。

「ありがとうございます。ものすごく嬉しい」

とても素直に言った。

レストランを出たところで、リチャード・モリスとは再会を約束し合い、手を振って別れた。

明日は早朝からパリへと移動しなくてはならない。パブなどには寄らずにおとなしくホテルまで歩いて戻り、それぞれの部屋に引き取る。瑶子とカナが同じ階、帆奈美と澤田がその上の階だった。

廊下での別れ際、帆奈美は言った。

「ブローチ、どうもありがとう」

「気に入ってもらえた？」

「そりゃもう。好みのド真ん中」

澤田が笑った。

「よかった。ナミちゃんなら上手に使ってくれそうだなと思って」

言いながら、バッグから白い小ぶりの封筒を取り出し、帆奈美に手渡す。

「なに？」

「誕生日のカード。さっき、渡すの忘れたから」

おやすみを言い合って部屋に戻ると、帆奈美はベッドの裾に腰を下ろし、いちばんに封筒を開けて、淡いブルーのカードを取り出した。

そっと、開いてみる。

渡すのを忘れたのではない。きっと彼は、これをみんなの前で読まれるのが照れくさかったのだ、と思ってみる。

手書きのメッセージを受け取るなど、ずいぶんと久しぶりのことだった。夫との間でも、いつからか、キッチンに置き手紙の一つすらしなくなった。用事があればＬＩＮＥでやり取りしてしまうし、それさえも、今日、夫からは送られてこなかった。何通か届いた祝いのメールはすべて、友人や仕事関係者からのものだった。
帆奈美は、風呂に湯を張ることも忘れて、長い間カードを眺めていた。澤田の美意識がそのまま表れたような、右肩上がりの流麗な文字だった。

Dear　ナミちゃん
誕生日おめでとう。幸多き一年を！

P.S.
再会できた偶然に
これほど感謝したくなる日が来ようとは、
自分でも予想外でした。

ロンドンにて　Kei

＊

セント・パンクラス駅から国際高速列車ユーロスターに乗れば、ロンドンからパリ北駅までは最短二時間十五分で着く。国境を越える旅なので、駅では出国審査がありパスポートを見せなければならないが、それさえ除けばまるで国内旅行のような気軽さだ。

「十代で初めて来たときはドーバー海峡を船で渡ったものだけど、便利になっちゃったわねえ、まったく」

瑤子がしみじみ嘆息《たんそく》する。たしかに、二時間十五分といえば、新幹線で東京から京都へ移動するのとほとんど変わらない。

衣装や小物類を詰めたトランク三つは、このあとパリで泊まるホテル宛に送ってあった。すでに無事に着いていることは確認済みだが、帆奈美は万一の備えにと、瑤子が映画のプレミア本番で着るアンティークの振袖や帯、草履や着付けに必要なあれこれだけは手で運んでいた。けっこうな大荷物だが、カナはメイク道具を、澤田は撮影機材を引きずっている。それぞれに命より大事なものがあるのだった。

旅行代理店を通してあらかじめ手配されていた一等車のチケットはしかし、座席番号を見ると二人掛けの席が二列ぶんで、しかも間が何列も離れていた。四人が向かい合う形のボックス席もあるはずなのだが、予約が取れなかったらしい。

「二人ずつだったら、やっぱりこういう組み合わせになるんじゃなぁい？」

チケットの座席番号を確かめながら、瑤子が澄ました口調で言う。

「私はちょうどカナちゃんと打ち合わせしたいことがあるから、澤田くんとナミちゃんで座って。たったの二時間半足らずじゃ、ご不満もおありでしょうけど」

「瑶子さん、ちょっと性格変わってませんか」

と澤田があきれる。

昨夜、澤田が帆奈美に贈ったプレゼントは、瑶子のいたずら心をいたく刺激したらしい。今朝早くホテルのロビーに集合した時も、帆奈美がコートの襟元にそのブローチをつけているのを目ざとく見つけ、「あら、さっそく?・」と悪い顔で微笑んだ。ポケットにはイニシャル入りのハンカチが、バッグにはハンドクリームとリップが入っていると反論したのだが、まったく無駄だったようだ。

澤田に窓側の席を勧められ、帆奈美は礼を言って腰を下ろした。瑶子とカナを目で追うと、五列も前方の席だった。

「どれだけ悪口を言っても聞こえないな」

と、澤田が笑った。

列車が動き出す。互いの肘と肘の距離が近すぎる気がして落ち着かない。

昨夜、ホテルの部屋の前の廊下で手渡された手書きのカードを思いだす。それでなくとも短い文面をあまりに何度も読み返したせいで、忘れたくても脳裏にくっきりと焼き付いてしまっている。

あの追伸はどういう意味だったのだろうと、帆奈美はさんざん考えた。

偶然の再会が予想外だった、と言っているのではない。再会に感謝します、と言っているだけでもない。単純な文面なのに、くり返して読めば読むほど言葉の真意がわからなくなり、頭がきりきりと冴え、朝方になってようやく訪れた眠りもひどく浅かった。

「俺に気なんか遣わないで寝てよね」

言い当てられたかのようで、びっくりして隣を見やる。

「いや、朝からナミちゃん、あんまり顔色が良くなかったからさ。ここんとこかなりハードだったし、疲れたでしょ」

「大丈夫。まだ、ロケ全体の半分しか終わってないのに、そんなこと言ってられないよ」

帆奈美は微笑んでみせた。そうして、いま思い出したかのように言った。

「ゆうべは、いろいろありがとうね」

「何が」

「だから、いろいろ」

澤田が笑った。

目尻に寄る皺がやけに爽やかで、眩しくて、意味もなく腹が立ってくる。気を遣わずに休めとまで言ってくれるのなら、こんなことで無駄に疲れさせないでほしい。

「瑶子さんに、感謝しないとな」

しみじみと澤田が呟く。

「ほんとだね。あんな無理難題をお願いしたのに受け容れてくれて」

「うん、それももちろんそうなんだけど、瑶子さんのおかげで俺、あのナミちゃんと今こうしていられるんだよなあと思ったら……。ええと、おかしいな。俺が言うと、何でこうチャラく聞こえるんだろう」

帆奈美は、あきれて言った。

「自覚はあるわけね」

「いや、そうじゃなくて、や、うん、たしかに自覚はあるけどそういうことじゃなくて……」ふう、とため息をはさむ。「つまり、中坊だった頃の俺に教えてやりたいな、と思ってさ。『お前、卒業したら会えなくなるからってそんなにしょんぼりすんな、いつかずっと先でナミちゃんとは絶対再会できるから』って」

「はい？」

「それも、同窓会の幹事にわざわざ『ちなみに今回、三崎さんは出席するのかな。ちょっと人から頼まれて渡すものがあってさ』とか何とか苦しい嘘つかなくても、後からもっとすごい偶然がちゃんと待ってるから安心しろ、って」

言葉が出てこない。

ぽかんと隣を見ていると、澤田は、苦笑混じりに言った。

「ほんとに気づいてなかったんだ？　俺、中学の三年間、ずっとナミちゃんのこと見てたのに」

茫然と首を横に振る。

「でなきゃどうしてガッコの行き帰り、あれだけしょっちゅう一緒になったと思ってんだよ。全部、俺の努力だっての。それこそ修学旅行で奈良へ行った時なんか、新幹線で隣に座ってた男子をボコボコにしてやりたかったもんな。何だよ、ほんのちょっとも伝わってなかったわけ？」

再び、首を横に振ってみせる。

やせっぽちの澤田少年は、たしかに親切だったし話しやすかったが、そういう種類の好意がこちらに向けられていると感じたことはなかった。なかった気がする。正直、そこまでは覚えていない。

「ま、そういうもんだ」と、澤田は言った。「あの年頃の女子ってのは、男にはほんと残酷なんだ」

あの年頃に限ったことではないかもしれない。何とも言いようがなくて、仕方なく窓の外へ目をやる。

「ごめんね。気がつかなくて」

そのままぽつりと言ってみると、澤田がまた苦笑いする気配があった。

「謝られても困るんだけど、どういたしまして。……いいよ。そのぶん、今が楽しいから」

　風景がかなりの速さで後ろへ飛び去ってゆく。ロンドン特有の灰色の空とも、レンガや石造りの無骨な家々ともお別れだ。

　今のこの感じを、残しておきたかった。帆奈美はバッグの中からスマホを取り出し、車窓のガラスにぴたりと押し当てるようにしてシャッターボタンを押した。すぐに今撮った写真をチェックしてみたのだが、列車のスピードが速すぎて、残念ながら家並みも木々も流れるようにブレてしまっている。

「ま、いっか。雰囲気写真ってことで」

　見られているのはわかっていたので、ごまかすように言うと、澤田はにやにやした。

「負け惜しみ言ってら」

「……やっと思い出したわ」帆奈美は、ため息まじりに言った。「澤田くんって、昔っからそういうとこあったよね」

「そういうとこ？」

「そう。弱っちいくせに口だけは達者、みたいな」

　げらげら笑い出した彼が、カメラのアプリを終了させる帆奈美の指先を見ながら、ふいに呟く。

「やっぱ、ほんと可愛いよなあ。たまらん」

とたんに心臓が跳ねた。

何なのだ、今のセリフは。いや、自分のこの、まるで小娘のごとき反応は。

男から可愛いなどと言われたのは何十年ぶりだろう。夫には、付き合っていた頃でさえ言われた記憶がない。帆奈美は狼狽えた。冗談はやめてよ、大のおとなをつかまえて、と抗議しようとした時だ。

「その、頭の四角いブチがたまんないよね」

「……はい？」

帆奈美は、澤田の視線をたどり、手の中のスマホを見下ろした。待受画面いっぱいに写っているのは、この世の何よりも大切な白い愛猫のアップだ。

勘違いを悟ったとたん、かあっと耳たぶが火照った。恥ずかしさのあまり死にそうだ。むしろ、おへそでも嚙み切って今すぐ死にたい。とうてい顔を上げられない。

「〈おむすび〉って名前は、誰がつけたの？」

「……私だけど」

「そっか、やっぱりな。いいセンスしてる」

「……ありがと」

「俺も猫飼いたいけど、泊まりの留守が多いからなあ。ひとりにしといても犬よりはまあ大丈夫だろうけど、こう頻繁じゃさすがにかわいそうだし」

「猫、好きなんだ？」

「そりゃあもう！」

そこまで断言するかというほど勢いこんで、澤田は言った。

「実家でも飼ってたし、昔からそばにいるのが当たり前で、改めて好きかどうかなんて考えたこともなかったけどさ。それこそ、ナミちゃんと同じクラスだった頃もずっと飼ってたんだよ。いちばん多い時で何匹いたかな」

うつむいたまま片方の耳で聞く澤田の言葉は、これまででいちばん愉しげだった。低くて深い声が、こんなに他愛のないことを話しているのに心の奥深くまで届く。ここしばらくのあれこれですっかりささくれだっていた気持ちを、そっと撫でつけられているような心地がする。

「ナミちゃんとこは、旦那さんも猫好きなの？」

たちまち、ささくれが痛んだ。

「最初は飼うの嫌がってたけどね。今はまあ、可愛がってくれてるかな」

「じゃあ、留守の間も安心だ。いいよなあ、猫飼えるってだけでほんとうらやましいわ。ひとり暮らしだと、預けるか、ペットシッター頼むかのどっちかだもんなあ」

「……頼んだよ。うちも」

どうしてそんなよけいなことを言ったのだろう。気がつけば口から出てしまっていた。

「え、なんで？　旦那さんも長期出張とか？」

首を横に振る。

「そうじゃないけど。週刊誌の仕事はいつ泊まりの仕事が入るかわからないから、面倒見られないんだって」

「そっか……。まあ、そうかもな。生きものを飼う以上はそれくらいの責任感を持たないといけないってことだよな」

ひどく的外れな澤田の感想に、帆奈美は勝手に苛立った。あのとき隆一はそんな意味で言ったのではなかった。夫の意図は、責任感などとはむしろ真逆のところにあったのだ。

「いい旦那さんじゃん」

とどめのように言われて、思わず、ふっと荒《すさ》んだ苦笑いがもれた。

「……どうかな」

こぼれた言葉は、自分の耳にもずいぶんと投げやりに聞こえた。澤田もやはりそう思ったのだろう、隣から急に真顔になった感じが伝わってくる。

「何か、あったの？」

帆奈美は黙っていた。彼になら聞いてもらいたい気持ちと、彼にだけは聞かせたくない気持ちがせめぎ合う。

「ううん、べつに。冗談よ」

それきり、二人ともが黙ってしまった。

規則的な列車の走行音だけが耳に届き続けると、どうしても睡魔に襲われる。先に寝息を立て始めたのは澤田のほうだった。

彼もまた、昨夜は眠れなかったのだろうか。その日に撮ったものを、毎夜チェックしているのは知っている。きっと遅くまでかかる作業だろう。

肘掛けからだらりと落ちかかった手を盗み見る。筋張った手の甲の腱、節の高い指。アクセサリーの類はしていない。主張しているのは、手首にはまったブライトリングのクロノグラフだけだ。

詰め襟の学生服姿だったかつての面影など、もうどこにもない。それなのに、奇妙な近しさだけが残っているのはどういうことなのだろう。理不尽だ、と思ってみる。

たまらなく眠いのに、気が立っているせいか寝られない。観念した帆奈美は、バッグの中からイヤフォンを取りだした。シャッフルにして聴き始める。何曲目かに流れ出したのは、リアーナの『Take A Bow』だった。

ショーの最後に舞台の上で深く腰を折るお辞儀。初めは女優である瑶子のことを連想したが、ガラス窓にもたれ、目を閉じて歌詞を聴くうち、あまりの皮肉さに泣きたくなった。誠実だと思っていた恋人に裏切られた女が、ぎりぎりの気丈さで、相手の心にもない謝罪をはねつける歌なのだった。

——もうやめて、言い訳できないから謝ってるだけなんでしょう
たいしたショーを演じてくれたものね、でももう終わり
そこで最後のお辞儀でもしてみせればいい……

閉じたまぶたの外側で、ふっと車窓が暗くなったのがわかった。列車が、ドーバー海峡の海底を通るトンネルに入ったのだった。

*

あっというまの移動だったのに、パリの街はロンドンとは何もかも違っていた。風景の輪郭も、降り注ぐ光も、ずっと華やいで見える。ロンドンが男性だとするなら、パリは女性かもしれない。

北駅では、通訳兼コーディネーターのジェラール・マルタンが待っていた。尖《とが》った鼻と明るい砂色の髪を持つ、物柔らかな男だった。

オペラ座近くのプチホテルに辿り着き、送ってあった荷物を確認してそれぞれの部屋へ運び込み、みんなで打ち合わせを兼ねた昼食を摂《と》ったあとは、晩まで自由行動ということ

になった。

「明日もきれいに晴れそうだし、プレミアは明後日の夕方だし。ゆっくりやりましょ。焦《あせ》ってもいいことないわ」

瑶子の鶴の一声だった。

フランスのメイク道具がいろいろ揃っているところに行きたい、という藤井カナがジェラールと出かけ、光が綺麗だからオペラ・ガルニエやそのへんの街の雰囲気を撮りたい、という澤田がカメラバッグを担いでレストランを出て行った後は、瑶子と帆奈美の二人きりになった。

「あなたは？　どこかへ行ってみなくていいの？」

「おなかがいっぱいで動けません」

瑶子が笑ってギャルソンを呼び止め、熱いショコラを頼んだので、帆奈美もそれにならう。大きな窓の外、通りを渡ったところでさっそくカメラを構えている澤田を見やって、瑶子は言った。

「ねえ、ナミちゃん。絅くんってどう？」

ちょうど口をつけたグラスの水を噴きそうになる。

「ど……どう、も何も……」慌ててうつむき、膝の上のナプキンに落ちた水滴を指先で払う。「そんなこと、いきなり言われても」

「なーにをそんなに慌ててるんだか」

帆奈美の動揺をじろじろと眺めながら、瑶子は意地悪そうに笑った。

「ナミちゃんて、そういうとこほんと、歳のわりに青いっていうか堅いっていうか、可愛いわよねえ」

さあっと耳のあたりに血がのぼる。鏡など見なくても、自分が今どれほど恥ずかしい顔をしているかはわかった。

「……ひどいです」

「けなしてるわけじゃないわよ。まあ、褒めてもいないけれど」

さらりと怖いことを言われた気がした。

レストランの向かい側の歩道で、午後のパリの風景を切り取っていた澤田が、何か思いついたのかカメラを手にずんずん歩いてゆく。路肩に停められた色とりどりの車の列や、葉を落とした街路樹の向こうへと、その大きな黒い背中が消えてゆくのを見送りながら、瑶子は言った。

「もう一回訊くわ。ナミちゃんから見て、炯くんは男としてどう?」

「……さあ。考えたこともありませんでしたから」

「それは嘘」

即座に却下された。せっかく書いた答案用紙を丸めてポイと捨てられたかのようだった。

「本当です。何せ、中学の同級生ですし」

「だったら何なの」

「大人の男性としては見られないというか」

「あのねえ、ナミちゃん」憐れむようなため息をついて、瑶子は言った。「子どもの頃から今までずーっとそばで見てきたならともかく、澤田くんとはずいぶん久々に会ったんでしょ？　それも、見る影もないほど中年太りしてたとか、直視をためらうほど禿《は》げ散らかしてたとかじゃないでしょ？　昔と比べてやたらと男っぽくカッコよくなってて、ドキドキしたでしょ？」

「ドキドキは、しませんけど」

「びっくりはしたでしょ」

「それは、まあ」

「ほらごらんなさい。そのギャップにときめかなかったら女じゃないわよ。意外性こそが種火になって燃えあがるのが恋愛なんだから」

　そんな無茶苦茶な、と帆奈美は思った。

　瑶子のような生まれついての女優の人生とはわけが違う。成長した幼なじみにいちいちときめいて燃えあがっていたら、普通の女の生活は何回破綻しても足りないし、同窓会など危険すぎて参加できない。

若いギャルソンがショコラを二つ運んできた。テーブルにカップを置く手つきまで優雅に見えるのは、パリの魔法だろうか。

それでなくとも甘いショコラに、角砂糖が二つもスプーンに載せて添えられているのをよけながら、瑶子がカップを口に運ぶ。大きなガラス窓を背景に、すっきりと背筋を伸ばしたその仕草を、周囲の人々がふっと息を呑むような表情で見つめている。

「いいと思うんだけどなあ」瑶子はカップを置いて言った。「ねえ、彼と付き合ってみる気はないの？」

真面目に答えるべきかどうか、帆奈美は迷った。どれくらい真剣に言われているのか、もうひとつつかめない。大人の冗談くらいのつもりで投げかけられる軽口に、あまりまともに受け答えを続ければ興醒めだろう。

「確かに、いろんな意味で、ずいぶん男っぽくなったとは思いますけどね」

言葉を選び、あえて少し皮肉な笑いなど混ぜて、帆奈美は言った。

「でもやっぱり、そもそもの出会いが、自分より背の小さいやせっぽちの中学生なので、なんだか印象がちぐはぐっていうか……。どういうふうに接したらいいのか、いまだに距離感がよくつかめないでいるんです」

「頭でっかちなのよ」

ぐっと詰まった。かつて澤田にも言われたことのある言葉だけになおさらだ。

静かなざわめきに満たされたレストランの店内、淡い色の髪と白い肌を持つ人々が何人かずつ入ってきては席に座り、また何人かが立って出て行く。見るともなく眺めやりながら、瑶子がなおも呟いた。

「もったいないなあ。ああいう男と一度でも付き合ったら、あなたきっとひと皮もふた皮も剝《む》けるのに」

「そんな、簡単に言わないで下さいよ」

するとこちらを向いた瑶子が苦笑を浮かべた。

「ねえ、ナミちゃん」

どきりとした。

「――はい」

「私だって、何も伊達や酔狂でけしかけてるわけじゃないのよ。これまでのあなたの仕事はきっと、同性からどう見られるかっていう視線でのスタイリングが多かったわよね。女性誌のグラビアや、女性客の多いショップの仕事がほとんどだったはずだから、そうなるのは当然だと思うんだけど」

口調は少しも変わっていないのに、帆奈美は居住まいを正さずにいられなかった。自分がいきなり、ひどく飲み込みの悪い生徒になった気がした。

「もちろん、悪いことじゃないわ。私たちはどうしたって女なんだから、その視線も大事だし、強みにしていい。だけどそれだけじゃもったいないでしょう。これは大真面目に言うけど、あなた、もっと男の人とちゃんと付き合いなさい。そうしてあらゆる物事が男の目から見ればどう映るかを知って、盗むようにしなさい。そうすれば、今よりもっと戦略的っていうか、挑戦的な〈媚《こ》び〉を含んだスタイリングも出来るようになっていくでしょう。何も、実生活で男に媚びろなんて言ってないわよ。でも世界の半分は男なんだから、ファッションの仕事をしていく以上、彼らの視線を無視することはできない。よっぽどの考えを持って逆のメッセージを発信しようとする場合以外はね。そう思わない？」

帆奈美は、こくりと唾を飲み下した。

「……それは、そう、ですけど」

「誤解しないでね。今のあなたに不満だっていう意味じゃないから。ただ、あなたならもっと伸びしろがあるはずだと思うから言ってるの」

「でも……」

ようやく絞り出した言葉は、掠れ声になった。

「なあに？」

「私は、結婚しています」

「知ってる」

目を上げると、瑶子がこちらを見ていた。どきりとするほどまっすぐな眼差しだった。

たじろぐ帆奈美にかまわず、口をひらく。

「はっきり訊くけど、夫以外の男性との恋愛は、ナミちゃんにとっては御法度《ごはっと》なの？」

大人の冗談――などとは、もう思いようがなかった。本来、夫のいる身での恋愛はみな〈御法度〉であるはずだが、それを今ここで言っても意味はない気がした。瑶子が訊いているのは、一般論的なモラルでもなければ、法の下の正義でもない。帆奈美自身の〈譲れない一線〉はどこにあるかという問題だろうからだ。

テーブルに目を落とす。冷めかけたショコラの表面に、薄茶色の膜が張っている。帆奈美は言った。

「……逆の立場に傷ついたばかりなので」

初めて、瑶子が、言いかけた言葉を呑みこむ気配があった。だが、それもわずかな間だった。

「つまり、あなたの旦那さんが最近、妻であるあなた以外の女性と関係を持った、と。そういうふうに理解していいのね？」

思わず苦笑いがもれた。なんとまあ正確な、どこにも逃げ場のない表現であることか。

「そうです」

「ふうん。それが、許せない？」

すぐには答えられなかった。自分の胸の底をまさぐる。

「わかりません」

今度は瑶子も、それは嘘だとは言わなかった。

実際、帆奈美には本当にわからないのだ。許せないとか、恨むとか憎むとか、そこまで強い感情が起きない自分がどうかしているのだろうか。妻よりもおそらくずっと若い女、しかも絵文字や顔文字ばかり使うような女と、〈浮気じゃなくて本気〉の関係を結んだ夫が、バレたとたん、ごまかしたり謝ったりするどころか開き直った——その事実にダメージを受けたのは、本当に、心、だったろうか。

「私……いま、傷ついたって言いましたけど」帆奈美は考え考え言った。「もしかすると、単にプライドが傷ついただけだったかもしれません」

「なるほどね。よくわかるわ。私にも昔、覚えがあるから」

「うそ、瑶子さんがですか？」

「何よ」

「いえ……。まさか、水原瑶子にそんな思いをさせる男がいるなんて」

ふ、と彼女が笑う。

「新城と出会うずっと前の話だけどね。私だって昔は若かったの。男にナメられて悔し泣きしたことなんかいくらでもある」

それこそ、信じられないような話だった。

「単にプライドが傷ついただけ、って言うけど、それって心が傷つくよりも始末が悪いのよ」

白いクロスのかかったテーブルに、瑶子は優雅な仕草で頬杖をついた。

「心だったら、近しい誰かから親身になって慰《なぐさ》めてもらえば徐々にでも癒えていく。でも、自尊心ばかりはね。自分自身が依《よ》って立つところを根こそぎ否定されたに等しいんだもの、もう一度立て直すにしたって、誰かからの言葉だけでは足りない。いったん損なわれて弱くなった部分をちゃんと補強するには、これまでとは別の、新しい自信の依りどころを獲得して、傷痕にパテを塗り込むみたいにして丹念に埋めていく他はないの。脅《おど》すわけじゃないけど、ものすごく大変な作業よ」

帆奈美は黙っていた。瑶子の言葉の一つひとつが、骨の髄にしんしんと沁《し》みてきて痛い。

「だからね、いっそあなたも、夫以外の男と恋をしてみればいいのよ。〈本気〉だろうが〈浮気〉だろうが、どっちだっていいから。それって何も旦那さんへの仕返しなんていう意味じゃなくて、あなたが女としての自信を保つためにとりあえず有効な手段だと思うわ。もちろん、さっき話したような、仕事の上での新しい視点を獲得するためにもね」

「でも……私なんて」

「なあに？」

「瑶子さん、買いかぶりすぎです。私なんて、突出した才能やセンスがあるわけじゃないのに。ただ好きだから、何とかこの業界とこの仕事にしがみついてるだけなんですよ。伸びしろを買って下さるのはそりゃ嬉しいですけど、何かこう、大きな誤解をしてらっしゃるんじゃないかって思って……」

「怖いの？」

射るように見つめられ、帆奈美は、口をつぐんだ。思いきって言った。

「ええ。すごく」

「そう。正直ね。でも、もう手遅れよ。あなたはもう私たちチームの船に乗っていて、その船はとっくに沖へ出ているの。陸地なんかどこにも見えない。観念して自分の持ち場を守るしかないんじゃないかしら」

言いながら、瑶子はふと目を上げた。

「あら、お帰りなさい」

見ると、澤田が外での撮影から戻ってきたのだった。

「どう、いい写真は撮れた？」

と訊く瑶子に向かって、澤田が当たり前の顔をして、

「誰に訊いてるんです？」

質問に質問で返す。

瑶子はあきれたように噴き出すと、帆奈美に言った。

「聞いた？　あなたに必要なのは、この自信よ」

それはいくら何でも無理ですよ、と言おうとした時だ。

ピルル、とバッグの中のスマホが小さな音を立てた。仕事の連絡かと、とりあえず開いてみる。そのとたん――あたりのざわめきが遠ざかった。水の底に沈んでいるかのように、すべての音が遠い。

「ナミちゃん？　どうした？」

どこか彼方から澤田の声がする。返事をすることもできず、帆奈美は、ただゆっくりと首を横に振った。

目にしているひらがなはもちろん全部読めるのに、どうしてだろう、その意味するところが理解できない。身動きもできないまま茫然としていると、横合いから瑶子の手がのびてきて、帆奈美からスマホを奪い取った。

画面に目を走らせた彼女が、口を開け、呆れたため息とともに天井を仰ぐ。

隆一から送られてきた久々のメッセージ。そこにはたった一行、こう書かれていた。

〈こどもができたみたいです〉

第6章 All Of Me

「ナミちゃん。……ちょっとナミちゃん、大丈夫?」

瑶子に腕を揺さぶられて我に返った。

帆奈美から一旦奪い取ったスマホを返しながらこちらを覗き込んだ顔には、いつも超然としている彼女にはめずらしいほどの、ひどく気遣わしげな表情が浮かんでいた。

「大丈夫ですよ」

頷いてみせると、

「そういう気遣いは要らないから」と、瑶子は言った。「いいのよ、無理に笑わなくて。泣くに泣けない気分だろうけど、だからって笑う必要はないの」

この人には何もかもお見通しなのだと思った。

「ちょっと横になって休んだほうがいいわ。澤田くん、彼女を部屋まで送ってあげてよ」

すぐに腰を浮かせかけた澤田を押しとどめ、

「いえ、ほんとに大丈夫ですから」

二人に向かって言う。

「本当に？」と瑶子。「むしろ、一人になりたい感じ？」

「……そうですね」

「わかった。だったら、夕食も無理して出てこなくていいんだからね。でも、辛くなったらいつでも連絡してよ。遠慮だけはしないで」

「ありがとうございます」

心から、帆奈美は言った。

レストランを出て、ほんの百メートルほど離れたホテルの部屋まで帰ってくる間、足が前に出なくて困った。夢の中で息がうまく出来なくなるときのように、正しい歩き方が思い出せない。

これから三日間の宿となるプチホテルは、よく言えば長い歴史のある由緒正しい建物で、ガタゴトと軋《きし》むエレベーターは乗り込んだ者が自分でフェンスを開け閉めするタイプの二人乗りだった。部屋は天井が低く、こぢんまりとしている。

黒い鉄枠の出窓からは、通りをゆく人々の頭や、クラクションを鳴らしながら走るシトロエンや、あるいは向かい側に立ち並ぶ建物の屋根や屋上、煙突などが見下ろせる。午後も遅くなり、あれほど青かった空は灰色に変わっていた。

花柄のカーテンを半分ほど閉め、帆奈美はクラシックな一人掛けのソファに腰を下ろした。カーテンと同じ柄のカバーが掛かったセミダブルベッドがすぐそばにあったが、いま横になったりしたら二度と再び起き上がれなくなってしまいそうだ。固い背もたれによりかかり、ぼんやりと壁紙の模様を眺める。

——こどもができたみたいです。

夫から届いたたった一行のメールは、あえてそうしたのかどうか、全部ひらがなだった。何度読み直しても、なかなかぴんとこなかったのはそのせいもあったかもしれない。

彼とは、学生時代からこれだけ一緒に居て、けれど帆奈美は一度も妊娠しなかった。女性としての機能に問題があるのだろうかと心配になり、検査を受けたこともある。結果は〈異常なし〉だった。隆一のほうは、自然のままでいいじゃないかと言って、調べようとさえしなかった。

なるほど、愛人との間でも、「自然のまま」にしていたわけだ。

こんな時、むしろ泣いてわめいて悔しがることができたならよかったのに、と思う。けれど現実にはただ茫然とするよりなくて、その最初の衝撃から覚めると、あとは一切の感情が動かないのだった。

半端に閉めたカーテンの間から、小さな花瓶の花が覗いている。出窓のところに飾られた生花は、華やかさはないものの素朴で可憐《かれん》で、いつもならきっとスマホを向けて写真でも撮っていたところだが、今はまったく気持ちが動かない。きれい、と感じるはずの心さえ凍りついているようだ。

と、ノックの音がした。

「はい」

じゃなくって、と思い直し、ウィ、と答えながらソファから立ち上がり、ドアに近づく。覗き穴から見ると、丸くゆがんだ視界の真ん中に澤田の姿があった。

心臓が一瞬、ちりりと痺れるように痛んだ。

彼はきっと、瑶子から大体の事情も聞かされただろう。説明など、ほんのひと言か二言で足りる。今のこんな顔を彼にだけは見られたくない、と思う一方で、誰が来てくれるよりほっとしている自分に気づく。

もう一度ノックしようと、彼が手を上げる。帆奈美は内鍵をはずし、そっとドアを引き開けた。

「ごめん」

顔を見るなり、澤田は早口に言った。

「誰とも会いたくないかとは思ったんだけど、やっぱり気になって。ちょっとだけ、話せないかな」

「……何を？」

「何でも。ナミちゃんの話したいことでいい。話したくなかったら、黙っててもいい」

帆奈美は目を伏せた。

「今、フロントに言って、この部屋まで紅茶を運んでくれるように頼んだんだ。もうじき……あ、来た。はや」

澤田が顔を向けたほうへ目をやると、ホテルの男性スタッフが、トレイにティーポットとカップを二客、それにアルフィの魔法瓶を載せて運んでくるところだった。

断るわけにもいかない——という理由が出来たことにどこかでほっとしている自分に気づき、帆奈美は、

「……どうぞ」

ドアを大きく開け、澤田を通した。ホテルのスタッフは、二つのソファの間のテーブルにトレイを置くと、手渡されたチップににっこり微笑んで部屋を出ていった。

「なんか、無理強いみたいになっちゃって申し訳ない」

二人きりになると、澤田の声はなお低くなった。

「瑶子さんには、『今はそっとしといたほうがいいかも』って言われたけど、どうしても気になっちゃって。一人でいるにしたって、せめて温かいものでもと思ってさ」

「ん。どうもありがと」

「だから、無理して笑わなくていいんだってば」

そんなふうに言われるとなおさら、薄い苦笑が漏れてしまう。

「無理してるってわけじゃないんだけど……なんだかもう、笑うしかなくて」

澤田が、答えずに眉を寄せる。

「どうぞ。座って」

向かいのソファを勧めると、彼は、じゃあ遠慮なく、と腰を下ろした。

帆奈美が座るより先に、自らティーバッグをポットに二つ放り込み、魔法瓶の蓋を少し浮かせて熱湯を注ぎ入れる。丁寧《ていねい》とは言えないまでも手慣れた様子なのは、ふだん独りで暮らしているからだろう。しばらく蒸らした後、彼はポットからカップに紅茶を注ぎ、帆奈美の前に置いてくれた。

「飲んで」

言われるまま、薄い陶器のふちに唇をつける。ティーバッグとは思えないほど、香りのいい紅茶だった。香りがいいと感じられたことに安堵すると同時に、肩から少しだけ力が抜けてゆく。

「この際、遠慮はなしで訊くけど……旦那さんとは、いつからそんなふうになっちゃったの？」

まっすぐに訊かれ、嫌とは思わなかったが、返事に困った。

「いつからだったんだろ」

呟くように答える。しばらく考えて、結局言った。

「よく、わからない」

「具体的に気がついたのはどうして。何かきっかけがあったわけ？」

「よく、わからない」


「それは、あったよ、はっきりと。彼のスマホに、相手の人からＬＩＮＥが届いて、たまたま画面に出たそれを見ちゃったの」

　澤田が眉間に皺を寄せ、うわ、という顔をする。

「でも、ほんとにそれしか見てないんだよ。それ以上探ったりはしてないし」

「わかるよ。そこは、ナミちゃんだもんな」

　言われて、心臓がまた疼《うず》く。

「たったそれだけでも、わかっちゃうような文面だったんだ？」

「だって……ものすごくあからさまなメッセージだったから。それでもしばらくは、彼には言わないようにしてたんだけど」

　言わないようにしていたというより、言うに言えなかったというほうが近い。浮気に気づいていると明かしてしまえば、夫に決断を迫ることになる。彼を失うのが怖いのではなく、これまでの一見平穏な日常を失うだけの覚悟が持てなかった。そう打ち明けてみると、澤田は、わかる気がする、と頷いた。

「で、旦那は？　すぐ認めたわけ？」

「認めるどころか」

「ん？」

「浮気じゃなくて、本気なんだって」

澤田が、ぽかんと口を開けたまま眉をひそめ、帆奈美を見る。

「笑っちゃうでしょ？」

「いや、笑えないよ」と、吐き捨てるように彼は言った。「何だそれ。いくら開き直りにせよ、自分の女房に向かってそれを言うか？　ふざけやがって」

自分のために、目の前の男が怒ってくれている。そんなことを嬉しいと思ってはいけないのに、仄暗い慄《おのの》きがふつふつとこみ上げてくる。

「じゃあ旦那、今はその相手と一緒にいるってこと？」

帆奈美が頷いてみせると、澤田は舌打ちをした。

「いい気なもんだな」

「もう、けっこう長いよ。家に帰ってこなくなったのは、このロケのしばらく前だもの」

「ってことは、その……子どもっていうのは」

「そうね。ほんとにできたんだとしたら、実際はもっと前ってことよね。わかったのが今だっていうだけで」

「ちょっと待って」と、澤田が怪訝《けげん》な顔になる。「ほんとにできたんだとしたら、とは？」

帆奈美は、口をつぐんだ。幼なじみとはいえ、れっきとした異性である彼に、これより先まで打ち明けていいものだろうか。

察したのか、澤田が促す。

「俺に話すのがどうしても嫌だっていうんじゃなかったら、教えてよ。絶対、誰にも言わない。瑶子さんにも、俺からは話さないって約束するから」

「べつに、瑶子さんにはかまわないんだけど……」

声がひとりでに小さくなってしまう。帆奈美は、短く息を吸い込んだ。

「とても……できにくい体質の、人だろうと思うのね」

澤田は黙っていた。

「少なくとも、私との間には一度もできなかった。予防なんてしたことなかったのに」

澤田は、目を合わせない。けれど、頷いてはくれる。そのことに勇気づけられるように、帆奈美はぽつりぽつりと続けた。

「そのうちにお互い、なんだかしんどくなっちゃって。私もだけど、男の彼のほうが、たぶんプレッシャーみたいなものがきつかったんじゃないかな。そういうこと自体がめっきり減っていって」

ぐうっとこみ上げる黒い大きな塊を飲み下す。本当に硬いものを飲み込んだかのように、喉が、食道が、痛い。

「でも、まあほら、年も年だし」感情を押し殺して続ける。「世の中、そんな夫婦はいっぱいいるみたいだし。私たちだけが特別ってわけじゃないだろうから、しょうがないや、って。彼にも、私にも、それぞれ打ち込める仕事があるし、仲は悪くないんだから、それで充分じゃないかって、ずっとそう思うようにしてきて……そのぶん、おむすびのこと、可愛がって……猫なのはもちろんわかってるけど、まるでほんとの子どもみたいにして可愛がって……。なのに、なんで、」

そこで、言葉が出なくなった。声さえ出てこなくなった。

酸素が薄い。口をぱくぱくさせ、必死に息を吸い込もうとするのに、空気が入ってこない。両手で喉を押さえ、苦しまぎれに立ち上がってカーテンにすがりつく。

「ナミちゃん?」

澤田がソファから腰を浮かせる。テーブルに膝があたり、ティーカップが倒れて中身がこぼれ、あっ、と気がそれた拍子に、帆奈美の喉がひゅううっと鳴った。空気の束が流れ込んでくる。

なおもカーテンを握りしめ、にじむ涙を拭いながら咳《せ》き込んでいると、だしぬけに、抱きすくめられた。

視界が澤田のセーターでいっぱいになる。驚いて押しのけようとするより先に、大きな掌《てのひら》が背中をさするのがわかった。

いっぺんに肺に流れ込んできた空気のせいで、咳が止まらない。涙をためて咳き込む帆

奈美を抱きすくめ、片方の掌で背中を不器用にさすりながら、

「馬鹿じゃないの？」

澤田は怒ったように言った。声が、すぐ真上から降ってくる。

「なんでそんなに我慢ばっかするんだよ」

「が……まん、なんか」

「してるだろ。だいたい、おかしいと思ってたんだよ。このロケの最初から、ナミちゃん、時々泣きそうな顔してたじゃん」

「かんっ……がえ、過ぎ」

また咳き込んでしまう。空気の小さな塊が気管に入ったままらしい。それなのに、澤田は抱きしめる腕を緩めてくれない。逃れるのをあきらめ、もう何回か思いきり咳をするとようやく、異物めいた塊が出ていった。

「も……もう、大丈夫だから」

身体を離そうとする帆奈美を、けれど澤田はあらためて引き寄せ、今度は両腕できつく抱きしめた。

「そんなに旦那のことが大事？」

「え？」

「それだけひどいことされても、ナミちゃん、かばってばっかりじゃんか」

「かばってなんか」

「かばってるよ。旦那のこと、できるだけひどく言わないように、自分でも悪く思わないように、ずっとかばってるじゃないかよ」

「そ……」

そんなつもりは、と言いかけて、息を呑んだ。澤田がいきなり、帆奈美の頭を両側からつかんで覗き込んできたのだ。じかに触れられると、おそろしく熱い掌だった。

顔が、近過ぎる。互いの息がかかる。

帆奈美の目を、いや、目のずっと奥を覗き込みながら、澤田は低くささやいた。

「俺の前でまで、いい人ぶらなくていいよ」

ぎょっとなった。

「何をそんなに怖がってんの？　旦那のしたことは、ナミちゃんが怒り狂って泣き叫んでもおかしくないくらいひどいことなんだよ。取り乱すのはみっともないとでも思ってるわけ？　私はそんな愚かなことしないわ、って？」

かぶりを振ろうとしても、彼ががっしりと頭を押さえつけて、そうさせてくれない。

「誰だってさ、旦那の愛人に子どもができりゃ取り乱すよ。めちゃくちゃに取り乱して当然なんだよ。恨んで、憎んで、呪い散らすのが当たり前で、むしろそれが正しい怒り方ってもんじゃないか。それを、変に大人ぶっちゃってさ。そんな醒めた態度取られたら、旦那のほうだって、ナミちゃんに愛されてないと誤解するよ」

澤田の両手は緩まない。動かせない頭のかわりに、違う、と言いたいのだが、何がどう違うのか自分でもわからない。間近に覗き込まれるのが苦痛で、ぎゅっと目をつぶる。

「なあ、なんで我慢なんかするんだよ」

声だけが近いのはなおさら不安だった。再び目を開けたとたん、胸を衝かれた。澤田は、怒りながらも、ひどく苦しげな顔をしていた。

「そんなに我慢ばっかしてものわかったふりなんか続けてるから、さっきみたいに自家中毒起こしておかしくなっちゃうんだろ。相手が何をしても許して、まるで何も起こらなかったみたいに自分の感情を撫でつけて、ほんとのことから目をそらしてさ。それで何になんの？　駄目だよ、そんなことしてちゃ。人には、絶対に譲っちゃいけないことってのがあるんだ。ナミちゃんの悪い癖だよ。怒るべき時に怒らない。負の感情を露《あら》わにするのをいけないことみたいに思い込んでる。そういうとこ、ほんと昔から変わってないよな。あの頃から絶対に人の悪口とか言わなかった」

言葉の一つひとつが、ぐさぐさと突き刺さる。化膿《かのう》していた患部を切開し、溜まっている膿《うみ》を洗い流されているかのようだ。とんでもなく痛いけれど必要なことをしてもらっているのだという不思議な安堵に、帆奈美は、思えばもうずっと長い間こわばっていた身体から、力が抜けてゆくのを感じた。

澤田も、それを感じ取ったのだろうか。万力のようにがっしりと押さえつけていた両手を離し、帆奈美の頭の後ろに手を当てて自分の胸に引き寄せる。

「我慢、すんなよ」

今さらためらうかのように彼の声が揺れるのを、帆奈美は、耳を押し当てている胸から直接聞いた。

「思いきって泣いちゃえよ。泣いていいんだよ、こういう時は。今さら恥ずかしがることないじゃん。ナミちゃんの泣き顔なら、もう知ってるし」

「……いつの話？」

「覚えてないの？　中二のクラス対抗バレーボール大会の時、決勝で負けてさ。帰る道々、俺の目の前で大泣きしたろ？」

またそんな昔のことを——あれから何十年たったと思っているのだ。そう抗議しようとしたのに、かわりに唇からこぼれたのは、うえっ、というおかしな呻き声だった。慌てて息を吸うと、それもまた変な音になった。

澤田の指が、ゆっくりと帆奈美の髪を梳《す》く。なだめると言うよりは促すように。相変わらず不器用な、けれどとてつもなく優しい動きで。

止めようが、なかった。気がつけば、すでに涙は大量に噴き出した後だった。

「そう。そうだよ。いいから泣いちゃえ」

それこそ十四の少女だった頃のように、帆奈美は身も世もなく泣きじゃくった。いっそ小気味いいほど涙はぼろぼろとこぼれ、頬を伝って顎の先から滴り落ちてゆく。鼻水まで垂れてくる。

このままでは、彼のセーターを汚してしまう。遠ざけようと胸に手をあてたはずが、なぜかそのまま自分からセーターを握りしめてすがりついていた。何一つ、思うようにならない。

やがて、見かねた澤田が、ようやく腕を緩めた。帆奈美をベッドに座らせ、半ば強引に横たわらせ、頭の下に枕をあてがう。ベッドカバーをめくって荒っぽく身体を包み込むと、まるで蓑虫《みのむし》のようになった帆奈美の隣に自分も仰向けになり、花柄の蓑ごとしっかりと抱き寄せ、抱きかかえた。

厚地のベッドカバー越しに、彼の熱い体温が伝わってくる。涙の塩気で顔が痒《かゆ》いのに、身動き一つできない。

やがて、澤田は言った。

「寝なさい」

幼子《おさなご》を寝かしつける父親のようだった。

「瑶子さんも言ってたけど、晩飯の時、腹減ってなかったら降りてこなくていいから。明日からの仕事のためにも、とにかくぐっすり寝なさい。よけいなことは何も考えないで」

帆奈美は、その言葉を胸の内側で反芻《はんすう》し、小さく頷いた。

「……わかった」

掠れ声になってしまった。軽く咳払いして続ける。

「ごめんね。もう、大丈夫だから。……ありがと」

すぐ隣で、澤田がゆるやかに息を吐く気配がした。

＊

とうてい眠れっこないと思っていたのに、いつの間に寝入ったのだろう。短くて深い眠りから覚めたとき、時計は七時をわずかに過ぎていて、澤田の姿はなかった。

身体に回されていた腕がほどかれ、ベッドが軋んで、急に寂しくなったことだけうっすらと覚えている。まぶたが鉄の扉のように重たくて、どうしても開かなかった。

急いで顔だけ洗って部屋を出た。食欲はあまりなかったが、気力はかなり回復していた。

「あら」

瑶子が意外そうに顔を上げた。

「遅れてすみません」

「ううん。よかった、顔色が戻ったみたい」

昼間と同じレストランでの夕食だった。約束の時間から二十分ほど過ぎた今、テーブルには瑶子とカナ、それにジェラールしかいない。

怪訝な顔をした帆奈美に、

「澤田くんは一緒じゃなかったの？」瑶子はなぜか残念そうに言った。「なぁんだ。邪魔しちゃ悪いかと思って連絡しなかったのに」

どこへ行ってしまったのだろう。あの後、また一人で撮影にでも出かけたのだろうか。

「うたた寝しちゃったのかもしれないわね。ほっときましょ、大人なんだから。あとでお腹空いたって、彼なら自分で何とでもできるでしょ」

ジェラールばかりでなくカナも、帆奈美の事情は知らされていないようだった。親しい妹分にも必要のないことは話さないところが瑶子らしい。

帆奈美は、弱った胃に優しそうなものを選んで少しずつ食べた。個人的に何があったにせよ、チームの一員としてここにいる以上、体調管理はきちんとしなくてはいけない。

ところが、夕食を終え、再び部屋に戻った後のことだ。シャワーを浴び、髪を拭いていると、〈ポキン〉とどこからか電子音が響いた。着信音のようだが、自分のスマホではない。あたりを見回した帆奈美は、すぐにまた響いた〈ポキン〉に目を上げ、それを見つけた。出窓に飾られた花瓶のそばに、黒いスマホが置かれたままになっている。澤田のものに違いなかった。

慌てて走り寄る。画面に浮かびあがるメッセージに一瞬苦い記憶が蘇ったが、ＬＩＮＥはどちらも瑶子からで、「明朝は八時集合」と「おやすみなさい」の二つだけだった。

どうして澤田は、スマホを忘れていったことにすぐ気づかなかったのだろう。あるいは気がついていても、こちらがまだ眠っていると思って取りに来られずにいるのだろうか。

少しためらったものの、帆奈美は、部屋着がわりに持ってきたネルのワンピースの上からロングカーディガンを羽織り、澤田のスマホとルームキーを持って廊下に出た。

同じ階にある彼の部屋のドアを控えめにノックする。待ってみたが、返事がない。深く眠っているのだろうか。しかし、携帯がなくて困るのは彼だ。

もう一度、今度は少し強くノックした。

と、ややあって、ようやく中で物音が聞こえた。何かにぶつかるような音。続いて、靴を引きずる足音が近づいてきて、ドアが内側に開く。

隙間から現れた顔を見るなり、

「やだ、どうしたのよ」

思わず声をあげてしまった。澤田の着ているグレーのＴシャツは、首から胸、脇のあたりが濃い色に変わっていた。額にも汗が浮かび、前髪が濡《ぬ》れて貼りついている。

「ごめん。ずっとノックしてた？」澤田が唸る。「気がつかなかった。なんかちょっと、調子悪くて」

「どういうふうに？」

「いや、心配ないよ。たまにあるんだ。汗かいたから、熱は下がってきたと思うし」

帆奈美は、はっとなった。そういえばさっき彼に抱きすくめられた時も、その身体や掌が妙に熱いとは思ったのだ。

と、澤田が視線を落とし、帆奈美の手の中にある自分のスマホに気づいた。

「俺、忘れてったのか」と、呟く。「なんか、恥ずかしいよな。ナミちゃんにあんなえらそうなこと言っといて、自分の体調管理ひとつできないなんてさ」

「――お薬、何か持ってる？」

「いや。いいよ」

「よくないってば。ちょっと待ってて」

「いいって。戻ってきたりしたら責任持てないからな」

はっと澤田の顔を見る。どういう意味、と訊き返すより前に、その額に浮く汗の粒のほうが気にかかる。

「ばかなこと言ってないで、おとなしく待っててよ」

と念を押し、急いで自分の部屋にとって返す。バッグをかきまわし、常備薬のポーチから取り出した解熱鎮痛薬を手に再び澤田の部屋を訪ねると、ドアはわずかに開いたままだった。

サイドスタンドの仄暗い灯りの中、彼はベッドに仰向けになっていた。やはりまだしんどいのだ。

ためらっている場合ではなかった。とりあえずドアを閉め、冷蔵庫から勝手にミネラルウォーターのボトルを出して持ってゆく。物憂げに頭をもたげ、上半身を起こした澤田が、素直に薬を受け取ると口に放り込み、水で流し込んだ。

浴室で濡らしたタオルを絞り、額にのせてやると、澤田は気持ちよさそうに深い息をついた。

「着替えのTシャツ、どこ」

「……トランクの中」

「開けるよ」

きちんと畳まれた衣服の中から適当に一枚選び、持っていってやる。

「はい、これ。ちゃんと着替えてから寝なさいよ」

「サンキュ。ねえ、ナミちゃん」

「え？」

「背中拭いて、とか言っても駄目だよね」

「……甘えるんじゃない」声が上ずるのをこらえて言った。「それくらい自分でする」

「厳しいな」

澤田が苦笑した。額にのった濡れタオルを取り、上半身を起こして再びミネラルウォーターに手をのばす。

「そうそう、水分はたくさん摂ったほうがいいよ」

「うん」

ふたたび仰向けになる。薬が効くにはまだ早いが、先ほどよりは少しましな顔つきになっていた。

喉仏が、そこだけ別の生きもののように上下する。無意識に見入っていたせいで、二の腕をつかまれるまで気がつかなかった。

あっと思った時には、抱きかかえられ、ぐるりと一回転して身体の下に敷き込まれた後だった。

心拍がはね上がる。身体が震える。声が裏返る。

「ちょ、なに、待っ」

「やだ、待たない」

まるでラグビーのボールのように帆奈美の頭を抱え込んだ澤田が、急くようにささやく。

「言ったでしょ。戻ってきたら責任持てないって」

「だ……だって、」

「本気にしてなかったの？」

「そうだよ、駄目だってばこんなの、」

「駄目じゃない。駄目だっていい。俺のせいでいいから」

駄々っ子のようなのに、帆奈美にのしかかる身体はどこまでも頑丈で、胸板は鎧のように硬い。逃れようとしてもびくともしない。

ほんのわずかに顔が離れたかと思うと、有無を言わさず、唇が重なってくる。たったいま彼が飲んだ冷たい水の名残を感じたのはほんの一瞬で、そのすぐ後から、熱すぎる舌が潜り込んできた。

（どうして……）しびれる頭の隅で帆奈美は思った。（どうして、こんなことに）

いや、どうしてもこうしてもない。彼は予告していた。言外に意味するところを、見ないようにしたのは自分のほうだ。

澤田が頭の向きを変える。くちづけがさらに深くなる。

（ちゃんと拒まなきゃ）

体格や力ではるかにまさる相手だが、こちらが本気で暴れて抵抗すれば、無理やりにということはないはずだ。わかっているのに、なぜ自分はいいようにされているのだろう。

彼の唇の熱が、帆奈美のこわばりをほぐし、溶かそうとする。執拗《しつよう》に絡められる舌の動きに、思わず応えてしまいそうになる。

「ず、る……」

吐息の合間にようやく顔を背け、帆奈美は抗議した。

「ずるいよ、澤田くん」

「なんで」

「だって、熱出してるときにこんな」

彼が苦笑し、頬と頰をぴたりとつける。熱い。

「油断、してたんだ?」

「そうじゃ、なくて」

「俺が同情につけ込んでるから?」

「そ……」

そうじゃない、とは言えなかった。澤田の体調が万全であったなら、逆にもっと激しく抗《あらが》うことができたかもしれない。けれど彼は明らかに発熱していて、消耗《しょうもう》していて、呼吸も荒くて、身動き一つするのもけだるそうで——そんな男に全力で抵抗するのは、なぜかかえって難しいのだ。

唇が帆奈美の耳朶をなぞる。蝸牛《かたつむり》の殻の内側のように入り組んだ溝を、濡れた舌先がゆっくりとたどってゆく。ぬめぬめとして、まるで自分の耳そのものが蝸牛になったかのようだ。こらえきれずに喘《あえ》ぎが漏れてしまう。

「や……やめて」

「だから、なんで」

「やだ」

帆奈美は弱々しく首を振った。こんなのは間違っている、いくら不実な夫とはいえ自分は結婚している身なのだ、いま感情に流されて他の男と関係を持ってしまったら、

「旦那に、強いこと言えなくなる？」

ずばりと言い当てられて、思わず息を呑んだ。澤田が、ふっと吐息を漏らす。

「それってさ、いやなんじゃないよね」

「……え？」

「自分も同じことをしたら、いざって時に旦那を責める資格がなくなるっていうだけでしょ。それって、俺とこういうことするのがいやなのとは違うよね」

そう——なのかも、しれない。どう答えていいのかわからない。

と、澤田が頭をもたげ、帆奈美の目の奥を覗き込んできた。瞳の虹彩《こうさい》が見てとれるほどの近さだ。

「前にも言った気がするんだけどさ。よけいなこと考えるなよ。昔っから、頭でっかちなんだよ」

端整な顔で言われ、よけいにカチンときた。認めはするけれど、こんな場面で理性をつなぎ止めようと思ったら頭で考えるしかないではないか。

「あ、怒った？」

澤田が目だけで笑《え》む。

「怒るよ、そりゃ」

「いいね。旦那にはあんな酷《ひど》い仕打ち受けてもろくに怒れないナミちゃんが、俺にはそんな顔見せてくれるなんてさ。そういう顔も、すげえ好き。ほんと好き」

「え？」

思わず訊き返すと、澤田はあきれたような、憐れむような、がっかりしたような目をした。そして言った。

「そうだった。このひとそういうとこ、どうしようもなく鈍いんだった」

今のはどういう、と思った時には、再び唇を奪われていた。前より激しいくちづけだった。

結び合わせた唇を噛まれ、歯の間にはさんで引っ張られる。滑り込んでくる舌が有無を言わせず歯列を割り、口の中を耕して掘り起こすように動く。尖らせた舌先で歯茎を端から端までなぞられたとたん、帆奈美の腰がはねた。

なんて、いやらしいキスをするのだろう。これまで澤田がどんな女性たちとどれだけ経験を積んできたのかを思うと、胃のあたりが嫌な感じに引き攣《つ》れる。

少なくとも、夫にこんなキスをされたためしはなかった。学生時代の友情から始まった隆一との恋愛関係は、くちづけもセックスもさほど熱が上がらず、平熱とは言わないまでもせいぜい微熱といった程度で、隆一の側が淡々と無表情に腰を振る以上、こちらが一人で盛り上がることもできなかった。

けれど今、帆奈美の身体はみるみる体温を上げていた。皮膚《ひふ》などひりひりと痛むほどだ。澤田の発熱が伝染したのだろうか。いやそんなはずは、と思った時、胸元のあたりからふっと力が逃げてゆく感覚があった。何をされたかを覚《さと》るより早く、指が次のボタンにかかる。

慌てて彼の手を押さえると、反対にその手をつかまれ、両方の手首をまとめて頭の上の枕に押しつけられた。ボタンがもう一つはずされる。

「やだ、ねえ、やめて」

紺色のネルのワンピースはゆったりとしていて、上から厚地のロングカーディガンを羽織っているぶん、下にはブラも着けていない。そもそもは彼の置き忘れていったスマホをこの部屋に届けるだけのつもりだったのだ。

「ねえってば、澤田くん、駄目だって」

答えず、さらにもう一つボタンをはずした彼が、襟の合わせを左右に押し広げる。熱を持った指がするりと滑り込み、いきなりしっかりと乳房を包まれた、その次の瞬間、帆奈美はひっと息を引いた。

あまりにも鋭い快感が、胸の先をくるみ込む。柔らかに吸われ、腰が浮く。

さっきまでは帆奈美の口の中を、まるで壺《つぼ》の底までさらおうとするかのように蹂躙《じゅうりん》し続けていた彼の舌が、今度は胸の丘の頂で躍る。くすぐったさと紙一重の快楽がそこからじわじわと広がり、炎のように全身に燃え広がってゆく。

声も出せないまま背中を反らせ、身をよじると、彼の呼吸が乱れるのがわかった。もう一つの乳房も、たっぷりと愛される。そうしながら指は器用に動いて、前立てのボタンをすべてはずしてゆく。身体の前面がほぼすべて、澤田の視線にさらされている。かろうじて残っているのは肩口にひっかかった衣服と、あとは小さな下着だけだ。さっき自分の部屋でシャワーを浴びた後、ショーツはどれを選んで穿《は》いただろう。

そう思った瞬間、帆奈美は、猛烈な羞恥心《しゅうちしん》に襲われた。半裸が恥ずかしいより何より、こんな場面で澤田の目に女としてどう映るかを気にしている自分が恥ずかしい。

「見ないで、お願い。ねえ、やだ、やめようよ、澤田くん、ねえ」

うわごとのようにくり返しながら、やはり強くは拒めないでいる自分。いっそ強引に奪ってほしいと望んでいる自分。そのことに、彼のほうもとっくに気づいているはずだ。本当にいやなら、おざなりに押さえられた手首など振り払ってしまえばいいのだから。

くちづけが降りてくる。唇と、左手のわずかな力とで帆奈美を標本のように留めつけながら、右手が脇腹をなぞるように下がってゆく。指が、ショーツの縁にかかる。唇を重ねたままかぶりを振る帆奈美をまったく無視して滑り込んでくる。

　ああ、と呻いたのは、秘所に触れられた帆奈美だけではなかった。澤田もまた、感に堪《た》えないというように、低くくぐもった呻き声を漏らす。中心が、信じがたいほど潤っているのがわかる。指の腹でこすられても摩擦などほとんど感じない。感じるのは、とてつもない快楽だけだ。

　熱い。熱い。そんなふうに触れないでほしい。どうしようもなく気持ちがいい。とても抗えない。抗いたくない。一点が固く凝って、どんどん尖ってゆく。軀が、おそろしい勢いで、女であることを思い出してゆく。

　どうやって下着を脱がされたかわからない。自ら腰を浮かせて協力したのかもしれない。両の手首は解放され、気がつけば澤田の背中に回っていた。汗を吸った彼のTシャツもいつのまにか姿を消し、二人とも完全に裸だった。

「頼むから……」

　額に額を押しあて、澤田が呟く。帆奈美ははっとなって目を開けた。彼のほうはまぶたを閉じている。

「頼むから、駄目って言わないでよ。俺を、ナミちゃんの中に入れて」

　請われたとたん、背筋が甘く痺れた。同時に、ずるい、と再び思った。俺のせいにしていいから、とさっきは言ったくせに、結局、最後の一線を越える時にはこちらの許しを求めるのか。

澤田自身も同じことに気づいたらしい。目を開け、苦笑すると、すぐに真顔に戻って言った。

「ごめん。ここまで来てそれは卑怯《ひきょう》だよな」

言うなり、帆奈美の両脚をひろげ、間に腰を割り込ませた。自身に手を添えることもせず、狙いを定めて埋めてくる。

帆奈美は、声にならない声をあげた。あまりにも久しぶりだったせいで痛みはあったが、我慢できないほどではなかった。押し分けられる圧迫感を、内側の肉がみるみる包み込んでゆく。なじんでゆく。背中から落ちるような快感があった。ようやく息を吐くとともに、彼の身体の重みを全身で受け止める。

「す、げ……ナミちゃんの中」

どうしてそういう恥ずかしいことばかり言うのだ。たまらずに、帆奈美は彼にしがみついた。

「欲しかったんだ」澤田は言った。「どうしても、全部」

耳元でくり返される低い呟きに、なぜだろう、いちいち泣きそうになる。

帆奈美の頭の両側に手をついた彼が、身体を起こす。

動き始めた。

第7章 The Heart Of The Matter

日本の冬は寒いとばかり思っていたけれど、ヨーロッパのそれよりはまだましな気がする。どこがどう違うとも言えないのだが、あえて言葉にするなら、日本の寒さのほうが情緒的であるように思える。同じ冬将軍でもまだいくらか話が通じる、とでもいおうか。

葉の一つもない街路樹の下を、帆奈美はひとり、自宅マンションへ急いだ。荷物の半分ほどはパリから、もう半分は羽田空港から家へと送ったおかげで今は身軽だ。足取りがだんだん速くなってゆくのは、家で待つ愛《いと》しい存在を想うからだった。

じつを言うと、少し怖い。たったの十日でもはや元には戻れないほど変わってしまった自分を、あの白い猫は受け入れてくれるだろうか。身体中から違う匂いがするなどといって毛を膨《ふく》らませ、背中を弓なりにそびやかされたりしたらどうすればいい。

一階の集合郵便受けに立ち寄り、暗証番号を打ち込んで中を覗いた。どうでもいいダイレクトメールが二通ほど届いている。夫の隆一は、少なくとも今日はまだ部屋に帰っていないらしい。エレベーターで上がり、鍵を回し、ドアを開ける。予想通り三和土に彼の靴

はなかった。ようやく大きく深呼吸すると、

「おむすびー」帆奈美は、ブーツを脱ぎながら呼んだ。「むーちゃーん」

ややあって、奥のリビングから鳴き声が聞こえ、乾いた小さな足音がぱらぱらと近づいてきた。急いで走ってくるのだとわかったとたん、胸が締め付けられた。

「ごめん、ごめんね、むーちゃん、長いことお留守番させてごめん」足もとに駆け寄ってきた白猫を抱き上げ、抱きしめる。「寂しかった？　でも、ペットシッターのお姉さん、良くしてくれたでしょう？」

抗議の声を上げながらも盛大に喉を鳴らし、おむすびが帆奈美の顔をざらざらの舌で舐める。

甘えて足もとにまとわりつく猫をなだめ、ダイニングでマフラーを取り、コートを脱ぐ。お詫びのしるしに特別の缶詰を開けてやろうと、ふとキッチンへ目をやったとたん、違和感を覚えた。

冷蔵庫の隣にある棚の上、普段使いのコーヒーやお茶、ケトルなどの位置が微妙に変わっている。よく見ると、金色のケーキ用フォークばかりを差してあるコップに銀のティースプーンが何本か交じっているし、見回せば、上の棚に並んだ鍋類の配置まで違う。

うなじがちりりとした。隆一が、自分でコーヒーを淹れることはまず、ない。かといって、ペットシッターが鍋で料理をしたり、勝手にお茶を淹れて飲んだりするとは思えない。

ここへ来てもらって面談をした時、その折り目正しさに安心して依頼したのだ。

帆奈美は、キッチンへ行き、あたりを見回した。流しの横にガラスの灰皿が洗って伏せてある。ふり返り、生ゴミ用のゴミ箱の蓋を開けてみた。案の定、湿った茶殻《ちゃがら》の上にスリムな煙草《たばこ》の吸い殻が捨てられていた。隆一の妹がいつも吸っている銘柄だった。

留守中の自宅に相手の女を連れ込まれたよりはまだましかと思いながらも、こみ上げてきたのは圧倒的なまでの嫌悪感だった。美貴に対してのものというよりは、あんなに嫌だと言っておいたのに平気でそれをしてのける夫の隆一に対しての嫌悪であり、怒りであり、失望だった。

もうとっくに、とことんまで失望しきったと思っていたのに、まだ底があったのか。このぶんでは、これから先にも同じようなことがたびたび待っているのかもしれない。

足もとに真っ白な身体をすり寄せてきたおむすびが、帆奈美を見上げて甘え声で鳴く。

「はいはい待ってて、缶詰ね」

自分にとって嬉しい言葉はみんなわかっているのだろう。前肢《まえあし》で床を踏みしだきながらなおも鳴く猫に特別上等の缶詰を開けてやってから、帆奈美はゴミ箱にかがみ込み、生ゴミを袋ごと引っ張り出した。

重くはないが、出かける前には全部始末していったのだから、中身はこの十日の間に捨てられたものばかりだ。要するに、美貴には自分が来た痕跡を隠すつもりなどまったくなかったということになる。隆一はいったい何と言って妹に猫の世話を頼んだのだろう。

〈赤の他人を家に入れるなんて気色悪い〉

夫の激しい口調を思いだす。

〈留守をいいことに、どこを覗かれても、何を触られてもわかんないんだぞ。俺は絶対ごめんだね〉

あれはパリとロンドンのロケを切り出した時の言い争いで、そこから話がもつれて彼が浮気を本気だと言いだし、家を出てゆくに至ったのだ。あのとき打たれた頰の痺れるような痛みが蘇り、帆奈美は一瞬、ぼんやりと立ち尽くした。

と、玄関でガチャガチャと鍵の回る音がした。ぎょっとなって身構えると同時にドアが開き、部屋の空気の圧が変わる。

「あらあ?」

甲高い声が響いた。

「お義姉《ねえ》さん、いるのお? うそ、帰ってくるのって今日だったっけ?」

言いながらも靴を脱いだ美貴は廊下をずんずんとやって来て、「だったっけ?」のあたりではすでにキッチンを覗き込んでいた。くっきりと黒く縁取られた目が、こちらを無遠《ぶえん》慮《りょ》に見る。兄によく似た目元だった。

「……ただいま」

と、ようやく帆奈美は言った。

「お帰んなさい。帰ってくるの、明日だとばっかり思ってた」

いつにも増して香水の匂いがきつい。

「そう。今日だってこと、隆一さんにはちゃんと言っといたんだけど」

「お兄ちゃん、そういうとこわりといいかげんだもんね。あれでよく週刊誌の仕事なんか務まるよ。あれ、生ゴミもういっぱいだった？」

帆奈美が手にしたゴミ袋を顎で指す。

「ううん。ただ……腐る前に捨ててしまおうと思って」

「そんなにすぐ腐るようなものは入ってないよ。果物の皮と、あとはお茶っ葉くらい」

そうね、煙草の吸い殻はべつに腐らないものね、と心で呟く。たとえ腐らなくても、この傍若無人なゴミを目にするのが嫌なのだとは言えない。

美貴はさっさとキッチンを横切り、ダイニングへ行って、手にしたバッグを置こうと椅子を引いた。

「もしかして、たったいま帰ってきたばっかり？」

「そうだけど、どうして？」

「コートとか脱いだまんまだから。猫なんかほっといて、カーテンやなんか先に開ければいいのに。暗いでしょうよ」

掃き出し窓のところへ行って、勢いよくカーテンを引き開ける。

暗いというほどではないのに、と帆奈美は思う。遮光《しゃこう》のものが苦手なので、秋冬用の厚地のカーテンもそれなりに光は通す。

こちらへ戻ってきた美貴が、今度は一心不乱に鰹《かつお》のフレークを食べているおむすびへと顎をしゃくった。

「猫もさ、大丈夫だよ。ちゃんと餌はやってあるから」

「……ありがとう。いない間、美貴ちゃんが通ってくれてたのね」

「うん。こっちも何かと忙しいから一日置きだったけど、お兄ちゃんに言われた通り、フードと水は毎回多めに入れといたし、観葉植物にも二回くらい水やったし」

「面倒かけてごめんね。行く前にちゃんとペットシッターさんを頼んでったんだけど、どうなっちゃったんだろう」

「ああ、そっちはお兄ちゃんが電話して断ったみたいよ。自分がいない時に、他人が家に入るのが嫌なんだって。まあそれが普通よね」

帆奈美は口をつぐんだ。

どうか、このまま帰ってくれないだろうか。帰宅が明日だと思ってわざわざ来てくれたのはありがたいけれど、もう必要ないのだから。かがみ込んで、白猫の背中を撫でる。

「じゃ、あたしは帰ろうかな」

と美貴が言うのを聞いてほっとした。

「いいかげんなお兄ちゃんのおかげで、すっかり無駄足踏んじゃったよ」

せめてお茶でも飲んでいけば、と誘うべきなのだろうけれど、社交辞令を口にするにはあまりにも疲れ過ぎている。

「ほんとにありがとう。大事な時間を遣わせて、申し訳ないことしちゃったね」

精いっぱいの言葉をかけて送り出そうとしたのだが、美貴は自分のバッグから取り出した小さなポーチを手に、ずかずかとキッチンへやってくると、帆奈美の横をすり抜けて流しのそばに立った。

「帰る前に一服だけさせて」

細いメンソール煙草に火をつけ、洗い上げて伏せてあったガラスの灰皿を表に返す。隆一は煙草を吸わない。灰皿は来客のためにひとつだけ用意してあるものだ。

「あ、それと、悪いけど熱いお茶も頂いてっていいかな。外すっごい寒くてさ。って知ってるか、お義姉さんも今帰ってきたんだから」

「……そうね。向こうも寒かったけど、こっちも冷えるね」

白い煙が漂ってくる。帆奈美は、後ろの棚から紅茶の缶を取り出し、やかんを火にかけて換気扇のスイッチに手を伸ばした。かどを立てることなく排気ができて何よりだと思うしかない。

ごうっと回り始めたファンの音を聞きながら、やかんの底を取り囲む青白い炎を見つめる。触れれば火傷《やけど》するほどの熱を持ったものが、どうしてこんなに冷たい色をしているのだろう。つまみを回せばコントロールのきく、おとなしい炎。こんなものではなかった。ほんの数日前の晩、澤田の腕の中で自分の躯を覆い尽くしたあの炎は、とてもこんな穏やかなものではなかった。眼裏から爪の先まで灼《や》けただれてしまうような、紅蓮《ぐれん》の炎だ。おそろしい勢いで押し寄せ、燃え上がり、燃え落ちる深紅の波。頭から呑み込まれて息をすることさえ、

「お湯、沸いたよ」

はっと目を上げると、やかんがぼこぼこと音を立てていた。慌てて火を止める。

「大丈夫？」さぐるようにじろじろと、美貴がこちらを見る。「時差ぼけ？」

「うーん、そうかもね。けっこうな長旅だったし」

ポットを温めてから、紅茶の葉を入れ、再びお湯を注いだ。透明な丸いポットの中でくるくると躍る茶葉を見つめながら、またぼうっとしそうになる。このままベッドに倒れ込みたい。

濃い琥珀《こはく》色の液体をマグカップにきっちり注ぎ分け、ちょうど煙草を吸い終えた美貴に片方を差し出すと、彼女は立ったまま口をつけた。ありがたい。座りこんで長居したりせずに、飲んだら本当にすぐ帰ってくれるつもりかもしれない。

熱そうに二口、三口すると、美貴は、カップを流しの脇に置いた。流しにもたれて言った。

「ねえ、お義姉さん。ほんとはいつから気がついてたの？」

「うん？　何のこと？」

「お兄ちゃんに女がいるってこと」

軽く、めまいがした。さりげなく冷蔵庫につかまり、床に視線を落とす。

「お兄ちゃんから聞いたの。ここにはしばらく帰ってないんだって？」

愛猫を目で探したが、足もとには空になった皿があるだけだった。隅々まで舐めたらしく、洗ったかのようにきれいだ。

「……服とかは、時々取りに来てるみたいよ」できるだけ平静に聞こえるよう努めながら、帆奈美は言った。「いつも私が出かけてる間を見計らってだから、顔は合わせてないけど」

ようやく目を上げ、美貴を見やってげんなりした。好奇心で、顔がてかてかしている。

「もうさ、びっくりだよ」と美貴は続けた。「あの真面目なお兄ちゃんが女遊びとかさ。それだけはないと思ってたのに」

「真面目、ね」

「基本そうでしょ。こう言っちゃ何だけど、どっちかっていうとお義姉さんのほうがそういう方面では危ないんじゃないかと思ってたくらい」

ぎょっとして、思わず聞き返した。

「それ、どういう意味？」

「あ、ごめんごめん、べつに具体的にどうこうっていうんじゃないのよ」美貴は、薄笑いを浮かべた。「ただ、なんかほら、ファッション業界とかって派手な印象があるしさ。有名人とか芸能人なんかともふつうに会うわけでしょ？　服をスタイリングして着替えてもらう時やなんかに、ついつい裸とか見たり、身体に触っちゃうこともあり得るわけじゃない」

さすがに聞き捨てならなかった。

「だったらどうだっていうの？」帆奈美は、信じがたい思いで言った。「そんなことめったにないし、あったとしたってそれも仕事なんだよ？　他にもいっぱい人がいるけど、誰もそんなおかしなこと考えてない。美貴ちゃん、いったい私の仕事を何だと思ってるの？」

「ちょ、やだ、マジになんないでよ。お義姉さんのことを本気で疑ってるとかいう意味で言ったんじゃなくて、なんとなくほら、こう、印象でさ。ねえごめんってば」

帆奈美はあきれ、黙って首を横に振った。マジになるも何も、取り合う気にもなれない。

「ただささ、お兄ちゃんの浮気なんて、今までは一度もなかったわけでしょ。少なくとも、ばれたことは」

「そうだけど……」帆奈美は、息を吸い込んだ。「そのぶん、今回のは遊びじゃないんですってよ」

「ああ、あれね。『浮気じゃなくて本気』ってやつね」

妹にまでそんなことを言ったのか、と頭を抱えたくなる。なんて恥ずかしい。

「あんなのはさ、のぼせてるだけだよ。それか意地になってるか」

美貴は再び鼻の先で笑った。

「けど、ここを出てったのは去年のうちだって言うじゃない。それもびっくりしちゃったよ。こないだのお正月に二人そろって家に来たときには、そんなことちっとも言ってなかったのにさ」

「言えるわけ、ないでしょう。お義父さんやお義母さんによけいな心配かけちゃうもの」

「えー、そんなこと言ってる場合かなあ？　ていうかそれ以前に、よくもまあ、よそに女を作った旦那と一緒に、平然と新年の挨拶になんか来られたよね」

――平然と。そんなはずがないではないか。だが、そう見えたのならむしろありがたい。生来頑なで意地っぱりな隆一とのやり取りだけで、それでなくともややこしいのだ。このうえ、義父母にまでうるさく口を出されるのはとうてい耐えがたい。

「美貴ちゃん、わかってると思うけど、言わないでね」

と釘を刺す。

「え、何を？」

「このことをよ。お義父さんとお義母さんには黙っててね」

「でもどうせ、電話とかでお兄ちゃんと話したらすぐばれちゃうと思うけどな。お母さん鋭いもん」

「そうだとしても、言わないでおいて。隆一さんだっていい大人なんだから、そのへんはそれなりにうまく振る舞うでしょうし」

「どうだか」

美貴は肩をすくめた。紅茶をもう一口飲む。流しにもたれたまま、足を踏み換えて重心を移す。帆奈美の紅茶は、手つかずで冷めてゆくばかりだ。

「あたしさ」と、美貴が言った。「あんな女、嫌いだな」

何を言われているのだかわからなかった。遅れて意味が脳に到達してからも、帆奈美は自分の耳を信じられなかった。

「まさか……美貴ちゃん、相手の女の人と会ったの？」

「なーにのんきなこと言ってんのよ。そうでなきゃ、好きも嫌いもあるわけないでしょ」

こともなげに言ってのける。

「そんな……どうして」

「お兄ちゃんが悪いんだよ」

美貴は、二本目の煙草に火をつけた。ゆっくりと吸い込み、もったいぶるかのように間を置いて、ふうっと煙を吐く。

　やかんの火を消したとき、換気扇はすでに止めてしまっていた。いつまでも漂う煙の匂いが容赦なく鼻をつく。

「まあね、なんかおかしいとは思ってたんだ。お義姉さんが海外ロケだからって、猫の世話なんか頼んでくるから、家にも帰れないほどよっぽど仕事が忙しいのかなって」薄笑いのまま、やれやれと首を振る。「そしたらまあなんと、若い女連れでスーパーの野菜売り場うろうろしてるんだもん。キャベツなんか一緒に選んじゃって、カートも押してやったりしてさ」

　ますますもって信じられなかった。付き合い始めた学生の頃ならまだしも、結婚してからは連れだってスーパーへ行ったためしなどほとんどない。カートを押してくれたことは皆無と言っていい。

「それって、ほんとにあのひと？」

「どういう意味？」

「ほんとうに、隆一さんだった？　ほかの誰かと見間違えたってことはない？」

　すると美貴は、たちまち憐れむような顔になった。

「かわいそう、お義姉さん。信じたくないんだね」

「だ……だって」

「ま、そりゃそっか。だけど残念ながら、見間違いなんかじゃないよ。あたし、その場で声かけて話したもん」

思わず、ぽかんと口を開けてしまった。

実の兄の浮気をまのあたりにして、迷わず声をかけられる神経がわからない。疚《やま》しいことをしているのが向こうであっても、もし自分だったら慌てて物陰に隠れてしまいそうだ。そうして後からくよくよと思い悩むのだろう。あれは本当に彼だったのかしら。連れの女性は本当に浮気相手だったのかしら。もしかして何か特別な事情があって、困っている他人のカートを親切心から押してあげていたのではないかしら……などと。

そう考えると、現場を押さえるなりさっさと本人を直撃したばかりか、その事実をわざわざ妻である義姉に報告している美貴が、まるで格段の進化を遂げた新しい人類のように思えてくる。

「ね、これ以上言わないほうがいい?」

美貴は、まるで猫に缶詰を見せびらかすような顔で言った。

「この先は聞きたくない? お義姉さんが嫌ならやめとくけど」

——無理だ。かなわない。

帆奈美は白旗を揚げた。

「言って。何を話したの」

美貴が勝ち誇った笑みを浮かべる。

「後ろからね、『その人だあれ？』って声をかけたの。お兄ちゃんてば、おかしいほど飛びあがっちゃって、マンガみたいだった」

一瞬、隆一に同情したくなる。

「『見つかっちゃ困るようなことするんなら、ちゃんと見つからないようなところでしてくれないとこっちが困るんだよね』って言ってやったら、へどもどしちゃってさ。でも、あの女ときたらその隣であたしのこと、黙ってじぃっと睨みつけてんの。そうとう神経太いタマだわね、あれは」

「……若い人？」

観念して、こちらから訊く。どうせ美貴は話したくて話したくてたまらないのだ。

「そうね、若いよ。笑っちゃうくらい。たぶん二十三、四ってとこかな。男から見ればそこそこ可愛い部類に入るんだろうけど、あったま悪そうだし、だいたい初対面の人間に対する態度がなってないもんね」

それはお互い様だったろうが、続く分析には驚いた。

「きっとあれ、メールとかＬＩＮＥの文面に、やたらめったら顔文字を混ぜてくるタイプだよ」

「なんでわかるの？」

「見ればわかるよ、それくらい。お水の匂いもぷんぷんしてたけど、お兄ちゃんてば人がいいからさ、ああいう幸薄《さち》そうなのにすぐほだされちゃうんだよね。妊娠の話だって、ほんとにお兄ちゃんの子なんだかどうだか」

「えっ」ぎょっとなって訊いた。「その場で、そんな話まで出たの?」

よりによってスーパーの野菜売り場の立ち話で? と思ったが、それなら何売り場だったらよかったのか、頭の中がぐちゃぐちゃでもうわけがわからない。

「えー、なあんだあ、義姉さん、その話も知ってたんだ?」

残念そうに美貴は言った。衝撃のニュースを、自分がもたらすつもりでいたらしい。

「あたしだって聞きたくなかったけどさ、しょうがないじゃない、お兄ちゃんのほうからモゴモゴ言い出したんだもん。『カートまで代わりに押してあげるなんてずいぶん仲良しね』ってイヤミ言ってやったら、『大事な時期だから』とかって。お前が頬染めんなって話だよね、まったく」

帆奈美が黙っていると——正確には口もきけないでいると、美貴は灰皿を引き寄せ、煙草をもみ消した。いつもならば真ん中でへし折れるほどぞんざいなのに、今は先だけを転がし、ことさらに丁寧な消し方をする。効果的な間の取り方だ、と帆奈美は思った。

「大丈夫。全然たいした女じゃないよ」

こちらの沈黙を、飴でも舐めるように楽しんでいるのがわかる。

「お義姉さんのほうが、全然勝ってるよ」

すっかり冷めた紅茶を飲むのを見ても、淹れ直してやる気持ちにはとうていなれなかった。

「男ってさ、バカだよね。自分よりうんと格下の女といると楽ちんなんだよ。無理しなくていいから。当たり前のこと言ってても感心してもらえるし、俺が養ってやってる的な満足感もあるだろうし。ま、わかる気もするかな。お義姉さんの前だと、お兄ちゃん、いつも緊張してるもんね」

ひどく不本意なことを言われた気がした。

「……緊張なんか」

「してるよ。わからない？」

「だって、どうしてそんな」

「さあね。気後《きおく》れするんじゃないの？」

「気後れ？」

訊き返したのだが、美貴はそれには答えなかった。

隆一に対して、上から居丈高《いたけだか》にものを言ったことなどない。どちらかといえば、そう、夫を立てて従ってきたはずだ。それこそが嫌だったと彼には言われたけれど、だったらどうすればよかったのだ。

「とにかく、大丈夫だって。お義姉さんのほうが女としてずっと上等だから」

と、美貴は言った。かえって気のふさぐようなことを、と思ったら、まだ続きがあった。

「名前だってけっこう売れてるしさ。雑誌にお義姉さんの名前が出てるの見つけると、あたし、会社の人とかに自慢しちゃうもん。エッセイみたいなのはよくわかんないけど、ファッション誌だったら友だちもよく見てるし。それか芸能人のインタビューでスタイリストがお義姉さんだったりすると、サインとかもらえないかなあ、なんて羨ましそうに頼まれたりすんの。……あ、ううん、わかってるよ。そういう公私混同は絶対にしない人だからって説明して、ちゃんと断ってるけどさ」

先ほどの言い合いの気まずさが残っているからか、美貴は先回りをしてみせた。

「それに比べたら、あんな女……」大きな舌打ちをする。「何にも持ってない、ただの小娘じゃない。あんな女を『お義姉さん』って呼ぶなんて、想像しただけでも冗談じゃないっての」

「待って」

考えるより先に口から出た。

「ちょっと待って。それ、誰が言ったの？」

「誰がって？　え、何を？」

「もしかして隆一さん、離婚するって、美貴ちゃんに言ったの？　私と別れてそのひとと一緒になりたいって？」

あ、という顔になった。急に視線を泳がせる。

「はっきりとは言わないまでも、そういう様子が見えたってことじゃないの？」帆奈美はたたみかけた。「だってそうでなかったら、いくらあなただって、そのひとをお義姉さんて呼ぶなんて発想は出てこないでしょう」

美貴は、答えない。形勢不利になるとだんまりを決め込むところは、兄とそっくりだ。業を煮やして、帆奈美は言った。

「いいわ、もう。とにかく、実家のほうには絶対話さないでおいて。隆一さんとの間でまだ何にも話し合いができてないのに、お義母さんたちに心配かけたくないし。っていうか、正直、口をはさまれたらややこしくなって困るの。それだけはお願いね」

美貴が、ちらっと目を上げてこちらを見た。

「無理だよ、それ」

「どうして」

「だって、母さんにはもう話しちゃったし」

「……は？」

「だから、喋っちゃったのっ、もうっ」

やけを起こしたように美貴は言った。

「それでも今朝までは黙ってたんだからね。でも、さっきも言ったでしょ、どうせお兄ちゃんが挙動不審になったらすぐばれるんだし、早いも遅いも変わんないよ。実際、母さんてばカンカンになってお兄ちゃんのこと怒ってたしね。いっぺん勘当《かんどう》でもされてみりゃいいのにって。ふん、いい気味。いい年して隆一はいったい何を考えてるの、って。ふん、いい気味。いっぺん勘当でもされてみりゃいいのに」

勘当というものが、いっぺんもにへんもくり返されるものとは知らなかった。

要するに、そういうことなのだ。彼らは、どこまでいっても血の繋《つな》がった家族だ。親から勘当されるほど怒りを買ったとしても、いつのまにやらなし崩しに許し許される様が目に浮かぶ。彼らの価値観の中においては、それがあたりまえなのだ。

〈お前にとって、俺の妹は身内じゃないって言いたいわけ？　うちのおふくろも親父も、しょせん他人ってことかよ〉

隆一がひねくれて口にした言葉を思いだす。あのとき自分は、そういう意味ではないと言った気がするけれど、今は訂正したい。悲しいけれどその通りよ、と。しょせんは私だけが他人であって、あの家にとっての異物なんでしょう、と。

「とにかくさ、そんなに心配することないよ」美貴が、そそくさと帰り支度を始める。

「お義姉さんさえどっしり構えてれば、きっと大ごとにはなんないからさ」

「もうとっくに大ごとだと思うんだけど」

「あんなの絶対、母さんが許しゃしないって。どうせ、間に合ううちに堕《お》ろさせなさいっ

「ねえ、そういうの、大丈夫って言うようなことなの？」

たまりかねて、帆奈美は強く咎めた。

すでにダイニングへ行ってコートを着込み、バッグに手を伸ばしかけていた美貴が、動きを止め、こちらを振り向く。いやな感じの顔になっていた。

「あたし、お義姉さんのこと基本的には好きだしいい人だと思うけど、そういうところは嫌いだな。自分だけお高くとまって、余裕かましちゃってさ。道徳的に正しくないことは口に出しません、考えたこともありませんって、風紀委員じゃあるまいし」

ブランドもののバッグの持ち手を窮屈そうに肩にかけ、キッチンから廊下に出ようとして付け加える。

「きっと、お義姉さんのそういうところがお兄ちゃんを追い詰めちゃったんじゃないの？　わかる気がするよ。正しすぎるものからは、そりゃ逃げ出したくもなるもんね」

――正し過ぎるもの。

あらゆる意味で、自分はそれには当てはまらないのに、と帆奈美は思った。

美貴はそのまま玄関に向かい、靴を履いて出て行った。吹き込む風の圧で部屋じゅうの窓ガラスが軋み、やがてまた元に戻る。隆一が出て行った時と同じだった。

あれだけ夫の裏切りに傷つき、心の中では彼の不実を詰《なじ》っていたくせに、と思ってみる。

澤田から熱い身体で組み伏せられたあの時、拒みきることができなかった。いっそ流されてしまいたいと願い、現に流されて、痛いほど尖りきった快楽をとことんまで味わい尽くした。誓ってあの一夜だけだったし、こちらが冷静になって一旦距離を置こうとしてからは澤田も強引に間を詰めてきたりはしなかったが、一度結ばれたという事実は消せない。自分はあの時確かに、彼とそうなることを望んだ。

つまりそれが、この〈正し過ぎるもの〉の正体だ。綺麗に取り繕《つくろ》った外側は張りぼてで、中身はぐちゃぐちゃに取っちらかっている。

ふいに電話の呼び出し音が鳴り響き、帆奈美は飛びあがった。

慌ててダイニングへ行き、バッグからスマートフォンを取り出す。見るなり、石化したかのように動けなくなった。

〈隆一〉の二文字を凝視《ぎょうし》する。あまりに間近に見つめすぎて、隆、という漢字はほんとうにこんな字だったろうかと疑問に思えてきた頃、呼び出し音はふっと途切れた。画面の輝度《きど》が下がる。

そろそろと息を吐いた。心臓が痛いほど強《こわ》ばっていた。

夫の用件はほぼ予想がつく。妹の美貴に不倫相手といる現場を押さえられ、妊娠している事実まで母親に暴露されてしまった。こうなってはもはや実家の介入を避けることは不可能と、意を決して電話してきたに違いない。

こういうとき男は、いや、あの男は、どんな出方をするだろう。懸命に弁解に努めるだろうか。それとも、居丈高に自分の正当性（そんなものがあればの話だが）を振りかざすだろうか。いずれにしても、謝ることだけはしない気がする。

スマートフォンをテーブルに置いた、そのとたん、再び音が鳴り始めた。ヴヴヴ、ヴヴヴ、と振動しながらテーブルの上を這う。面白がって椅子に飛び乗ってきた猫のおむすびが、前肢をのばしてじゃれようとする。

縁から落ちそうになる寸前に取り上げ、受信のボタンを押した。

「……はい」

向こう側に、無音の空間が広がっている。電波の関係でうまく繋がっていないのだろうかと訝りながら、

「もしもし」

なおも耳を澄ますと、落ち着かなげな息遣いの後にひときわ強い鼻息が吹きかけられ、

「ああ、俺」

ようやく隆一が言った。咳払いをする。

「ご無沙汰。そういえば帰ってくるの今日だったかなと思って。明日のような気もしたんだけど、とりあえず電話してみた」

平静を装っているが、声はふだんより半音ほど上ずっていた。明らかに緊張している。

家にいる時は、口を開いたら損とばかりにあらゆる説明を省く人なのに。

「そう。今日だったの」

帆奈美は短く答えた。ちゃんと伝えてあったし、あなたのご指導のとおりカレンダーにも書き込んでおいたじゃない、とは言わずにおく。意思の疎通を望んでいない相手に対しては、できるだけ口数を省きたくなる。疲れている時はなおさらだ。隆一のほうはもう、とうの昔に妻に対してこういう心境だったのだろうと、今さらながらに理解できる気がした。

「いつ着いた？」

「小一時間前かな。それきり、まだ座ってもいないけど」

「なんで」

「美貴ちゃんが来てたから」

ぎょっと息を呑む気配が伝わってくる。口に出す言葉よりも、それ以外の部分のほうが正直だ。

待っていても向こうからは何も言おうとしない。こちらの出方を待っているその様子が苛立たしく、帆奈美は、真っ白な冬毛のおむすびの、そこだけ焼き海苔をのせたような頭を見下ろしながら言った。

「ペットシッターさん、断ったんだね」

「あ……うん。美貴がやってくれるって言うし。やっぱ、留守中に赤の他人に勝手されるよりいいからさ」

「そう」

「何だよ、不満そうだな。美貴だって忙しいのにわざわざ、」

「彼女にはちゃんとお礼を言ったよ」

「……あ、そう」

「私の帰りが明日だって聞いてたそうで、今日は無駄足だったたって嘆いてたけど」

「まあ、勘違いぐらいあるよ」

言葉が途切れた。

沈黙の中、間合いをはかるように時間が過ぎてゆく。頭上の時計が、コチコチと硬い音を立てる。秒針が円周の上のほうを通る時だけ音がするのだ。夫が家を出て、ひとりで過ごすようになってから、帆奈美はそのことに気づいた。夜、この音に耳を傾けながら、紅茶など片手に仕事のプランを練るのは悪くなかった。

しびれを切らしたのは隆一のほうだった。

「何か、言いたいことがあるんじゃないの」

「何かって？」

「だからそれを訊いてるんだよ」

「あなたこそ、どうして電話してきたの？　私に『お帰り』って言うためじゃないでしょう？　言ってもらってないものね」

「あのさあ」露骨にうんざりとした声で、隆一はため息を吹きかけてきた。「どうしてそう喧嘩《けんか》腰になるかな。冷静に話そうよ」

「私は冷静だよ。頭の中が冷えきってるくらい」

再び長いこと黙っていたが、ようやく観念したらしい。いくらかおずおずと尋ねてきた。

「……美貴のやつ、何か言ってた？」

「そうね。いろいろね」

「どんな？」

「あなたが心配しているようなことだったら、まあ、あらかた喋っていったんじゃない？」

「いや、それはさ、違うんだ」遮るように隆一が言った。「俺だって、こういうことになるのは想定外っていうか、ほんと寝耳に水で……彼女がピル飲んでるから大丈夫だって言うのを信じてたらこんなことに」

それの何が、どう違うと言いたいのだ。

帆奈美があきれて何も言えずにいるのを、怒っているのだと思ったらしい。

「べつにお前を傷つけようとか、当てつけようとか思ってやったわけじゃなくて、何ていうか、事故みたいなものでさ。ただ、できちゃったものはしょうがないし、俺にも責任あるし。そこは、男として引き受けなくちゃいけない部分だから」

「部分？」

　思わず訊き返していた。

「部分って何なの。まるごとあなたの責任でしょうが」

「や、それはそうなのかもしれないんだけどさ」

「かも、じゃなくて。子どもができたのはどうして？　相手がどうあれ、あなたが避妊をしなかったからでしょう？　女房みたいにいちいちうるさくない若い女に、甘えて寄りかかられて嬉しくなって、大丈夫だからって言われて中で気持ちよく出しました。だから、妊娠したのよね？」

「ちょ、お前……」鼻白んだ様子で、隆一は言った。「なんか、すごいこと言うね。恥ずかしくないか？」

「恥ずかしいよ！」ほとばしるように叫んでしまった。「あなたみたいな人が自分の夫だったって思うと、今さらだけど本当に恥ずかしいよ」

「おい」

「その彼女に、同情する。私だったら、そんなことで責任取って結婚してもらうなんて冗談じゃない。馬鹿にするのもいいかげんにして、って思うけどね」

「何言ってるんだよ、結婚するなんて俺はひと言も言ってないだろう」

「じゃあどうするつもり？」

言いながら、再びおむすびを見おろす。争う声のせいだろう、椅子の上でこちらに背を向け、警戒するように耳を伏せている。

ああ、いけない。冷静さを失ったつもりはないものの、醒めた頭の真ん中に凍るような冷たい怒りが陣取って、相手を効果的に切り裂く言葉ばかり選んでいるのは事実だ。この人を厭《いと》わしいと思う気持ちを止めることはできないし、怒りを感じずにいることもできないけれど、だからといって忘れてはいけない。自分もまた、夫を責められるほど立派な人間ではないということを。どちらが先だったかなど関係ない。連れ合いを裏切った罪は同じなのだから。

「とにかく、」

と帆奈美は言葉を継いだ。とげとげしさが滲まないように感情を抑え込む。

「あなたも美貴ちゃんから聞いてるんでしょう？　お義母さんにはもう全部知られてしまったってこと。きっと心配してらっしゃるでしょうから、そこはあなたがちゃんと説明して下さい」

「や、じつはそのことなんだけどさ」

急に、こちらを懐柔《かいじゅう》するかのような口調になる。大きく息を吸い込むのが聞こえた。

「帆奈美、いっぺん、おふくろと話してみてくれないかな」

「――は？」

　自分の聞き間違いか、あるいは隆一が何か勘違いをして別の話をしているのかと思った。そうでなければ、おかしい。

「いやつまり、俺たちがその、どういう経緯でこういうことになっちゃったか、とかさ。さっき言ったみたいに、俺としてはべつに意図して妊娠とかそういうことになったわけじゃないんだっていうあたりを、何とかうまいこと説明してくれないかな。お前、うちのおふくろ丸め込むの上手だろ」

　こういう時の慣用句に〈開いた口がふさがらない〉というのがある。比喩でも何でもないのだと知った。顎の周りの筋肉に力が入らない。

「なあ、頼むよ、帆奈美」押せば聞き届けてくれると思っているのか、おもねるように隆一が言う。「おふくろがこういう時にほんと面倒くさいの、知ってるだろ。大ごとにしたくないのはお互い様じゃん。な？」

　ふいに、学生時代のことが鮮明に思い出された。あの当時、まだ単なる先輩後輩の間柄だった頃から、隆一はよくこういう物言いをしたものだ。試験の前にノートを貸してくれと頼む時。自分の代わりにバイトに入ってくれと頼む時。そうして甘えて頼ってくる彼を、どこでどう間違えたか、うっかり愛しいと思ってしまった自分もまた、つまらない若い女にほだされた隆一と大差ない。

身体の奥底からふつふつと込み上げてくるものがあった。大きな塊がおなかのあたりから胸もとまで上がってきて、内側から喉をこじ開ける。

次の瞬間、漏れたのは笑い声だった。自分でもびっくりして口を押さえたが、止まらなかった。

「何がおかしいんだよ」

と隆一が凄む。肩をそびやかしている様が見えるようだ。

「ごめん」本心から謝りながらも、重ねて、ふはっ、と引き笑いのような奇妙な声が漏れてしまう。「おかしくて笑ってるわけじゃないの。ただ……」

ただ、何なのだろう？　自分でもわからない。わからないままに帆奈美は、今、いちばん言いたいことをはっきり口にした。

「知らないよ。あなたの都合なんか」

「おい、帆奈美」

「ご期待に添えなくて申し訳ないけど、私はこの際、大ごとになったって全然かまわないと思ってるの」

「帆奈……」

「私のことが嫌になって出て行ったのはあなたのほうでしょう？　あれからずっと、好きなひとと一緒に暮らしてたんでしょう？　じゃあもう、それでいいじゃない。今さら謝ってくれなくていいし、もともとお財布は別々にしていたんだから、このマンションを処分して半分こして、さっぱりしようよ。私は、おむすびさえいればいいから」

「おふくろのことはどうするんだよ」

「だから知らないってば。お義母さんがかんかんに怒ってるってことは美貴ちゃんから聞いたけど、そんなの、はっきり言ってそちらのお宅の問題ですから」

「そういう言い方するなよ。だいたい、俺があぁして家を出たのだって本当は、」

スマホを耳から離し、声が聞こえているうちに通話を切った。

長い、ながいため息が出た。ようやく、というより、もうたまらずに腰を下ろす。隣の椅子ですぐさま立ち上がったおむすびが、向きを変えて膝に乗ってきた。伏せていた耳が元に戻るのと入れ替わりに、喉がごろごろと盛大に鳴り始める。

胸につかえていたものを吐きだしたおかげで、安堵は確かにあったが、虚脱感も半端ではなかった。頭がぼうっとする。時差ぼけのせいか疲れのせいか、もう何もわからない。

こんな時、澤田の声が聞きたい、と思ってしまう自分が情けなかった。最も素直な気持ちではあるけれど、これは、それこそ〈こちらの問題〉であって、彼とは関係がない。

あんなふうに一夜を過ごしたからというのではなく、彼のことはいつのまにかとても好もしく思うようになっていたけれど、だからこそなおさら凛《りん》としていたい。こんな時に泣きつくように甘えかかるのではなくて、もし甘えるなら、自分の足でちゃんと立てるようになってからにしたい。

一度テーブルに置いたスマートフォンを取り上げ、帆奈美は、ロケで一緒だった全員にあてて、「お疲れさまでした」とLINEを送った。

それから、おむすびを従えて寝室へ向かった。熱いシャワーですべて洗い流したかったが、もう余力がない。ただただ、今は眠りの淵《ふち》に深く沈んでしまいたい。

＊

ラジオ番組の制作スタッフたちと顔を合わせるのは、ほぼ半月ぶりだった。

「旅は、いかがでした？」

〈ボス〉ことプロデューサーの田中潤子に訊かれた時、帆奈美はすぐには返事ができなかった。

海外ロケの仕事を入れることができたのは、放送が一週休みだったおかげだが、実際以上に日があいたような気がしてならず、まだ浦島太郎の気分でいる。

往復の移動を含めて十日間とは思えないほど充実したスケジュールだったが、やはりいちばん大きな理由は、この旅の間に経験した心と身体の変化だったろう。まるで他人の身体を使っているかのようで、目にするもの、手で触れるもの、耳に入るもの、味わうもの、それぞれの輪郭がどれも曖昧《あいまい》に感じられる。世界がまるごと遠くなってしまったようで心許なく、同時に、まったく新しい世界が自分の内にも外にも生まれかけている予感に胸が高鳴りもした。記憶にある限り、初めての感覚だった。

「水原さんは、ご機嫌うるわしかったですか？」

重ねて訊かれ、ようやく糸口がほどける。

「そりゃあもう、ずうっとかっこよかったですよ」と帆奈美は言った。「気後れするっていう感覚が、あの方にはいっさい備わってないみたい。有名なハリウッドの女優さんたちでさえ、あの方の隣に立つとすっかりかすんじゃって、ぷりぷりしてましたもん」

瑶子を古くから知る田中潤子は、おかしそうに笑った。

「目に浮かびます。生まれながらにして世界の主役！　みたいなひとですもんねえ」

――その〈主役〉が、自分のためだけにわざわざあんな優しいメッセージをよこしてくれたのだ。

そう思うと、帆奈美はまた改めて胸の奥がぬくもる心地がした。

帰国したあの日の晩、精も根も尽き果てて睡眠導入剤を頼りにベッドに潜り込み、翌朝ふらふらと起き上がってみると、ＬＩＮＥのメッセージがいくつか届いていた。ロケ隊全員のグループトークのほか、澤田からのものと、あとは瑶子からだった。

澤田のほうは残しておいて、まず瑶子からのものを読んだ。

〈ナミちゃん、改めて、お疲れさまでした。この仕事をあなたに頼んで本当によかったと、旅の間、何度くり返し思ったかしれません。ありがとう。最高だった〉

〈ちゃんと眠れている？　夫婦のこと、これからのこと、いろいろと考えてしまうかもしれないけれど、せめて今夜はゆっくり休んでね。どんな道を進んでゆくとしても、あなたはきっと大丈夫。私が保証する〉

〈自分を信じられなくて不安なら、今は私を信じておきなさい〉

これまでの人生をふり返っても、誰かからそれほどまでに力強い言葉をもらったためしはなかった。晴れがましさと嬉しさに、スマートフォンを祈るように両手にはさんで額に押しあてたまま、しばらく動けなかった。

やがて顔を上げ、目を開けた時、部屋の中が一変して見えたのを鮮烈に覚えている。

隆一と二人、夫婦で長いこと暮らしてきていいかげん肌に馴染んだはずの空間が、ふいに見知らぬ場所のように思えた。ベッドカバーもカーテンもかつて自分で厳選したものなのに、それぞれどこかちぐはぐで今の心境にはそぐわないのだった。

（ここを出よう）

まるで啓示を受けたかのように思った。

このマンションは、何なら隆一が住めばいい。相手の女性と一緒に住むのであっても、こちらはどうも思わない。

仕事柄、衣服や雑貨などの荷物が多いぶんだけ引っ越しは大変だろうけれど、都内のどこかに古くても住み心地のいい部屋を見つけて、おむすびとふたりで慎ましく暮らせたらそれでいい。前に訪れた瑶子の部屋を思い浮かべ、あんなふうな空間を持てたら毎晩どんなに安らいで眠れることだろうとうっとりした。

ラジオのスタッフみんなに旅の小さな土産《みやげ》を渡していると、潤子がふと言った。

「もしかして、少し痩《や》せられました？」

「え。そうですか？　そんなことないと思いますけど」

「それ、私も同じこと思ってました！」と、ディレクターの真山香緒里が勢い込んで言う。

「三崎さん、絶対痩せましたよ。体重計乗ってみて下さいよ」

じつのところ、いくらかの実感はあるのだった。今朝、デニムを穿いた時、腿のまわりにわずかな余裕を感じた。ベルトの穴も一つ小さくなった。身体がふわふわと軽いのは、例の心許なさのせいばかりではないのかもしれない。とはいえ、そもそもの発端はといえば同じだ。澤田の浅黒い肌の感触を思い起こし、帆奈美の脈は速くなった。

〈あれが旅の間だけの一夜の夢だとは、少なくとも俺は思ってません。あなたも同じであることを、心の底から祈ります〉

澤田からのＬＩＮＥにはそうあった。

〈顔を見るとうまく言えなくなるし、そもそも俺はカメラマンで、言葉なんてあまり信じ

てないけど、もしかしてちゃんと伝わってなかったら困るので〉

〈俺は、あなたのことが、とにかくものすごく大事です〉

〈以上〉

スタジオブースに入る。分厚いドアをどすんと閉め、マイクの前に座ってヘッドフォンを装着し、いま目の前に置かれた進行表以外のことをすべて頭の中から追い出す。

「では、お声を下さーい」

ミキシングのレベルの調整と、冒頭部分の短いリハーサルを経て、

「じゃ、よろしければ始めていきまーす」

ややあってから、いつものオープニングの音楽が流れ始めた。赤いキューランプが灯るのと同時に、音楽に声をのせる。

「こんばんは、ライフ・スタイリストの三崎帆奈美です。先週は特別番組のためにお休みでしたので、なんだかずいぶんお久しぶりという感じがしますけど、皆さん、いかがお過ごしでしたか?」

自身の声が耳から直接注がれる感覚も久々だ。ようやく日常に戻ってきたという実感に、気持ちや身体のこわばりがほどけてゆく。やはり自分は、求められて仕事をしているのがいちばん幸せなのだ。

リスナーから寄せられるメッセージは、曲のリクエストだけにとどまらない。時には深

刻な悩みの相談もある。この日、幾つめかに紹介したメッセージは後者だった。打ち合わせの時から内容はわかっていたので、声のトーンを少し落として読み始める。

「続いては、京都にお住まいの、ラジオネーム〈つぐみ〉さん、三十歳の女性からです。〈子どもの頃、私たち姉妹を捨てて家を出ていった母親を、いまだに許すことができません。愛情というものがどれだけ脆《もろ》いものかを思い知った私は、それ以来、家族や夫婦をはじめ、人間関係そのものに根本的な疑いを抱くようになってしまいました。今、結婚しようと言ってくれる相手はいますが、この人もそのうち私を捨てるかもと思うと不安でたまらなくなりますし、私自身が彼や、いつか生まれるかもしれない子どもをちゃんと愛せるかどうかについても自信がありません。かといって、このまま死ぬまで独りでいるのも苦しいです。どうすれば、人を心から信じて愛せるようになるのでしょうか〉……というお便りなんですが」

　読みあげる端から、身につまされて苦しかった。相手が母親であれ夫であれ、信じた人から突然裏切られる痛みには覚えがある。

　ガラス越しにミキサー室をちらりと見やる。潤子は台本に顔を伏せていた。こちらの家庭の事情もうすうす察しているのであろう彼女は、どんな思いで聴いているのだろう。

　ひとつ息をついてから、帆奈美は続けた。

「正直なところ、親に捨てられた経験のない私には、想像することしかできません。きっと、想像なんか追いつかないくらい残酷な経験だったろうな、ということしかわかりません。ただ、そんな私でも、心から信じていた相手に裏切られた経験は、あります」

視界の端に、潤子が顔を上げるのが映った。

「許すって……ほんとうに、難しいことですね。私も、これから先、その相手を許せる日がくるのかどうかはわからないです。許して忘れたいけど、自信ないです。ただね、最近ふっと思ったんですよ。許せないのは、ただ単に、まだその時が来てないからじゃないかって。どうしても恨んだり憎んだりしてしまうのは、もしかして、そうやって恨んだり憎んだりすることが、自分にとって今はまだ必要だからしてることなんじゃないか。必要がなくなったら、勝手に忘れて、記憶にも時々しか上らなくなっていくものなんじゃないか、って。……それでね、〈つぐみ〉さん。もしも、そうして許すこと、イコール忘れることなのだとしたら、そこへ辿り着くにはきっと、私やあなたが、誰かとの間にまったく新しい関係を紡《つむ》ぐしかないんじゃないかと思うんです。新しい誰かを、最初から全面的に信じることなんてできなくて当たり前だし、自分の気持ちに自信が持てないのもすごくよくわかります。だけど、その彼氏さんもあなたも、あなたのお母さんとは違う人間なんですから、何にも比べる必要なんかないですよ。かえって、過去に哀しい経験があって、誰かにそんな辛い思いをさせるのは嫌だ、絶対に、絶対に嫌だと思えるぶん、〈つぐみ〉さんはお母さんとはまったく違う人生を歩いていくことができるんじゃないかな。彼氏さんも、あなたにそんな気持ちをもう二度と味わわせないって心に決めているからこそ、結婚しようって言ってるんじゃないかな。私は、そう思いますけど」

ごめんなさい、あんまり答えになっていなくて、と付け加えながら、しょっちゅう同じことを謝っていると思う。

けれど、何がほんとうに正しいかなどわからない。いま自分に言える精いっぱいのことを、正直に口にする以外に出来ることはないのだ。

「それでは、〈つぐみ〉さんには、この曲をお送りしますね。別れた相手に向かって、許すことの難しさと大切さを歌っている、私の大好きな……というか、特別な曲です。ドン・ヘンリーで、『The Heart Of The Matter』」

心地よいイントロの旋律に続いて、イーグルス時代と少しも変わらないハスキーな声が歌いだす。かつて別れた恋人からある日かかってきた電話。出たくはないけれどいつかはたぶんと予期していた電話のことを。

これまでにもくり返し聴いてきた曲のはずなのに、胸にぐいぐい刺さってくる。痛い。苦しい。こんなにも切ない歌だったろうか。

——要は許せるかってことなんだろう
たとえ、たとえ君が僕をもう愛していなくても……

帆奈美は、目を閉じた。

＊

その夜のことだった。部屋で翌日の撮影の下準備をしていると、電話が鳴った。

家の固定電話のほうにかけてくる人物は、一人しか思い当たらない。隆一の母親、志津《しづ》子《こ》だ。

立っていって着信の番号を確かめてみると思った通りで、帆奈美はげんなりと床に目を落とした。そろそろだろうとは思っていた。先延ばしにしていてもまたかかってくるだけだ。こちらが根負けするまで、何度でも。

意を決して、受話器を取る。

「はい」

応える声にかぶせるように、志津子の大きな声がする。

「やっとつながったわ。何度もかけたのに」

そういえば、帰宅してから固定電話の着信記録はチェックしていなかった。

「ねえ、どういうことなの？　あなたたち、どうなってるのよ。美貴から聞いたけど、隆一が家を出たまま帰らないっていうじゃないの。いつからおかしくなったの？　お正月に二人でこっちへ来たときには、そんなそぶり全然見せなかったじゃない。あれは全部お芝居だったわけ？　だとしたらあなたたち、私に嘘をついたってことよね。適当にいい顔を見せて欺《あざむ》いたってことよね。ちょっと、ねえ帆奈美さん、聞いてるの？　ちゃんと説明してちょうだい」

そこまで一気にまくしたてられて、口をはさむ暇もなかった。

「すみません」

「謝れなんて誰も言ってないでしょう。どういうことか説明してって言ってるの。隆一が外に女を囲ってるなんて、聞いたときはまさかと思ったわよ。それがあなた、もうお腹に子どもまでいるだなんて……。信じられない。帆奈美さん、あなた一緒に暮らしてて気がつかなかったの？　夫の浮気に気がつかないなんて、隆一に対してそれだけ無関心だったってことじゃないの」

どうして夫の母親からこんなにも一方的に怒られなくてはならないのか、帆奈美にはわからなかった。どちらかといえば、謝られてもいいくらいの立場ではないのだろうか。

「ふつうはもっと早く気がつくものよ」おかまいなしに志津子が続ける。「あなたがもっとちゃんとあの子のことを気にかけていたら、こんな大ごとにまでならなくて済んだのよ。そうでしょう」

「そんな……」帆奈美はようやく口をはさんだ。「夫の浮気の全責任は、妻の側にあるって言うんですか？」

「少なくとも、あの子だけの責任とは言えないわよ」

「それはもちろんそうです。夫婦の問題で、どちらか一方が全面的に悪いということはありませんから、私にも至らないところはきっとあったんだと思いますけど、」

「そうでしょう？　そうですとも」

　勝ち誇ったように志津子は遮った。

「それなのに、たかが一回や二回の過ちをどうして水に流せないの？　浮気なんて男の甲斐性じゃないの」

　いったいいつの時代の話だ。めまいを覚えながら、帆奈美は言った。

「水に流すも何も、隆一さんとはまだ、ろくに話も出来てないんです。私が追い出したわけじゃなくて、勝手にここを飛び出していったのはあのひとのほうなんですよ」

「だとしても、あの子にも言い分はあるはずよ。それこそ、夫婦の間でどっちかが一方的に悪いわけはないんだから」

　表現は同じなのに、義母が言うと〈あなたが悪い〉と聞こえるのが不思議だった。

「男なんて単純なんだから、こちらがうまいこと下手に出てやればいいのよ。そうすれば、振り上げた拳だって下ろしますよ」

言われたとたん、頬を張られた時の痛みが蘇った。拳ではなく平手だったし、こちらの態度も挑発的だったのは事実だが、衝撃で頭の芯まで痺れたほどだ。

激すると女にも手を上げる人なのだと、あのとき初めて知った。これまでそうと知らずにいたのは、夫婦間での対立を帆奈美の側が避け続けていたからに違いなく、結果として〈追い詰められた隆一〉を見たことがなかったからだ。夫に無関心、という義母の非難も、あながち間違いではないのかもしれない。

「あの子はそれでなくても我が強いんだから」と、志津子が続ける。「あなたが折れてやらない限り、家になんか帰ってくるわけがないじゃないの。本当にあなたの側にも落ち度があったって思うんだったら、まず先にそのことを謝ってやったらどうなの。いつまでも意地なんか張ってたって何の得にもなりゃしないでしょう」

「ちょっと待ってください、お義母さん」

たまりかねて、帆奈美は言った。根本的に大きな誤解がある。

「何度も言いますけど、外に女の人を作ったのも、この家を出ていったのも、隆一さんのほうですから。戻ってこないのだって、あのひとの望みなんでしょう」

「そんなわけないでしょ。今ごろはきっと後悔してるわよ。女のことは清算して、元に戻りたいに決まってます」

「あのひとが何を期待しているか知りませんけど、私から言えるのは、勝手に女の人を作って、しかも何の予防もせずに妊娠させた以上、最後まで自分で責任を取って下さい、ということだけです。いい年をして、結果がどうなるかも考えないで軽率なことをするからこういうことになったんでしょう？　もしそうじゃないなら、それこそ逆に、相手の人のことがよっぽど好きだったってことでしょうから、私と元に戻れなくても本望なんじゃないでしょうか」

数秒の間があった後、心の底からあきれたようなため息が送話口に吹きかけられた。

「おとなしい顔してきつい嫁だとは思ってたけど、これほどとはね。だからあれほど、結婚なんかよしなさいって言ったのに」

脳が、しん、と冷たくなった。

可愛がられていると感じたことはないが、そこまで反感を持たれていたとは知らなかった。そんな顚末《てんまつ》があったことをこちらに告げずにいたのが隆一の愛情だったと、今では思えない。例によって目先の揉め事を避けただけだろう。

「とにかく、あの子とちゃんと話し合って。別れるのだけはやめてちょうだいよ、外聞の悪い」

「ほかにどうしろとおっしゃるんですか」

「だから話し合いなさいと言ってるの。離婚なんかして、会社での評価や何かに響いたらどうするのよ。あなた、あの子が出世競争で敗れたら責任取ってくれるわけ？」

ああ……と、覚えずため息が漏れる。

隆一の職場で、離婚がいちいち問題視されるとは思えない。的外れもいいところだ。だがそれ以前に、話の通じなさにここまで脱力したのは、先日の隆一とのやり取り以来だった。さすがは親子という以外にない。

「相手の女と、お腹の赤ん坊のことは、こちらで何とかするから」志津子が、どんどん続ける。「どこの夫婦だって、許しあって長年連れ添っていくのよ。うちだってそう。続けるにはお互いの我慢あってこそでしょ」

「我慢？」思わず、オウム返しに呟いてしまった。「どうしてこれ以上、我慢をしなきゃいけないんですか？」

口に出してから、まさしくそのとおりだと思った。

幸か不幸か、自分たちに子どもはいない。ありがたいことに仕事はあるから、一人でも何とか生きていける。相手の側には反省の色など何もない、それなのに、なぜ無理やり我慢をしてまで夫婦を続けていかなくてはならないのか。

「かわいそうに、あの子……」志津子が、とっておきの泣き声を出す。「もう少しくらいは大事にしてもらっているかと思っていたのに」

あの子、あの子、あの子。いつまで子ども扱いするつもりなのだ。

帆奈美は、これまでさんざん夫に言われた言葉を思い起こした。

〈おふくろの気持ちも考えてやれよ〉

〈悪気はないんだよ〉

〈よかれと思って言ってるんだから〉

〈もう年寄りなんだからさ〉

〈お前の気にしすぎなんじゃないの〉

いまふり返ると、どれもこれもが、お前さえ我慢すれば、という発想から出た言葉なのだった。

お手上げだ。この母と息子には、とうてい太刀《たち》打《う》ちできない。

「お義母さん」帆奈美は、思いきって言った。「この際ですから、私もはっきり言わせて頂きます。私は、隆一さんと、これ以上やっていく気持ちにはなれません」

「ちょっとあなた、」

「関係を修復する気持ちも、続けていこうという気持ちもないです。だから、こちらから下手に出て謝るつもりもないし、帰ってきて欲しいなんて言うつもりもまったくありません」

「なんてことを……」

「お義母さんは、前からずっと孫を欲しがってらっしゃったじゃないですか。むしろ良かったんじゃありませんか、産んでくれる人が現れて。隆一さんは、私とでは無理だったみたいですから」

　隆一さんのためにも、今度こそお嫁さんを可愛がってあげてください、と言おうとして、さすがに言い過ぎかと思いとどまった時だ。

「やっぱりね」志津子が、勝手に何かを得心して言った。「なかなか子どもが生まれないから、おかしい、おかしいと思っていたら、帆奈美さんあなた、やっぱり身体がどこか悪かったのね」

　一瞬で、胃液が沸騰《ふっとう》した。やっぱり、ということは、これまでもずっとその可能性を疑っていたということか。

「違います」

「いいのよ、隠さなくて」

「何も隠してません。病院できちんと検査もしましたけど、私の身体のほうには特に問題ありませんでした」

　帆奈美は大きく息を吸い込み、これが最後のつもりで言った。

「でもね、お義母さん。子どもっていうのは、夫婦がセックスをしないと授からないんですよ。文句だったら、あなたの息子さんにおっしゃってください」

　半ば一方的に電話を終えると、背中がぱんぱんに凝り固まって痛んでいた。話している間じゅう、どれだけ身体がこわばっていたかに気づかされる。

受話器から引き剝がした指先が、今ごろになって震えている。隆一の理屈もそうとう身勝手だが、あの母親に比べればまだ小物と言わざるを得ない。言葉の通じない相手も怖ろしいが、言葉だけでなく常識まで通用しない相手となると、もう手がつけられない。白旗を揚げて降参しなかった自分を心の底から褒めてやりたい。

ぐったりして何をする気にもなれなかったが、明日は早朝から雑誌のグラビアページの撮影がある。

一杯の紅茶で無理やり気持ちを入れ替えると、帆奈美は、中途になっていたスタイリングの準備を続けた。身体も心もしんどいけれど、こういう時はかえって仕事があってよかったと思える。

いつから降り始めたのか、北側に面した窓をぱらぱらと雨が打つ。手を動かしながら無意識に雨音をたぐり寄せるうち、ふっと耳元に、ドン・ヘンリーの掠れ声が蘇った。

第8章 You Raise Me Up

チーム四人が集うのは、帰国から十日ぶりだった。

水原瑶子が女優人生で最後の一冊と決めた写真集の撮影は、うまくいけばこの二日間で終了ということになる。

ロケ地には、葉山にある別荘が選ばれた。他のどこよりもプライベートな水原瑶子に迫れる場所として選ばれたその別荘は、かつては新城亮二監督の持ち物であったのを、亡くなる直前に彼女が譲り受けたものだった。

ヘアメイクの藤井カナはひと足先に行って準備できるが、澤田と帆奈美はそれぞれ別の撮影が入っていて前乗りが不可能だったので、撮影初日の夜明けに間に合うよう、深夜に東京を発つことにした。

着いてからの時間に余裕がないなら準備をよほど入念にしなければ、と思い詰める帆奈美に、瑶子は笑って言った。

「大丈夫よ。もし足りないものがあったって、あの別荘には私自身の服や靴がたくさん置いてあるから。何ならその中から思いつくままにスタイリングしてくれていいのよ」

本人からそう言われると、そのほうがかえっていい画が撮れるような気もしてくる。

「わざわざ二台で行くことないよ。俺がナミちゃんを迎えに行くからさ」

澤田の提案はありがたかったが、ひとつ問題があった。いくら瑶子の私物を借りられるとはいえ、帆奈美が準備する荷物もかなり多い。ボルボでは積めないと思う、と言うと、

「じゃあ、俺のをナミちゃんのところに停めさせてもらって、かわりにナミちゃんのワゴン車を運転していくってのは？」

反対する理由はなかった。二人きりになるのはあの夜以来だが、あくまで仕事なのだから意識し過ぎるのもおかしい。現にパリでの残りの数日間はそうして、お互い大人の顔で乗り切ったはずだ。

二人とも、その日の仕事のあと数時間の仮眠を取ってから出発することになった。深夜二時に澤田がまず帆奈美のマンションの駐車場までやってきて、撮影機材をワゴン車に積み替え、ボルボをそこに置いて葉山へ向かう。途中のコンビニに寄って熱い缶コーヒーを買う程度のことも、真夜中という時間帯のせいだろうか、非日常がきわだって新鮮だった。

ナビに案内されるまま、一度も迷わず別荘に到着したのは午前四時過ぎで、瑶子のヘアメイクはもうほとんど済んでいた。時間を見計らい、歩いてすぐの海辺に出て、水平線から昇る太陽を待つ。

だんだんと明け初《そ》める真冬の海と空は美しかった。硬質な鈍色《にびいろ》に見えていた海面が、だんだんと柔らかなグレーへと変わり、やがて彼方から薔薇《ばら》色と水色にほどけてゆく。すとんとしたラインのカシミアのワンピースに、アラン編みのフードパーカ、砂を踏む足もとはムートンブーツ。シックなタータンチェックのストールにくるまった瑶子が、ハンドウォーマーをはめた手を口もとに近づけ、指先に息を吹きかけて温める。逆光に映える白い息が、もやのように顔を包む。

水平線が明るくなり、そこから太陽がみるみるうちに昇ってゆくまでの数分間、澤田はただのひと言も瑶子に注文をつけず、無言のままシャッターを切り続けた。

帆奈美は、少し離れたところから息を詰めて二人を見つめていた。隣に立つカナが、小声で呟く。

「ぜったい、すごいの撮れてる……」

帆奈美は黙って頷き返した。

まばゆい朝陽を見つめ、背筋をのばして佇む瑶子の横顔は、何か大きなことを心に決めたかのように凜としている。もう要らない古いものを後ろへ振り捨てたようにも、この先に必要な新しいものを選び取ろうとしているようにも見える。帆奈美はその二つが、同じものごとの表と裏であることに気づいた。

澤田の声が耳元に蘇る。彼は葉山までずっと帆奈美のワゴン車を運転してくれた。

〈何かあった？〉

と訊かれたのはたしか、高速に乗ってしばらくした頃だ。

〈なんで？　別に何もないよ〉

ちょっと眠いだけ、と笑ってみせたのだが、澤田は前を見たままゆっくりかぶりを振った。

〈それは嘘だな。今のこの状況で、家で何もないってことはありえないでしょ〉

帆奈美は口をつぐんだ。

〈ナミちゃんが頑固なのは、昔からよく知ってるけどさ。俺にぐらい、何でも話してよ。パリの時もそうだったけど、ひとりで頑張りすぎるのなんか、えらくも何ともないよ〉

諭すような穏やかな口調だったが、ひどく胸に沁みた。澤田の言葉はいつもそうだ、と思う。まさに今、帆奈美を迷わせているのも、あの夜彼が言い当てたことなのだった。

――自分も同じことをしたら、いざって時に旦那を責める資格がなくなるっていうだけでしょ。それって、俺とこういうことするのがいやなのとは違うよね。

そう、あの時、ほんとうは少しもいやではなかった。澤田とひとつになりたくて、身も心もとろとろに溶けそうだった。

今でも、彼と愛し合ったことを後悔はしていない。けれど、その時期についてはどうだろう。あの一夜の過ちさえなかったなら、夫の隆一や、その妹や義母のまくしたてる勝手な理屈に対して、もっと堂々と反駁《はんばく》することが出来たはずだ。自分だって夫と同じ過ちを犯してしまったくせに、それを隠して相手の落ち度を断罪するのはフェアじゃない。そこまで恥知らずにはなれない。そう思ってしまうせいでつい、舌が鈍る。

それでも――取捨選択の時がいよいよ迫っているのは、帆奈美にもわかっていた。何を残し、何を捨てるか、はっきりさせなくてはならない。要らないものを捨てて余裕を確保しない限り、新しいものを招き入れるわけにはいかない。人生のクローゼットは無限に大きくはないのだ。

別荘に戻ると、四人はコーヒーを淹れて暖まり、午前七時過ぎには再び撮影を始めた。窓から光の射しこむ寝室のベッドで、起き抜けの情景を撮る。

瑶子はふだんここで過ごす時そのままに、タンクトップにメンズパジャマのパンツをはいていた。ベッドを出ると洗面所の鏡に向かって歯を磨く。むきだしの腕に、ほどよく鍛えたしなやかな筋肉。澤田はあえて、モノクロのフィルムで撮った。

朝食のテーブルには、コーヒーのほかにも搾《しぼ》りたてのオレンジジュースやフルーツが並んだ。瑶子とカナが前夜から作っておいてくれた卵とハムのサンドイッチは、粒マスタードがぴりりときいていて美味しかった。

麻のシャツにデニム姿の瑶子が、カナの連れてきているラブラドールレトリバーのチャドと戯《たわむ》れる。帆奈美が首に巻いてやった赤いバンダナがよく似合う大きな犬は、瑶子に撫で回され、終始でれでれと笑顔をふりまいていた。

プールサイドでは、春らしいワンピースでくつろぐ瑶子を。

書斎の本棚の前では、革のソファにあぐらをかいて本を読みふける彼女を。

続いて、キッチンでの調理風景も撮影し、ついでにみんなでわいわい作った料理で遅めのランチをとった。ピザにグラタン、新鮮な野菜サラダ、地元の海でとれた真鯛のカルパッチョ。

「なんか、すっごい楽しくない？」

ツェッペリンの黒いTシャツの上からカフェエプロンを着けた瑶子は言った。どちらも彼女の私物だ。

「めっちゃ楽しい。合宿みたい」

とカナ。

「ちょっと垌くん、食べてる時ぐらい仕事は忘れなさいよ」

「いや、これは仕事じゃないんで」

ピザをひょいと口に放り込み、指先を拭ってはまたカメラを覗き込む澤田もまた、ふだんよりずっとくつろいでいる。仕事ではないと言いつつも、料理を接写するのにわざわざ携帯式の丸いレフ板を広げ、椅子の背にテープで固定しようとする彼に、

「持ってようか？」

帆奈美が声をかけると、

「お、悪い、助かる」

嬉しそうにレフ板を渡してよこした。角度を調整し、料理からよけいな影がなくなる位置で掲げる。

「そういえば、」と、瑶子が指についたソースを舐めながら言った。「あなたのとこ、アシスタントの若い女の子いたじゃない」

「ああ、はい」澤田が、ライカのファインダーから目を離さずに答える。「いましたね」

「あの子、どうしたの？」

「辞めました」

「いつ？」

「ロンドン行くより前ですね」

「あら。ふうん」

瑶子が、思わせぶりな、意地の悪い笑みを浮かべる。

「どうして辞めたの？　炯くんの人使いが荒いから？　それとも、何か悪さでもした？」

すると澤田は、ふっと笑った。少しも動じずにシャッターを切りながら言った。

「さあどうでしょう」

帆奈美は、掲げているレフ板が揺れないようにと祈った。

ずいぶん手慣れていた彼の抱き方を思いだす。女の影が絶えないという噂は最初から知っていたし、自分のほうなど夫のいる身だ。とやかく言えた義理ではないと思いながらも、胸の奥はしくしくと疼く。

皿の上の料理があらかた無くなり、澤田とカナが、午後の撮影のイメージを話し合いながら離れていった時だ。

「あのね、ナミちゃん」

瑶子が、待っていたかのように切り出した。

「あの二人にはまだ話してないんだけど」

「……はい」

「昨日、事務所を通じて出演依頼があったの。ハリウッドから」

ふだんからよく耳にする単語でありながら、あまりに現実離れして聞こえた。

「……はい?」

訊き返す帆奈美を見て、瑶子が噴きだす。

「私もまるきり同じ反応だったわ。最初に聞いた時は」

「あの、それ、ほんとにほんとの話ですか? 具体的な?」

「そのようね。ロンドンでのパーティの時に、例の映画を撮ったアメリカ人の監督と雑談していて、確かにそんな話題も出てはいたんだけど、てっきりその場限りの冗談だと思って忘れてたのよ。でも昨日、事務所宛に、正式に連絡があったって」

「すごい」じわりと興奮がこみ上げてきて、声が震えた。「おめでとうございます」

「ありがと。それもこれも、あなたの選んでくれた振袖のおかげ」

「え？」

「私の役はね。着物姿で政府の要人を暗殺する超一流のアサシンの役なんですって。笑っちゃうけど、きっとはまり役よね」

そう聞いただけで、ありありと思い描くことができる。瑶子のことだから、おそるべき手際の良さで始末してのけるのだろう。顔色一つ変えず、流れるような美しい所作で、豪《ごう》奢《しゃ》な着物を一滴の血で汚すこともなしに。

「何がきっかけになるかわからないわね」くすりと笑って、瑶子は言った。「ロンドンとパリのプレミア上映なんて、最初は、わざわざ行く価値があるかしらなんて思ってたのよ。だって私、声の吹き替えを担当しただけじゃない？　まあ結局は写真集の企画が持ち上がって、ついでに行くことに決めたけど……もしあの時断っていたら、今こんな話は転がり込んでこなかった。それだけじゃなく、たとえ同じようにレッドカーペットを歩いてパーティに出席していても、普通のイブニングドレスだったら私に白羽の矢が立つことはなかった。おそらく今ごろ、同じ話が誰か他の女優のところへ持ち込まれてたわ」

「そんな……」

「ううん、そういうものよ。運命の分かれ目なんて、ほんとにそんなものなの」

窓の外、中庭の四阿《あずまや》のほうから話し声が聞こえてくる。澤田とカナが、太陽の位置を確認したり、チェアを動かしたりしながら何か話し合っているのだ。午後も、天気の心配はなさそうだった。

「ねえ、ナミちゃん」

「……はい」

「旦那さんとのこと、その後、どう？　解決できそう？」

帆奈美はテーブルに視線を落とした。

「まだ、わかりません。早く答えを出さなくちゃとは思ってるんですけど」

「そう。まあね、相手のあることだから、そんなに簡単にはいかないわよね。それはわかる」

深いため息が聞こえる。

「でもね、ナミちゃん。あなた、そろそろほんとうの意味で独立しないと」

帆奈美は、顔を上げた。注がれるまなざしの真剣さにいたたまれなくなり、再び目をそらしそうになったが、瑶子がそれを許してくれない。

「あなたには、もっともっと私のために役立ってもらいたいの。これは向こうサイドとも掛け合ってみてのことだけど、ハリウッド映画での衣装指導ともなれば、そうとう大きな仕事でしょ」

「えっ。それってあの……」

「私としては正直、これからのあなたにとって足枷《あしかせ》となるような人間は――邪魔だな」

思わず背筋がぞくりとした。

〈邪魔だな〉

まるで彼女が演じる暗殺者のセリフのように聞こえた。

「いいかげん、何もかも自分自身で引き受けて、きっぱりと自由になんなさい」

と、瑶子は続けた。そうして、慈愛のまなざしで付け加えた。

「何ごとも独りで決めるって、なかなかいいものよ。寂しいけど、その寂しささえほろ苦くて、慣れるとけっこう悪くないの」

撮《と》れ高《だか》しだいでは翌日にまで持ち越される予定だったのだが、天候に恵まれ、それぞれの連携が滞《とどこお》りなく行われたおかげもあって、日没を最後に無事、撮了《さつりょう》となった。

「さあ、これでもう、仕事のことはほんとに忘れましょ」

さっそくシャンペンを抜く用意をしながら、瑶子は言った。

「明日のことなんか考えないで、今夜はみんなでぐでんぐでんになるまで酒盛り！」

写真集はこれが最後と決めた瑶子にとって、この夜は特別だったのだろう。最終日の撮影を、他のどこでもないこの別荘で行えたのが何より嬉しいと言って、彼女は少しだけ涙ぐんだ。飲み過ぎたせいにしていたが、いちばん素直な気持ちに違いなかった。

瑶子の寝室はもともと二階にあり、カナは前日からその隣の部屋で休んでいた。

「下の二部屋をあなたたちで使ってよ」

柔軟剤のふわりと香るタオルを大小二枚ずつ渡してよこしながら、澤田と帆奈美を案内する。廊下の突き当たりがトイレで、その手前、廊下を隔てて向かい合わせに二つの洋室があり、それぞれにセミダブルのベッドが入っていた。

「昔は、あのひとを慕《した》ってお客さんがしょっちゅう来てたから……」

懐かしむような目をして、瑶子は言った。

「何ならあなたたち、ひと部屋を一緒に使うのでもいいのよ。私としてもそのほうが、後のベッドメイクが楽ちんだし」

「それくらいは自分でして帰りますから」

帆奈美が顔を赤らめて言うと、瑶子はくすくす笑った。

「このひとってばほんと、からかい甲斐があるわねえ」

ベッドの寝心地は快適だったが、なぜか、うまく眠れなかった。廊下の向かい側に澤田が寝ているのを、意識するせいばかりではなかったように思う。

寝返りばかり打ち、時計を見るたびに苛立つのをくり返した末に、帆奈美は起き上がり、ベッドから滑り出て、そっと部屋を抜け出した。

キッチンで湯を沸かし、ティーバッグのハーブティーを淹れて、冷ましながらすすっていた時だ。

廊下の奥で、ドアの開くかすかな音がした。

気のせいかと思い、耳を澄ます。暴れる心臓をなだめながら身を固くする。

(こっちへ来ないで)

そう願うのと同じ強さで、

(来て)

と願ってしまう。心で、身体で、彼の存在を求めてしまう。ほんとうに自分は嘘つきだ。

息まで潜めて気配を殺していたつもりなのに、ひそやかな足音は廊下を近づき、やがてキッチンの戸口に澤田が姿を現した。

流しの前に立ちつくしたままの帆奈美を見ても驚かない。手もとを照らす仄かな灯《あか》りだけが届く薄暗がりで、彼はふっと笑うと、

「俺にも、何か淹れて」

小声で言った。

「……ハーブティーでいい？」

「何でもいいよ」

自分と同じカモミールのティーバッグを選んでマグカップにお湯を注ぎ、小皿で蓋をして蒸らす。

その間、澤田はスツールに腰掛け、カウンターに頬杖をついて帆奈美の手もとを眺めていた。グレーのスウェットズボンに白いTシャツ、上には昼間着ていた黒のセーター。いっぽう帆奈美は、洗いざらしたリネンのシャツワンピースにロング丈のカーディガン姿だ。

「俺さ。ナミちゃんの手が好き」

唐突に言われ、スプーンを取り落としそうになった。

「どうして」

「そうやってお茶淹れたり、料理したり、何か食ったり……仕事の間も、服とかアクセサリーなんかを扱う手つきっていうか手の表情が、ナミちゃんのは、すごく優雅できれいなんだよ」

「そんなこと、初めて言われた」

「そう?」澤田は、目を細めた。「よかった。『前にも同じこと言った人がいたわ』なんて言われたらどうしようかと思った」

少し置いてから小皿を取り去り、ティーバッグを揺らして引き上げる。スプーンに糸をくるりと巻きつけて軽く絞り、マグカップを差し出すと、澤田の骨張った手が伸びてきた。

「サンキュ」

手渡すとき、また少し心臓が疾《はし》った。

パリではあのあと、苦しくてたまらなかった。昼間の街なかではお互い完璧なまでに何もなかったふうを装ったけれど、夜、部屋で一人きりになるとぐったりした。流されまいと自分を律する辛さもさることながら、帰国してからの寂しさといったら想像以上だった。夫の隆一は出ていき、相手の女は妊娠までしていて、家に残っているのは自分ひとりきりだ。何をしようと、責められる筋合いはないとも言える。事実、澤田はＬＩＮＥや電話でまっすぐ求めてくれるのに、どうしてそれを断り、今さら二人で逢うのを我慢しようと意固地になるのか、自分で自分がよくわからない。

「――眠れないんだ？」

と、澤田がささやく。

「……うん」

「なんで」

「なんでかな。撮影がこれで終わりかと思ったら、いろいろ思い出しちゃうせいかも」

「それだけ？　何か気になることがあるんじゃないの？　向かいの部屋に俺がいるってこと以外に」

思わず苦笑がもれた。今ではもうわかる。澤田の軽口は、思いやりだ。強引さが優しさであったのと同じように。

「旦那さんはどうしてるのさ」

直球で訊かれたので、

「出ていったきりだよ」と、帆奈美は答えた。「義妹の話だと、相手はずいぶん若い人みたい。お義母さんからも電話があって、私の責任も大きいって叱られちゃった」

「何だそりゃ」

「浮気に気づかなかったのは、私が彼に無関心だったせいらしいよ。でも、離婚なんかしたらこの先、彼の会社での評価や何かに響くから、それだけは早まらないようにって。夫婦ってものは、許しあってこそ長年連れ添っていくものなんですってさ」

澤田が舌打ちをした。ふざけんな、と呟く。

「それで、ナミちゃんは何て言ったんだよ。まさか言われっぱなしじゃないよな」

「まあ、さすがにね。関係修復は無理ですって言ったよ。続けるつもりも、我慢するつもりもないし。むしろお義母さんはこれでやっと孫ができるんだから良かったじゃないですか、なんて……」

「へえ」澤田が目を瞠る。「驚いたな。ナミちゃんでも、言う時は言うんだ」

帆奈美は、曖昧に首を振った。あんなことを口に出すのではなかった、と今さらのように思う。

ハーブティーを飲み終えた澤田が、マグカップを置く。

「もう一杯飲む？」

「いや、いい。ごちそうさま」

洗ってしまおうとカップに手をのばす。

と、その手を当然のように摑まれた。あ、と思う間もなくそのまま引き寄せられ、スツールに座った彼の脚の間に腿をはさまれる。見おろすと間近に顔があった。

薄明かりの中、瞳の黒い部分も、白目の部分も、くっきりと光って見える。吸い込まれそうになる。

「……駄目だよ」

ささやく声が、震えた。

「なんで」

「なんでって……ここは瑶子さんの」

「彼女だって俺らのことはわかってる」

「でも、上にはカナちゃんが」

「彼女もだよ。バレてないとでも思ってた？」

「そういうわけじゃないけど、でも」

「だいたい、けしかけたのは瑶子さんだったじゃん。わざわざ俺ら二人を下の階にしてくれたのだって、粋《いき》な計らいなんじゃないの」

「そうかもしれないけど、でも」

「でもでもうるさいよ」

いきなり首を引き寄せられ、唇が重なる。慌てて肩を押し戻そうとすると、立ち上がった澤田に抱きすくめられた。深く唇を奪われ、とたんに膝から力が抜ける。

「ほら、おいで」

二の腕を摑んで歩き出そうとする。ついて行けずによろけると、彼は立ち止まってかがみ、帆奈美の腰のあたりを両腕で抱きかかえるようにして持ち上げた。床から足が離れ、思わず短い悲鳴が漏れる。

「しっ。黙って」

落ちたスリッパまで拾う周到さだった。キッチンを出て、大股に廊下を進み、自分の寝ていた部屋のドアを足で開ける。もしやこのためにきちんと閉めておかなかったのかと疑いたくなるほど慣れた仕草だ。

帆奈美を片腕で抱えたまま後ろ手にドアをそっと閉め、身体ごとふり返ってから床に下ろす。てっきり冷たいと思ったのに、こちらの部屋には絨毯が敷き詰められていた。

無言で唇が重なってくる。背中と後頭部をドアに押しつけられてのキスに、帆奈美の背筋をおののきが這い上がる。

「……駄目だったら、ねえ」

「そればっかりだな、ナミちゃんは。もしかして、そんなふうに言えば男が興奮すると思って言ってる？」

「ち、ちが、」

「俺は、するけどね」

両手で顔をはさまれ、キスをされる。くり返し、くり返し唇が重なり、歯列を割って舌が忍び込んでくる。

どうしてこうも腑抜《ふぬ》けになってしまうのだろう。理性だとか、思考だとか、およそ人としての自分をつなぎ止めているものが根こそぎはがれ落ち、ただの動物になってゆくのがわかる。有無を言わさぬ、甘やかな暴力。

片手で腰を抱えられ、強く引き寄せられる。

「あ」

澤田のほうもまた、とうに我慢できなくなっているのがわかる。ああ、もういっそこのまま。自らの欲望に押し流されそうになりながらも、帆奈美は、懸命に腰を引いた。

「お願い……ここではやめて」

「じゃあ、どこならいいのさ」

「わからないけど……ひとの家は、やだ」

一拍おいて、耳元で、ふう、とため息が聞こえた。

「どんだけ強情かなあ、もう」

「ごめん。でも……」

「いや、わからなくはないけどさ」

顔をわずかに離した澤田が、再び両手で帆奈美の頰をはさむと、身動きできなくさせた状態でささやいた。

「わかった。じゃあ、最後まではしないって約束するから——ナミちゃんの言うことも聞くんだから、俺のお願いも聞いてよ」

「お願いって？」

「キスだけ」

「え」

「キスだけでいいから、俺の気の済むまでさせて。『駄目』とか、『でも』とかはナシで」

「だって」

「だってじゃないよ。俺がどれだけ必死に我慢してるかわかってんの？」

どう答えようかと逡巡《しゅんじゅん》したほんの数秒を、承知のしるしと思われたらしい。たちまち唇に嚙みつかれた。かと思うと、やわやわと歯の間にはさんで弄ばれる。尖った舌先が、まるで意思を持つ触手のように入り込んできて、口の中をくまなく探索する。

やがて彼の唇は帆奈美の頰を這い、耳もとにまで辿り着き、耳朶を舐め、耳の溝をなぞり始めた。

「だ……。や、約束が、ちが……」

「なんでさ。これだってキスのうちでしょ」

膝に力が入らない。背中でドアにすがったまま、震えていることしかできない。

「寒い？」

と聞かれてつい、かぶりを振ると、寝間着がわりに着ていたリネンのシャツワンピースの前を少しずつはだけられた。

「や、」

「うるさい」

露わになった胸の尖りに口づけられ、思わず、ひゅっと息を引いた。片足が浮く。はだしの足裏を、もう一方の脛《すね》にこすり合わせてしまう。脳髄が痺れる。快楽をこらえるのがこんなに辛いものだなんて。

澤田が、ゆっくりとカーペットに両膝をついた。みぞおちからへその窪《くぼ》みへと、唇と舌が、丁寧に、執拗に、辿って下りてゆく。やがて、下着に指がかかった。

「あ、駄目ってば！」

「だからそれ、禁止」

澤田の声もさすがに少しうわずって聞こえる、と思った瞬間、するりと下着が足もとに落とされた。親指で、毛並みを逆撫でされる。部屋は充分に暖かいのに、ぞくぞくっと震えてしまう。

片足をそっと持ち上げられ、足首に巻きついていた下着を抜き取られる。指が再び、腿の内側の柔らかいところを撫でるように這いのぼってきたかと思うと、そこに到達し、両側に押し分けた。

次の瞬間、熱い舌の尖りが、別の尖りをとらえて乱暴に掘り起こした。

帆奈美は声にならない声をあげて喉をのけぞらせた。後頭部がドアに当たり、鈍い音をたてる。こらえようとすればするほど、喉から抑えきれない喘ぎ声がもれてしまう。まるでお産のように、口を大きく開けて荒い息をつくしかない。

「やだ……や、やめて、や、だめ……」

同じ言葉が、先ほどまでとはまったく違う意味を持つのがたまらなく恥ずかしい。

澤田は、帆奈美の片脚を持ち上げ、膝裏を自分の肩に預けさせた。舌と指とで尖りの周囲をくまなく蹂躙され、身体を支えているほうの片足ががくがく震える。

「お願い……ねえ、お願いだから、もうやめて。もう、無理、ほんとに無理」

懸命に彼の頭を押し戻してささやく。

必死の嘆願がようやく耳に届いたのだろうか。澤田は、脚の間を見おろす帆奈美をじろりと睨み上げると、しょうがないな、という表情をした。

とたんに、きゅうっとそこをきつく吸われ、耐えきれずに短く鋭い悲鳴をもらしてしまった。立ち上がった澤田が、手の甲で口もとを拭いながら帆奈美を見つめる。

「……ひどい」

「ひどいのはナミちゃんでしょ」と、うらめしそうに彼は言った。「でも、ごめん。俺もちょっと、むきになり過ぎたかも」

そうだよ、と文句を言おうと思ったのに、気がつけば優しく抱き寄せられていた。あまりにも愛おしそうに、大事そうに抱きしめてくるものだから、なんだか鼻の奥がじんと痺れてきな臭くなる。

「ナミちゃん」

言いかけて、口をつぐむ。

帆奈美が「何?」と顔を上げそうになる寸前、澤田は、思いきったように言った。

「どうしたら、俺だけのものになってくれる?」

訊かれて、帆奈美はむしろ顔を上げられなくなった。

逆に言えば、今は彼だけのものではないと指摘されたも同じことだ。夫のいる身で他の男との快楽に流される女、それが自分だ。そう思うと、澤田の目を見られなかった。たった今、澤田がこの軀を躍起になって責め立てたのも、不実な愛人への懲《こ》らしめのような意味合いだったのだろうか。

頭の後ろがすうっと醒めてゆくような心地でいると、

「いや、ごめん、違うんだ、誤解しないで」相変わらず敏《さと》い彼が慌てたように言った。「ナミちゃんを困らせたくて言ったんじゃないんだ。順番を間違えた」

「……順番？」

「俺のほうこそ、まずは自分の考えをちゃんと伝えなくちゃいけないのに、ごめん。感情のほうが先走った」

ナミちゃん、と改めて呼ばれる。

「こっち向いてよ。俺を見て」

仕方なく顔を上げる。澤田の目が光って見えるのは、窓からの月明かりのせいだ。わかっていながら、その光に吸い寄せられる。

「正直言うと、俺、女にはだらしなかった」

いきなり何を言いだすのだ。

「自分で言うのも情けないけど、かなりいいかげんだったよ。女の子が途切れたためしがなくて、でも誰のことも本気で大事にしてこなかった。……こんなこと聞かせたりして申し訳ない。気分のいい話じゃないとは思うんだけど」

帆奈美は、息を吸い込んだ。

「じゃあ、どうしてわざわざ？」

「あなたには、隠しておきたくないから」と、澤田が即座に答える。「それと、今度は違うんだってことをわかってもらいたいから」

「今度って？」

「だから、あなたのことでしょ」焦《じ》れたように言う。「中学の頃からずっと好きで、その後もずっと特別で、そういうあなたとやっとこうして向き合える機会が巡ってきたのに、いいかげんなことはできない。だから、パリから帰ってすぐ、全部切った」

「え？」

「中途半端な関係はきっちり整理したってこと。これまでについては、ごめんなさい。でも今はきれいな体です」

ひと息に言って、こちらを見つめる。

中途半端な関係――の中にはおそらく、以前スタジオに来ていたアシスタントの女の子も含まれているのだろう。訊かなくてもわかる。おそらく彼はこれまでもこうして、〈正直〉という無敵の白旗でもって女たちに許されてきたのだろう。

「ずるいよ」

つい、口からこぼれてしまった。

澤田が、笑わずに頷く。

「そうかもしれない。でも、今はまだ自由に動けないあなたを、この先ほんとに手に入れたいと思うなら、まずは俺が完全に自由でいなくちゃと思って」

答えられずにいると、澤田は、帆奈美を抱きかかえるようにして部屋の奥へと促し、ベッドの端に座らせた。自分はその足もとの床に腰を下ろしてあぐらをかく。手を握りながら帆奈美を見上げ、言った。

「朝まで、まだ時間はたっぷりある。これからのこと、ちゃんと話そう」

*

白いテーブルクロスの上に、まばゆい木漏《こも》れ日が躍る。ぼんやり眺めているうち、今さらのように眠気が襲ってくる。椅子の下では、腹ばいになった大型犬がこちらの足の甲に顎をのせてくつろいでいるからなおさらだ。

「コーヒー、もう一杯いかがです?」

いいところで、ポットを手にしたカナが訊いてくれた。

「ありがたく頂く」

ほとんど空になったマグカップを差し出す帆奈美を見て、瑶子がからかうような口調で言った。

「そういえば、彼はまたずいぶんとお寝坊さんねえ。夜更かしでもしたのかしら」

自分が訊かれたわけでもないのに、ぴくりと足がはねてしまったせいで、レトリバーのチャドがのそのそと体を起こし、問うように首をかしげて見上げてくる。昨夜、ちょうど同じ角度でこちらを見上げていた澤田のまなざしを思いだすと、まるで奥歯でレモンを嚙みしめたかのような感覚に全身の細胞がきゅっと縮む。

「すっかりお二人に懐いちゃいましたねえ」

カナが、自分のカップにもコーヒーを注ぎながら言った。

「その子、女の人が大好きなんです。そのぶん、澤田さんにはライバル意識があるみたい」

「そうね、昨日からあからさまに張り合ってたもんね」瑶子がふふっと思い出し笑いをする。「私と一緒に写る時なんか、カメラを向けられるたびに、烔くんの目から私のことを隠そうとするみたいにいちいち間に割り込むのよ。あれは面白かった」

自分のことが話題になっているとわかるのか、チャドがテーブルの下をくぐって瑶子の足もとへと移動していく。

「なあに、今度はこっち？　自分に優しくしてくれる女なら誰でもいいんでしょう、こいつめ」

瑶子に撫で回されてごきげんの犬を眺めながら、帆奈美は濃いコーヒーをすすった。

――自分に優しくしてくれる女なら誰でもいい。そんなところまで似ている気がしてきて、なんとなく面白くない。

皆が集まっている朝ぐらい、無理をしてでも早く起きてきなさいよ、と思ってみる。どういう誤解を受けるかわかりきってるじゃないの。うらめしく思う気持ちは本当なのに、その中にも一縷《いちる》の甘やかさが滲むように溶けだしてしまうあたり、自分も処置なしだ。

ようやく澤田がダイニングに現れたのは九時過ぎだった。

「すいません、寝過ごしました」

洗面所から顔を洗う水音は聞こえていたのだが、頭の後ろの寝癖はどうしても直らなかったらしい。

「寝苦しかった？」

と瑶子が訊く。

「いえ、逆です。うっかり二度寝したら目が覚めなくて。こんなに深く眠ったの、いつ以来だろ」

「なら良かったわ。私もそう、この別荘に来ると信じられないくらい眠りが深いの。いつか引退したらここで暮らそうかな」

「どんだけ先の話をしてるんですか」と、カナがあきれて笑う。「瑶子さん、ふだんからもっとここへ来ればいいんですよ」

「そうねえ。だけど、あんまりネジを緩めてばっかりいたら、気持ちも体も緩んでいっちゃいそうで怖いのよ」

「大丈夫ですって。瑶子さんならここで何日過ごしたって、どうせ早起きして海までランニングとか、絶対するでしょ。チャドだったら喜んでお供しますよ。いつだって連れてきて預けていきますから」

「あら、それは素敵ね」

ずっと行儀良く座って瑶子を見上げていた犬が、さんせい、とでもいうように、太いしっぽで床を左右に掃いた。

昼前までのゆったりとしたひとときは、帆奈美にとって、思いがけない骨休めとなった。陽射しの中に春の訪れを感じながら、四阿に置かれた寝椅子に仰向けになる。仕事の段取りなど何も考えずに、ただ海からの風に吹かれる。閉じたまぶたを照らす光のぬくもりを味わっていると、鈍く重たく心を覆っていた雲がだんだんと薄まってゆき、体の奥底から何か強い力が湧き上がってくるようだった。

〈旦那さんとのこの先をどうしたいかは、ナミちゃんが考えて決めなきゃいけないことだとは思うけど……〉

ゆうべ、いやすでに朝方だったろうか、澤田は言った。

〈俺の側の気持ちを勝手に言わせてもらうなら、俺は、この先の人生をずっとあなたと過ごしていきたいと思ってる。二人でいっぱい抱き合って、うまいもん食って、あっちこっち旅して、時には喧嘩なんかもしてさ。そうやって一緒に仲良く歳をとっていけたらいいって、ほんとうに本気で思ってる。これまで誰と付き合っても、こんなふうにうんと先の景色まで見渡せるような気持ちになったことはなかった。昔から、そうだったよ。あなただけはどこか特別だった。だからこそ、思い立って同窓会にまで行ったんだからさ〉

彼の言葉を信じられないわけではなかった。帆奈美が信じきれずにいるのはむしろ、自分自身の気持ちだった。

これまでは、恋愛などというものは思春期とか青春と同じで、人生のうちの一つの季節だとばかり思っていた。当然ながらとっくの昔に通り過ぎたはずだったのに、まるで突然の気候変動よろしく再び巡ってきて、今や自分はそのさなかにある。

これは、一過性の異常気象のようなものではないのだろうか。自分ひとりならまだしも澤田の人生までも巻きこんだ上で、後からすべてが大いなる勘違いだったとわかったらどうなる。とても責任など取りきれない。こんなに熱くて甘酸っぱい、相手の欠点まで含めてどうしようもなく愛おしく感じられる気持ちが、いつまでも長続きするわけがない。徐々にかたちを変えて深まってゆくなら嬉しいけれど、果たしてどうだろうか。隆一との関係だって、いつか深まり成熟してゆくものと思えばこそ結婚を選んだのに、結局はこんなことになってしまったのだ。澤田との関係だけは特別だなんて、誰に保証できるだろう。

〈ナミちゃんはさ、頭でっかちなんだよ〉

言われるまでもなく、帆奈美にも嫌というほどわかっていた。

けれど、性格なのだ。この歳になって性格そのものを変えるのは、ほぼ不可能に等しい。そしてそれは、澤田の女性関係についてもあてはまることかもしれないではないか。


女二人と犬一匹に見送られて車を出し、来たときとは逆の道を辿って高速に乗った。気は進まなくても、そろそろ日常へと戻ってゆかなくてはならない。

「このあとの仕事はどんな感じ？」

運転席の澤田が訊く。ハンドルは基本、自分が握りたい質らしい。

「直近の撮影は来週明け。あさってがまた、ラジオの収録」

「よかった。じゃあ、ちょっとは休めるんだ」

「ちょっとまって、今さんざんのんびりしてきたじゃない」

まあそうだけど、と澤田は笑った。

帰りたくない道ほど、すいている。都内に入ると、二人とも無口になった。

あと十分ほどで帆奈美のマンションに着くというあたりで信号待ちをしている時、澤田が前を見たまま、ナミちゃん、と呼んだ。

「うん？」

「あのさ。帰る前に、俺の部屋に寄っていくのは、いや？」

どきっとした。まだ見たことのない澤田の部屋に行って、ゆうべはできなかったことを全部する――思い浮かべただけで、全身を疼くような痛みが貫いてゆく。

「いやじゃ、ないけど……」帆奈美は懸命に言った。「でも、だめ」

澤田は、ため息混じりの苦笑をもらした。

「ま、そう言うだろうなとは思ってた」

「ごめんなさい。今さら偽善かもしれないけど、気持ちの問題なの。パリや葉山と比べて、ここは、あんまり近すぎて」

「いや、俺のほうこそごめん。わかっていながら、それでも誘うの我慢できなくてさ」

そして、信号が青になると、ふう、と大きな息をついてギアを入れた。

「俺が、大人で良かったね」

「どういうこと？」

「ちゃんと聞き分けよく待てるよ。チャドほどじゃないけど」

マンション下の駐車場で、車を乗り換えた。ワゴン車から撮影機材を下ろし、停めてあった自分のボルボに積みこんだ澤田が、帆奈美をふり返る。

「何かあったら……いや、なくても連絡して。俺もするから」

帆奈美は頷いた。

「ありがとう」

「何が？」

「いろいろ、ぜんぶ」

澤田は黙って笑うと、ワゴン車よりもかなり低い運転席に乗り込み、手を振って帰っていった。

テールランプが角を曲がるまで見送ってから、帆奈美も自分の荷物を持ってエレベーターに向かう。まずは留守番をさせたおむすびに猫缶を開けてやり、荷ほどきをして洗濯機を回している間に、ワゴン車に積んである衣装類を整理しなくてはならない。準備と同じくらい、後の始末も気の張る仕事なのだ。

バッグの内ポケットから鍵を取り出し、ドアを開ける。

「むーちゃん、ただいまー」

奥にいるはずの猫に声をかけながら靴を脱いだとたん、背後のドアが引き開けられ、悲鳴をあげてふり向いた。

玄関口をふさぐように、夫の隆一が立っていた。隆一だと脳が認識するより早く、二度目の悲鳴がもれてしまう。

仁王立ちの隆一がみるみる鬼の形相に変わってゆく。

「ご挨拶だな」

その後ろで、空気の圧に逆らいながらゆっくりとドアが閉まる。ひゅううう、という風の音がやむと、とたんに静かになった。

「自分の家に帰ってきて、まさか絶叫されるとは思わなかったよ」

自嘲《じちょう》混じりの物言いだ。

「び……びっくりしただけよ。急に後ろから入ってきたから強盗かと、」

「嘘つけ。お前が叫んだのは、俺だとわかってからだぞ」

隆一が靴を脱ぐ。それを三和土の隅へとぞんざいに蹴りやるのを見て、帆奈美は、うなじの産毛がかすかに逆立つのを感じた。

「そんなに俺の顔を見るのが嫌かよ」

鼻の穴を膨らませた隆一が、ねちねちとねじこんでくる。そのとおりだが、悲鳴はそれとは関係ない。

「ずっと帰ってこなかった人がいきなり目の前に立っていたら、そりゃ驚くでしょう」

「帰ってきてたさ」

「私のいない時にね」

「いちいち顔を合わせるのも気まずいだろうと思ってな」

お心遣いをありがとう、と言いそうになったが、やめた。売り言葉に買い言葉のけんかをしたいわけではない。まともに言い合うと、心を削られる。

このままでは互いの距離が近すぎる。隆一の吐いた空気を吸うのがたまらなく嫌で、肩にかけていたバッグを揺すり上げ、廊下を奥へと向かった。

「むーちゃん」

気まずさを薄めようと、再びおむすびを呼ぶ。甘えてくる猫を見れば、隆一の苛立ちも鎮まるかもしれない。

「むーちゃん、帰ったよ」

手前のダイニングの椅子にバッグを置いたところへ、あとから彼も入ってきた。

「どこへ行ってたんだよ」

「どこって、仕事だけど」

当然のこととして、帆奈美は答えた。当然のことではあるのに、いささかの罪悪感が胸に兆《きざ》す。

「むーちゃん？　いないの？」

姿の見えない猫を探そうと、リビングを横切り、寝室を覗く。

「どんな仕事かわかったもんじゃないな」

「どういう意味？」

訊き返したと同時に、おむすびの鳴く声がした。帆奈美のベッド、掛け布団の盛りあがった部分がうごめいて、中から小さな寝ぼけ顔が現れ、にああ、と掠れ声で鳴く。

「ただいま、むーちゃん。よく寝てたのね」

久しぶりに飼い主がそろっているのが嬉しいのか、小走りにリビングへやってきて二人のちょうど真ん中へんの床にごろんと転がってみせる。

しかし隆一は、猫には目もくれなかった。椅子の上のバッグを睨みつけて言った。

「ずいぶん大きい荷物だな」

「葉山でロケがあったの」

「猫をほったらかしでか」

「一泊だけだったもの」

「一泊でも、何があるかわからないだろ。美貴に頼めばよかったのに。無責任だな」

「ねえ、そんなことを言いたくてわざわざ帰ってきたの？」

さすがに苛立って訊き返すと、隆一は中途半端に目をそらした。

「今までは私の留守中を選んで来てたのに、どうして急に？　ずっと避けてたじゃない」

「へんな言い方すんなよ。どっから目線だよまったく。なんで俺がお前を避ける必要があるんだ。お前こそ俺と会いたくないだろうと思って、こっちは気を遣ってやってたんじゃないか」

雲行きが怪しいと悟ったおむすびが、そろりと起き上がり、早足で寝室に戻ってゆく。

帆奈美はため息をついた。

「ものは言いようだね」

「なんだって？」

「いいよ、もう。必要なものがあるから来たんでしょ？　持っていけばいいじゃない」

「お前の許可なんか要らないんだよ。俺は俺のやりたいように」

「もういいってば、わかったから」

たまらずに遮った。どうでもいいことをいちいち言いつのる彼の姿が、虚勢を張って吠えたてる小型犬のようだ。痛々しくて、いたたまれない。

「どうぞ、お好きに。私は私で勝手にやらせてもらいます」

しかし、隆一は動こうとしない。

そこをどいてくれないだろうかと帆奈美は思った。日が暮れる前に片付けたいことは山ほどある。ワゴン車の荷物、持ち帰ったバッグの中身。いずれにしても隆一が邪魔で通れない。

横をすり抜けるのさえ躊躇われて迷っていると、彼はちらりと目を上げてこちらを窺い、また目を伏せた。

「お前こそ、どうしてなんだよ」

「何が」

「なんで何も言わないんだよ。俺だってこうして、お前とちゃんと話さなきゃと思って帰ってきたんだからさ、お前も意地張るなよ」

何を言っているのかわからない。

「意地？」

「そうだよ、素直になれって。ほんとは俺に訊きたいこととか、言いたいこととか、してほしいこととか、山ほどあるはずだろ？」

帆奈美は、ますますぽかんとした。

「別に、何もないけど」

言われたとおり素直に答えてから、その返答に自分で驚いた。

そうか。この夫に対して今さら望むことなど、自分にはもはや、「何もない」のだ。信じていたのに裏切るなんてひどいとか、相手の女と今現在どうなっているのかとか、これから先どうするつもりなのかとか――正直、かけらほども興味がない。

いや、望むことは一つだけある。目の前から穏便に消えてくれることだ。きっちり半分ずつ負担し合って購入したこのマンションを処分し、それをまた半分に分けて、あとはおむすびさえこちらに渡してくれるならもう何も文句はない。

「ごめん、隆一。あなた誤解してると思う」

怪訝そうにこちらを見る夫に、帆奈美ははっきりと言った。

「お義母さんから、何も聞いてない？」

「何をだよ。おふくろが何だっていうんだよ」

「私、お義母さんにちゃんと言ったよ。あなたとやり直すつもりはこれっぽっちもないです、って」

「は？　お前、何言って、」

「どうやったって元に戻れるとは思えないし、正直、戻りたいとも思わない」

「帆奈……」

「だから、きれいさっぱり終わりにしよう。実際、そのほうがあなただって楽になるでしょ。美貴ちゃんに聞いたけど、相手の人も今ちょうど大事な時期だっていうじゃない。そばにいてあげなきゃかわいそうでしょう」

「厭味だな。なんでお前が彼女のことを気にするんだよ。余裕でもかましてるつもりかよ」

「まさか。そんなんじゃないよ。ただ……」

帆奈美は口をつぐんだ。うまく、言えなかった。同情や憐れみとは違う。ましてや共感とも違う。あえて言葉にするなら、なりゆき、とか、行きがかり上、といった感覚に近いだろうか。たとえ気にくわない相手でも、道ばたでうずくまっているのを見れば手を貸さないわけにいかない。

ふん、と隆一が鼻を鳴らす。見下すような、それでいてどこかこちらを窺うような薄笑いを浮かべて言った。

「正直に言ってみろよ。ほんとはその腹ん中、嫉妬でいっぱいのくせに」

「嫉妬？　なんで？」

「お前にはずっと子どもができなかったのに、彼女には、」

「ああ、そのこと」思わず苦笑が漏れる。「それはないわ。悪いけど、ほんとにそれはない。初めてメールで〈できた〉って知らされたときはさすがにショックだったけど、それだって、私の側の自尊心の問題。嫉妬なんかとはまるで別のものなの」

黙りこんだ隆一は、バッグの載った椅子の背を握りしめて突っ立っている。

「……ね。もう、いいじゃない」帆奈美は静かに言った。「お互い、無理することないよ。それこそ私たちの間には子どももいないわけだし、仕事だってそれぞれにあるんだし、あなたから何か奪おうとか思ってない。だから、」

「俺のことはもう必要ないってか」

「それは、あなただってそうでしょう？　私が必要なくなったから、今の人に走ったんでしょう？」

「違う！」

いきなり声を荒らげた。肩で大きく息をつき、今度は泣き落とすような口調になる。

「なあ、帆奈美、意地の悪いことばっか言うなよ。それとこれとは別だろ？　お前とはずっと昔から一緒にやってきたんだからさ、他に替えなんかいるわけないんだよ。お前との間でできるような深い話は、あいつとはできない。言ったって通じないんだ。俺の考え方とか、癖とか、こういう性格上どうしても直せないところとか、あいつにはぜんぜん理解できない。お前は、そういうの全部わかってくれてるじゃん。阿吽《あうん》の呼吸っていうかさ、いつも俺のこと気遣って、間合いをはかるみたいにさっと何か用意してくれたりもするしさ。俺だって、ふだんは言葉にしないだけでちゃんとわかってるんだよ。遠慮しないでいぶんだけ、時にはきつく当たったりもするし、それは悪いとも思ってるけどさ、一緒にいて本当に居心地いいのは帆奈美、お前だよ。あいつじゃない」

口角に泡をため、かき口説くように言いつのる。

「傷つけたことは、心から謝るよ。ほんとに俺が悪かった。ふらふらっと魔が差しただけなんだ。ま、さすがに子どもが出来たのは予定外だったけど、命をそんなに粗末に扱っていいものじゃないし、今さら堕ろせとか、言えないじゃん。でもな、心配しなくていいよ。あっちだって、俺が一応認知さえして経済的に支えてやれば文句はないはずだし、おふくろの態度も、いざ孫が生まれれば軟化するにきまってる。子どものことは大丈夫だよ。だけどさ、お前との精神的なつながりみたいなものは、やっぱ特別なんだ。あっちとは望めないんだよ。そりゃまあちょっとイレギュラーな形にはなると思うけど、昔はこういう関係性も珍しくなかったわけだしさ、今だって世の中いろんな形の夫婦や家族があるわけで、最初は無理だと思っても案外収まるところに収まるものじゃないかと思うんだ。だから、な、離婚とか考えないでくれよ。俺とお前の絆《きずな》っていうか歴史が、こんなつまんないことで終わるわけないって、俺は思ってるんだけどな」

隆一が、ようやく口をつぐむ。冷静そうに見せかけているが、鼻から吐く息が荒い。

帆奈美は、相づちひとつ打たずに聞いていた。よくもまあこれだけ、中身のない空《むな》しい言葉ばかりを延々と並べることが出来るものだと感心する。ゼロはいくつ足してもゼロのままだが、彼の言葉は違う。積み重ねれば積み重ねるほど空しさが増し、黒い穴が足もとに深々と穿《うが》たれてゆくばかりなのだ。

「なあって。何か言えよ」

たまりかねたように促され、見つめていた穴ぼこから目を上げる。深いため息とともに言った。

「ほんとそっくりだよね。あなたとお義母さんって」

隆一の眉根が寄る。

「どういう意味だよ、それ」

「いつだって、自分の側の勝手な都合ばっかり。そういうのを、ふつう世間では非常識っていうんだよ。彼女とじゃ精神的なつながりが望めない？　知ったことじゃないよ。あなたが言ってるのは、愛人は愛人で囲っておいて、女房にはそれを認めろってことでしょ」

深く息を吸い込む。

「はっきり言って、私の答えは〈ノー〉だから。絶対にいや、冗談じゃない。嫉妬なんかじゃないよ。そうまでして、あなたという男を誰かと分け合う必要を、まったく感じないの。悪いけど」

椅子が、がた、と音を立てる。見ると、その背もたれを握りしめている隆一の指の関節が白っぽくなっている。

嫌な予感が背筋を這いのぼるや否や、彼がバッグをひっつかみ、高々と振りあげた。こちらに投げつけるのかと咄嗟《とっさ》に身をすくませたが、違った。二人の間の床、つい先ほどまでおむすびが寝転んでいたあたりに、重たいバッグが思いきり叩きつけられる。中の何かが、ガチャンと音を立てた。

獲物を狩る目つきでこちらを睨みながら、いやな笑いを浮かべる。唇の端がひくひく震えているのが気持ち悪くてたまらない。こみあげる生理的嫌悪感に、ほんとうに胸がむかむかしてくる。酸素が薄い。

「あなたの良くない癖だよね」

さりげなく空気を入れ換えるふりをして、ベランダのサッシのクレセント錠をはずし、からからと引き開けた。吹き込んでくる冷たい風にほっとする。

「癖って、何がだよ」

「旗色が悪くなると話を別のほうへねじ曲げようとするのが、ってこと」

「はっ。そりゃお前だろ」

「ううん、違うよ。隆一、あなたの常套《じょうとう》手段だよ」

向き直り、夫を見やった。

この男と同じ部屋で暮らし、向かい合ってものを食べ、隣のベッドで眠っていたということが信じられない。ましてや、かつては抱き合ったりもした相手だとは。

「言わなかったけど、ずっとそうだった」帆奈美は言葉を継いだ。「何か都合が悪くなると必ず話をそらすの。それがあなたの得意の戦法だってわかってたのに、言い合うの好きじゃないから、つい黙っちゃってた。私も良くなかったんだよね。ほんとは、黙っちゃいけなかった。そのつど、おかしいことはおかしい、呑み込めないことは呑み込めない、譲れないことは譲れないって、ちゃんと言うべきだったの」

「そうかよ。じゃあ、今すぐ具体的に言ってみろ。お前の譲れないことって何だよ」

「今は、だから、あなたのことを私と愛人さんとで共有するなんていう、馬鹿げたアイディアについてでしょ」

「違うって、その前。これまでずっと呑み込んできたって言っただろ？　自分ばっか被害者ヅラでさ。その内容を訊いてやってんだよ。ほんとにそんなものがあるんなら一つひとつ具体的に言ってみろ。言えないんなら、最初から無かったってことだ。お前こそ、昔のこと持ち出して話をそらすなよな」

心の底からげんなりした。子どもの言い合いか、という気分が思いっきり顔に出てしまったせいか、隆一が逆上して、

「何ため息なんかついてんだよ！」

足を踏みならす。

帆奈美は、片足に体重をかけて腕組みしたくなるのをこらえた。そのポーズはさすがに挑発的に過ぎるだろう。

「あのね」淡々と言った。「そんなことはもうどうだっていいの。今さら何を言ったところで、あなたのその癖がどうにかなるものだとは思わない。どうにかなったとしても、もう遅いしね」

「おい」

「あなただって本当はわかってるんでしょ？　自分の言ってることが言いがかりに過ぎないって。もう、やめようよ。いくら言い合ってても時間の無駄だから。私が今、あなたに言いたいことは一つしかない。『お腹の大きい愛人さんと二人で、私の前からきれいさっぱり消えて下さい』。それだけ」

ひと息に言い、口をつぐむ。落ち着いて言い終えたのに、心臓がひどく暴れている。

隆一が、目尻の切れそうな形相でこちらを睨みつけてくる。

「そんなこと言っていいのか？　後のことをよーく考えてから物を言えよな」

「どういう意味」

「あの男……いつからそういう仲なんだ？」

こめかみから血の気が引いた。

「はっ、やっぱりな。思った通りだよ」嘲るように肩をそびやかす。「新しい男ができると、ずいぶんとまあ、強気に出られるようになるもんだなあ」

もしや——さっき、マンション下の駐車場で澤田と手を振りあって別れたところを見られていたのだろうか。それで、昨夜は二人きりでどこかに泊まってきたとでも思い込んだ……？

床に叩きつけられた旅行バッグが、轢《ひ》かれた動物のようにひしゃげている。帆奈美は、破れそうな心臓を必死になだめ、慎重に言葉を選んだ。

「くだらない言いがかりで話をそらさないでよ。今は、あなたの話をしてるんでしょ」

「ああ、そうだよ。だから今度はお前の話をしようじゃん。ほら、あれだよ。夫婦平等ってやつだよ」

喉がこくりと鳴りそうになるのを、帆奈美は必死に我慢した。当てずっぽうだ。そうに決まっている。

「いったい何の話かわからない」

「とぼけるな！」

びくっと飛びあがる。ガラスが震えるかと思うほどの怒声だった。

「亭主《ていしゅ》が家を空けてんのをいいことに好き勝手しやがって！」

「やめて。ご近所に丸聞こえだよ」

「うるさい！　俺が何も知らないとでも思ってんのかよ。おとといの真夜中、あいつがお前を迎えに来たところから、俺は全部見てたんだぞ。言い逃れできると思うなよ、証拠写真だって押さえてあるんだからな」

　ぎょっとするより前に、あっけにとられて口があいた。

「しょうこ、しゃしん？」

　オウム返しに言ってから、夫の今の職場に思い当たる。日々、デスクの命令で張り込みや盗撮ばかりをくり返していると、自分の妻に対してまでこういう発想が普通になるのだろうか。

　今思えば、澤田の車をマンションの駐車場に停めてもらったのは迂闊《うかつ》だったかもしれない。けれどそれも、こちらがすっかり仕事の頭だったせいだ。これが最後となる撮影のことでいっぱいいっぱいで、正直、隆一の存在など頭に浮かびもしなかった。

「変な言い方しないで」

　あえてきっぱりと言いきった。

「あなたが疑ってるのがさっき駐車場にいた人のことなら、確かに一緒の車には乗ったよ。

でも、言ったでしょ、仕事だったの。スタッフと同じ車で移動するくらい日常茶飯事なんだけど」

「仕事、ねえ。それで夜中に出て、葉山までドライブか」

「そうだよ。だってロケだもの」

「男と二人きりでね」

「だから二人きりなんかじゃないって、」

「はいはいはい、『だってロケだもの』なあ。少なくとも行き帰りは二人きりだろうがよ。俺は見てたんだぞ。お前があの男を見る目も、あの男がお前を見る目つきも、今の今までラブホでさんざんやりまくってた不倫カップルそのまんまじゃないか。あれで人目を忍ぶ仲のつもりか？　ダダ漏れってのはああいうことを言うんだよ、ったく恥ずかしい女だな」

言葉を失った。夫の下品な物言いもさることながら、もしや端からは本当にそう見えるのかと思うと全身が粟立《あわだ》ちそうだ。隆一の言葉の、どこまでが事実で、どこからがはったりなのだろう。わからないことが怖い。

「思い込みで物を言うのもいいかげんにして。それとも、カマをかけてみせたつもり？」

言いながら、後ろめたさのせいで胃が痛む。とはいえ、罪悪感の痛みなど最初からわかりきっていたことだ。それを抱えておけないなどという理由で、澤田の身までを危険にさらすわけにはいかない。

心臓がばくばくする。

「はっきり言っておくけど」と、帆奈美は続けた。「さっきの人は、今回のロケのカメラマンだから。これまでにも何度か仕事をしたことのある人だったから、一緒に行くことにしただけ。そもそも、隠さなきゃいけないような仲なら、うちの駐車場なんかに車を停めてもらうわけがないでしょう。常識で考えてよ」

隆一が初めて、いくらか怯んだ様子を見せた。悔しさをごまかすように即座に言い返してくる。

「たとえそうだとしても、お前、いるよな」

「は？」

「百歩譲ってあいつじゃなかったとしても、いるだろ、男が。いるにきまってる」

答えずにいると、隆一はふっと苦笑いを浮かべた。

「なあ、帆奈美。この際だから正直に言ってくれよ。どうせもう、俺とは離婚するって決めちゃってんだろ？　俺からの慰謝料も要らないって言ってたよな。財産も半分ずつにすればいいって。だったら、おあいこでちょうどいいじゃないか。最後ぐらい、ほんとのこと言えよ。お前にも、好きな相手がいるんだろ？」

瞬間、自分でも意外なほど激しく迷った。

〈そんな相手はいない〉

と、あくまでしらを切るべきなのはわかっている。誰が聞いても、最後まで突っぱねたほうがいいと言うに違いない。わざわざ自分から立場を弱くしてどうする、と。

けれど胸の裡から、いや、腹の底から、こみあげてくる思いがあるのだ。

この身勝手な夫に向かって言い放ちたい。私にも大好きなひとがいて、そのひとも心から私を求めてくれているのだと、そう宣言してやりたい。夫に愛人を作られ、その愛人に子どもまで出来て惨めに棄《す》てられる妻――などではなく、自分のほうがすでに圧倒的に優位で自由なのだと、このあまりにもちっぽけな男に思い知らせてやりたい。

その誘惑といったら、まるでかぐわしい蜜《みつ》のようだった。

〈うん、いるよ〉

ひと言そう告げた瞬間の、隆一の顔が見たい。

強烈な復讐の欲望に、改めて、今となってはどれほどこの夫を恨んでいるかを思い知らされる。いけない。こんな感情は手放さなくては。恨みもまた、執着の一つだ。この男には、執着する価値などこれっぽっちもない。

「なあ、答えろってば」

痛みに耐えるような面持ちで、隆一がささやく。

帆奈美は、背筋を伸ばし、声を張って言った。

「そんなひとは、いません」

「嘘つけえ！」いきなり隆一が叫んだ。「嘘だ、嘘だ、嘘だ、絶対にいるはずだ！」

「ちょっと、りゅ、」

「でなきゃ、お前が俺と別れたいなんて言うわけないだろ。ほんとのこと言えよ、誰かいるんだろ？　え？　とっくに男がいて、そっちと一緒になりたいから俺のこと要らなくなったんだろ？　言えよ、帆奈美、そうだって言え！」

いったいどういう理屈なのだろう。そうまでして、自分が切り捨てられるだけの納得いく理由が欲しいのだろうか。それはそのまま、この女が自分と別れられるわけがないと思い込んでいたことの裏返しでしかない。根拠など皆無のその自信こそ、どこから湧いてくるのだろう。

背にしているベランダから、網戸越しに風の束が吹きつけてくる。レースのカーテンが揺れ、夕方の弱い陽射しが揺れ、壁に映った透かし模様の影もまた揺れる。いかにも平和な光景の中で、

「ねえ、いいかげん大人になってよ」

帆奈美は静かに言った。

「お互い、これまでのことは忘れて、ここから先のことを考えたほうがいいよ。あなたには生まれてくる子どもがいるでしょう？　私は、おむすびさえいればいいから」

「そんなこと言うなよ。あいつだってずっと俺ら二人で可愛がってきたんじゃないか」

「そうだよ。でも仕方がないでしょ。あなたは、自分で手放したんだよ。私のことだけじゃなく、この生活も」

「な……んで、そういうことばっかか」

「ちゃんと現実を受け止めてほしいから言ってるの。あなたはこの先、新しい家族を愛していけばいい。私は、もうたくさん。おむすびを愛して、そうしてあの子に、私だけを愛してもらうの」

隆一が、うつむいて黙り込む。両手を身体の脇にだらんと垂らしたまま立ち尽くしている。

ずいぶん長い間があって、いぶかしく思った帆奈美が声をかけようとした時だ。

とつぜん彼が顔を上げて向きを変え、寝室へ向かった。

「え、なに？　どうしたの？」

思わず追いかける。答えようともしない後ろ姿に、わけもなく危険を感じる。

腕をつかもうとした手を振り払われる。

「何なのよ、ねえ」

夫の痩せた肩越しに、おむすびの丸い背中が見えた。帆奈美のベッドのそばにうずくまり、部屋に入ってくる隆一をすくんだように見上げている。その小さな白い体に、隆一は、ぬっと手をのばした。

「やめて！」

帆奈美は叫んだ。いったい何をするつもりなのか、恐怖感だけが募り、彼の腕をつかむ。再び振り払われる。なおもしがみつく。

「やめてったら、ねえ！」

「お前がその気なら……」隆一が唸り声を上げる。「見てろよ、一生後悔させてやる」

「何する気？　ちょ、だめ！　逃げて、むーちゃん！」

おびえる猫はうずくまったまま動かない。その首の後ろをひっつかんだ隆一が乱暴に持ち上げる。カーペットに爪を立てるのをばりばりと引き剝がし、もう一方の手で帆奈美を突き飛ばす。ベッドに倒れこみそうになるのを危うく持ちこたえ、リビングへ戻ろうとする彼の背中に飛びついた。立ち止まろうともしない。後ろに帆奈美を引きずり、猫をかかえて進む。身体はがちがちにこわばり、背中がまるで鋼《はがね》の板のようだ。

「りゅう、いちっ！」帆奈美は叫んだ。「待ってよ、やめて、その子を放して！」

部屋履きは脱げ、ストッキングのせいで足裏が床の上を滑る。

「放してったら、ねえ！」

ずるずるずると引きずられてリビングを斜めに横切る。隆一の身体の向こう、網戸越しにベランダが見える。

（まさか）

帆奈美は戦慄《せんりつ》した。

（まさかそんな）

疑いようもなかった。ベランダから投げ落とす気だ。隆一のどす黒い意思が、粘《ねば》つく想念が、背中一面から帆奈美の顔めがけて地獄の瘴気《しょうき》のように吹きつけてくる。

帆奈美は恐怖のあまり、やめて、やめて、と泣きじゃくった。

「うるせえんだよッ！」隆一が、悲鳴のような声で叫ぶ。「俺なんか、全部が変わっちまうんだぞ、全部手放さなきゃならないんだ、なのにお前だけこれまで通りかよ、ずるいだろそんなの！」

「なに言ってんの」

「お前ばっか好きにさせてたまるかよ！」

「だからってなんでおむすび」

「うるさいうるさいうるさい、お前の大事なもんなんか全部ぶっ壊してやる！」

隆一が、腕の中で暴れる猫を右手にしっかりとかかえ直し、網戸を開けようと左手をのばす。

だめだ、ここを開けられたらおしまいだ。放り投げられ弧を描きながら宙を飛んで、なすすべもなく遥か下の地面へと落ちてゆくおむすびの姿が脳裏に浮かぶ。

瞬間、帆奈美はしがみついていた背中から手を放した。勢い余った隆一が頭から網戸に突っ込んだところへ、横から体当たりする。よろけた隆一はまだ猫を放さない。四肢をばたつかせて暴れるおむすびの白い毛並み、その柔らかな腹部に、彼の指がまるで熊手のように食い込むのを見たとたん、帆奈美は金切り声を上げ、正面から彼に飛びつき、その手首をひっつかんで思いきり嚙みついた。

ごあっ、とおかしな声で叫んだ彼が、ものすごい勢いで腕を振り回す。振り飛ばされそうになるのを持ちこたえ、さらに強く歯を立てる。手首の骨は硬いが、皮膚は柔らかい。口の中に鉄錆のような血の味が滲んだ時、こらえきれずに彼が猫を放した。

後肢で蹴って床へ飛び降りたおむすびが寝室へ走り込み、今度こそベッドの下へと隠れるのを目の端でとらえた、と同時に、帆奈美は振り飛ばされ、たたらを踏んでしたたかに尻餅をついた。

「いッ……」

尾骶骨《びていこつ》を打ち付けた痛みに、声も出ない。

かろうじて目をこじ開け、リビングの中央で仁王立ちになった夫を見上げる。隆一の息は乱れ、白目は血走っている。猫の次はこちらか。それともまさか、代わりに自分がベランダから飛び降りたりするつもりでは……。

と、その時、隆一が低く呻いた。

「な……んでだよ」

昏《くら》い目の奥が激しく揺れる。

「俺の、何が不満なんだよ」

（え？）

「人をバカにしやがって。いつだって俺のこと見下しやがってさあ」

またそれか、と気が遠くなる。首を横に振ってみせる帆奈美を見下ろしながら、隆一が続ける。

「お前がそんなふうだから、よその女にちょっとばかり慰めてもらっただけの話じゃないか。それっくらい、たいしたことじゃないだろ。男なら誰だってやってる。お前が俺のことをほんとに大事に思ってたら、そんなことくらいで壊れやしないはずなんだ。初めっからどうでもよかったから、これくらいのことで俺と別れるとか、もう無理だとか言えるんだろうがよ。え？　違うかよ。お前のほうこそ勝手によそで男作って、そっちのがよくなっちゃってさあ。どうせゆうべだってさんざんやりまくってきたんだろう、え？　この尻軽のあばずれ女が」

隆一が息をつく。肩が大きく上下する。

「りゅ、い……」

帆奈美はかろうじて声を絞り出した。痛みをこらえながら身体を起こし、両手を床について這いつくばる。

「りゅういち、きいて」声が掠れた。「ちゃんと、おちついて、きいて」

「うるせえよ。こんな時まで上から目線かよ」

「だからそうじゃなくて、ちゃんと聞いてよ」

「お前みたいなのに、よくもまあ男が出来たよなあ。抱いててもクソ面白くもない、不感症みたいな女にさあ」

すうっと頭の中が醒めてゆくのがわかった。

わずかに身じろぎするだけで尾骶骨に激痛が走る。素早く逃げることが不可能な今、彼をまた逆上させるのがどれほど危険かはわかっているのに、

（もう、いい）

と思った。少なくとも今、おむすびは安全なところにいる。これ以上あの子に危害を加えようとしたら、刺し違えてでも自分が守り抜く。

「あなたのことでしょう、それは」

「は？　何がだよ」

「今の言葉、そのまんま返す。あなたみたいな人に、よくもまあ女が出来たものよね。愛撫もろくにしないで、ただ挿入して淡々と腰だけ振って、自分勝手なタイミングで達したらそれでおしまいの、抱かれててもまったく面白みのない男」

「帆奈……。……え？」

「これまで、誰からもそう言われたことなかった？」

「ちょ、待てよ」うろたえた目をして、隆一が言った。「いったい何を言いだすんだよ、お前。どうしちゃったんだよ」

「どうもしないよ。もう何ひとつ我慢なんかしないって決めただけ」

そろそろと脚を引き寄せるだけで激痛が走り、呻き声が漏れそうになる。必死にこらえながら、帆奈美は言葉を継いだ。

「私があなたを、大事に思ってなかったって？　どこまで自分勝手なの？　はっきり言ってあげる。あなたは、あのお義母さんから得られなかったものを私からもぎ取ろうとしてただけよ。息子の良くないところも全部許して、あなたのことをどんどん駄目にしていったお義母さん。あなたはその母親を疎《うと》んじてるくせに、勝手なところだけだらしなく甘えてた。女は自分を甘やかしてくれる存在だと思いこんでたでしょ。そうして私には、母親の代わりだけじゃなくて、いちばんの理解者であることまで要求して」

「黙れ」

「黙らない。最後だもの、私にも言わせてよ。俺のことをわかってくれるのはお前だけだとか、同志だとか絆とか、全部あなたの勝手な言い分でしょ。ええ、私はあなたのこと大事にしてきましたよ。たとえ心から愛おしいと思えなくたって、夫婦だもの、ちゃんと一番に考えて行動してきたし、普通なら呑めないようなことも呑み込んできたの。あれ以上、何をどうしろって？　私には他に出来ることなんかなかった。これからだってないよ。お互いに別の相手がいるとかいないとか、もう関係ない、無理なものは無理。これ以上あなたを大事にはどうしても思えないし、一緒にいたらどんどん嫌いになっていくばっかりだから、きれいさっぱり終わりにしようって、そう言ってるの。あなたを傷つけたいわけじゃない。いま離れればせめて憎まないで済むだろうから、お願いだから、そうしよう」

ぽかんとして、こちらを見下ろしている男の目の奥を、帆奈美は探った。不思議と、身の危険はもう感じなかった。

窓から射し込み、白い壁に反射した夕暮れの光が、隆一の瞳を照らす。このひとの目はこんなに茶色かったろうか、などと場違いなことを思った時、

「うっ」

隆一が、片手で口を覆った。吐くのかと思ったが、違った。続けて、うっ、ぐうっ、と潰れた声を漏らすと、彼はふらふらと床に崩れ落ち、正座するようにぺたんと座り込んで泣き出した。

子どものように手放しで泣く男を、帆奈美は茫然と眺めた。あっけにとられて言葉が出ない。同情心などは欠片《かけら》どころか砂粒ほども湧いてこず、何とも言えない馬鹿ばかしさにますます醒めてゆくばかりだ。

この男と、十年も一緒に過ごしたのか。そう思うと、何より自分にげんなりする。隆一だけに非があるのではない。自身の本質を侵食するような問題を、手をつけてしまうと大ごとになるからと先送りしてきたのは、他ならぬ自分だ。

「……んだよう」と、隆一が泣く。「いやなんだ、よう」

大きく開けた口の中、上下に唾が糸を引いているところまで子どものようだ。

「なんで、別れなきゃいけないんだよう」

帆奈美がまだ動けないのをいいことに、床をにじり寄るようにしてそばへ来る。

「なあ、わかってくれよ。なあって。あの女のことなんか、お前と比べたらほんとにどうでもいいんだ。そんなに何回もやったわけじゃないのに赤ん坊なんか出来ちゃってさあ、それだってあいつ、大丈夫だって言ったんだ。俺のことをだましたにきまってる」

どこまで自分のことしか頭にないのだろう。他の女の中に気持ちよく放出した言い訳など聞きたくもない。

「頼むよ、帆奈美。なあ、許してくれよ。あいつとはちゃんと別れるから」

別れて欲しいわけではないのに、あまりにも無責任な発言に、思わず訊いてしまった。

「──いったいどうやって？」

それを、まだ脈ありと勘違いしたらしい。泣き顔から急に真顔に戻ると、

「そこなんだよ」隆一は言った。「どうすればいいかな？」

愛情とか、情というものは、だんだんと冷えてゆくものだと思っていた。そうではなかった。ある時、ある瞬間を境に、どうしようもなく消え失せるものなのだった。

帆奈美は、人生のある時期、間違いなく自分の夫だった男の顔をじっと見た。互いの間がおかしくなり始めて以来、見知らぬ他人が目の前にいるような感覚に襲われたことは何度かある。今は、違った。よく知っているつもりで実はまったくわかっていなかった相手のことを、初めて正確に理解できた気がした。

もはや、自分の側の裏切りや秘密を申し訳ないとさえ感じられない。激情に流され、踏みとどまることの出来なかった自分の中に、狡《ずる》さや弱さ、だらしなさといったものがあるのは事実だ。けれど、そのことと、この男への愛情の終焉《しゅうえん》は別の問題だ。完全に別だと言い切れる。

「――かわいそう」

気がつくと、口からこぼれていた。隆一が、涙と鼻水でべとべとの顔を上げる。

「そうだろ？　だからさ、」

帆奈美は、かぶりを振って遮った。

「あなたのことじゃないよ」

「……へ？」

「相手の女がかわいそうだって言ったの。こんな頼りない男の子どもを、産んで育てていかなきゃならないなんてね」

わずかに弱まってきた尾骶骨の痛みを、奥歯を食いしばってこらえ、脚を引き寄せてどうにか膝をつく。壁につかまりながら立ちあがると、

「帰って」帆奈美は言った。「いずれここは私が出ていくつもりだけど、今はあなたが出ていって下さい。あとのことは弁護士さんに頼みます。でないと、あなたではいつまでたっても終わりに出来ないでしょ」

そして、床にへたり込んだままの男を見下ろした。

「さあ、立って。せめて、生まれてくる子どものためにしゃんとしなさい！」

終章　Fight Song

ゆったりとしたBGMに合わせ、オープニングのジングルが流れ始める。間合いをはかって点される赤いキューランプは、まるで遠くの港に見える灯台の明かりのようだ。

息を吸い込み、カフ・ボックスのレバーを上げる。

「こんばんは。ライフ・スタイリストの三崎帆奈美です」

マイクにのせた自分の声が、ヘッドフォンから聞こえる。

「緑の気持ちいい季節になってきましたねえ。皆さん、いかがお過ごしですか？　私の住まいはマンションなので庭はないんですけど、それでも、ベランダに並べた鉢植えからいつのまにか青々とした新しい葉っぱがひょっこり出ているのを見つけると、なんでしょうね、歳のせいもあるんでしょうか……しみじみと胸打たれてしまいます。季節の歩みって、こんなにも確かな約束ごとなんですね」

話しながら、ちらりとミキサー室を見やる。

番組を支えてくれるスタッフたちの顔ぶれは、いつもと変わらない。プロデューサーの

〈ボス〉こと田中潤子をはじめ、若い女性ディレクターらがそれぞれの持ち場でそれぞれの責任を果たしている。

ひと息おいて続けた。

「それでは、まずは私からお送りする今宵の一曲です。じつは最近、身辺にちょっとばかり大きめの変化がありまして、そんなこんなの思いを込めてお送りします。ザ・ビートルズで、『The Long And Winding Road』」

ほんのわずかな空白のあと、ポールが歌い出す。タイトルそのままの歌詞に続いて、壮大なストリングスが重なってゆく。長く曲がりくねった道。どれほど孤独で、どんなに泣いたか。けれど私の重ねてきた努力を、あなたが知ることはない……。歌詞そのものは決して穏やかな内容とは言えず、むしろ心の痛み、流した涙、理解し合えないことへの嘆きのようなものが歌われているというのに、あたかも大きな川の流れに乗って海へと運ばれてゆくかのような柔らかな慰めが満ちてくる。

ふと目を落とすと、コットンリネンの濃紺のカーディガンの袖口に、白い毛がついていた。思わず微笑がこぼれる。愛猫と会ったのは昨日のことなのに、もう恋しい。あのぬくもりと重み、毛並みの柔らかさが愛おしくてたまらない。

隆一からあれほど怖い目に遭わされたにもかかわらず、おむすびは、人間を信じる心を少しも失わなかった。初対面から打ち解けてもらえた人間のほうが感激し、瞬く間にめろめろになっている。

「曲、あと三十秒です」

ミキサー室から声がかかる。帆奈美は顔を上げ、キューに備えた。

再び、赤いボタンが点る。

「お送りしたのは、ザ・ビートルズで『The Long And Winding Road』でした」

大きく深呼吸をする。

「先ほども『身辺にちょっと大きめの変化が』とお話ししましたが、じつはこのたび私、世間で言うところのバツイチになりました」

ガラスの向こうのミキサー室は、動じた気配もない。スタッフには今日、スタジオに入るなり報告してあった。とはいえ聞いた瞬間には全員の動きが一瞬止まり、それから全員が「ええっ」と同時に声をあげたものだ。最初に気を取り直したのはやはり潤子で、帆奈美は問われるままに大体の事情を話した。

〈このあと番組の中で、リスナーの皆さんにも話して構わないでしょうか〉

と訊くと、彼女は笑って答えた。

〈もちろん、三崎さんさえよろしければ。そこはもう、お任せします〉

マイクを前に、自分の両のてのひらを見つめながら言葉を選ぶ。

「もしもこれが、テレビやラジオの番組の一回きりのゲストとして呼ばれた立場でしたら、こんなことお話ししなかっただろうと思うんです。でもこの真夜中の番組では、皆さんから毎週寄せて頂くメッセージに対して、私自身、拙《つたな》いなりに自分の全部をさらけ出して、思うところをお話ししてきたつもりでいますし、リスナーの皆さんが番組を温かく受け止めて応援して下さっているのを、これもまたお便りからひしひしと感じ取っているものですから……そんなわけで、私の人生の上で起こった変化について、まるでいけないことであるかのように黙っているより、やっぱり一度はきちんとお伝えしておきたかったんです。本当に個人的なことで、ごめんなさい」

目を上げる。正面の防音壁にあるシミの形も、もうすっかり見慣れたものだ。時によって水鳥のようにも、人の手のようでもあるそれが、今日は帆をあげた舟の形に見える。

「ライフ・スタイリストという私の仕事に、この経験がどんなふうに作用してゆくものかはまだわかりません。離婚という経歴がダメージになることもあるかもしれません。でも、人生なんて選択の連続ですもんね。ちょっと聞くと不幸に思えるような選択でも、本人にとってはそれこそが幸せに生きるための一番正しい方法だったっていう場合だって、きっとあるだろうと思うんです。要するに、〈ライフ・スタイルは世の中に合わせるものじゃなく、人の数だけあっていい〉ってこと。そんなことを伝えてゆくのに、今回の選択はむしろ、私にとっていい経験だったんだと、胸を張って言えるようになりたいと思っています」

さて、そんなわけで、と語調を変え、声の色合いも変えて続けた。

「このあとは、お待ちかねのコーナー。ゲストをお招きして、ここだけのお話をじっくり伺います。後半のお悩み相談も、どうぞお楽しみに」

＊

一刻も早く荷物を整理し、今のマンションを出て、猫を飼える部屋を探さなくては。とりあえず賃貸でもいいから。

そう思い詰めていた帆奈美を救ってくれたのは、まずは澤田、そして瑶子だった。

「俺のところに来ちゃえばいいじゃない」

と、澤田は言った。帆奈美が夫の隆一と最後の格闘を繰り広げた、あの数日後のことだ。

「今さらながら、自分の先見の明にうっとりするね。うちのマンション、なんとペット可だよ」

嬉しい申し出ではあったが、安易に甘えてしまうわけにはいかない。

「離婚が正式に成立するまでは、慎重に事を運ばないと駄目よ」

これは瑶子からの助言だった。

実際、同じことを知り合いの弁護士からも言われた。さしもの隆一もとうとうあきらめたらしく、帆奈美との離婚に同意こそしたものの、互いの間で処理しなくてはならない手続きは山のようにあって、それを済ませないうちに離婚届だけ提出して終わりにするわけにはいかないのだ。

それならせめてと、澤田は、おむすびを自分が預かるという提案をしてくれた。試しに対面し、うまくやっていけるところも証明してみせた。

どれほど助かったかしれない。おかげで帆奈美は、自分の身のまわりのことだけに集中し、無理に急がずに次のすみかを探すための時間を手にすることができたのだ。

打ちつけた尾骶骨は、いつまでも痛んだ。あまりに長引くので病院へ行くと、レントゲン写真を見た医者は、ひびが入っている箇所を指さしてみせ、できるだけ安静にする以外、日にち薬しかないんですよねえ、と言った。

それでも、目に見える怪我《けが》はまだいい。問題は心のほうだ。玄関ドアの鍵を別のものに換えてもなお払拭《ふっしょく》できない恐怖が、帆奈美の心には染みこんでしまっていた。外から帰って鍵を開けている間、また隆一が後ろに立っているのではないかと何度もふり返り、手が激しく震えてキーホルダーごと取り落としてしまう。一種のＰＴＳＤだった。

「猫ちゃんの問題がないなら、うちに来ればいいのよ」

瑶子がそう提案したのは、グラビアのためのスタジオ撮影の時だった。女性誌『ルミエ』への登場は七ヶ月ぶり。〈最後の写真集〉についてのインタビューだった。

「残念ながらうちはペット不可だけど、あなただけならいつまでだっていればいい。私はどっちにしろ、このあとしばらく充電期間っていうことで葉山の家で過ごすつもりだから、あのマンションは好きに使っててていいわよ」

以前、一度だけ訪れた女優の部屋が脳裏に浮かんだ。それほど時がたったわけでもないのに、もう何年も前の出来事のようだ。

ひっそりと静謐《せいひつ》な時間の流れる、都会の隠れ家のような部屋。一つひとつ吟味された趣味のよい調度品、アンティークの家具、窓から射し込む光、そして、短期間にせよそこで暮らす自分……。

想像してみただけで恐れ多くて、とてもそんなことはできない、と断ると、瑶子は笑った。

「どうしてよ」

「だって、そんな大きなご恩、とうてい返しきれません」

「何言ってるの。人生長いんだから、借りだの貸しだの、ずっと帳尻睨んで生きてくなんて無理よ。いま大きな借りだと思うんなら、いつかずっと先で、私じゃなくても誰かに返せばそれでいいの。私にしたって、まるきり留守にするよりは誰か信頼できる人にいてもらったほうが安心だしね」

「瑶子さん……」

「夏が終わった頃に戻ってくるつもりでいるから、あなたはその間に納得のいく部屋を見つけなさいな。そこからはまた忙しくなるのよ。ちゃんと態勢を整えておいてもらわないと」

帆奈美がスタイリングし、藤井カナがヘアメイクを担当し、澤田が撮影したそのグラビアの載った号は、ちょうど今、書店の店頭に平積みにされている。表紙の瑶子は、コンクリート打ち放しのスタジオの中央、白い麻のドレスをさらりと着こなして立ち、両手で背丈よりも大きな青紅葉《あおもみじ》の枝を斜めに支えている。巻頭インタビューの記事は、これも、あのとき一緒に室生寺を訪れたライターの木村圭子が書いていた。

——たとえば、ブランド物のバッグや時計。あるいは自分だけの部屋、自分だけの椅子、愛しいペット、愛しいパートナー……。

ひとは、欲しかったものを手に入れた時、手放す日のことは考えない。心をこめて大切にケアをしていく限り、これからもずっと自分のものである、つもりでいる。

「私だってそうだった」と、水原さんは微笑む。「夢見ていた仕事も、暮らしも、一度はしっかり手にしたつもりでいたの」

けれど、思ってもみなかった悲劇が彼女を襲う。最愛のパートナーを不治の病で失ったのだ。

「身を引きちぎられるってこのことかと思った。でもね、人間って性懲《しょうこ》りのない生きものよね。泣いて、泣いて、もう二度と演技以外で笑えるわけがないと思ってたのに、ふと気がついたら仲間と冗談を言い合って笑い転げてる。でもそれは、逝ってしまったひとへの裏切りではないのよ」

恋人や家族に限らず、自分にとって大切なひととの別れこそが、何よりも深く女性を成熟させてくれる、というのが水原さんの持論だ。痛みに耐えきれずに毒を吐き、誰かを恨んだり、自分自身を呪い散らしたり……最初のうちは思いだすだけでも辛かった記憶を、長い時間をかけて心の奥底にくるみこんで、いつかほろ苦いような切なさへと変容させることが出来た時、

「そこからよ、女がようやく本当に輝き始めるのは。ほら、ちょうど、ひとつとして同じもののないバロックパールみたいに」

これから先も、愛する存在を持つことを怖れたくはない、と水原さんは言う。いつの日か、また何もかもなくしてしまう時が来たとしても、そしてその時どんなに苦しくても、ただのひとかけらも後悔しないことにだけは自信がある、と。

「女優として、好きなことを好きなようにやらせてもらってきました。わがまま放題の私を支えてくれた人たちに、今、心の底から感謝しています。おかげでまたここから、まっさらな挑戦ができるから」

不敵、というのがふさわしいような目をして、女優・水原瑶子は微笑してみせる。凛とした立ち姿の美しさは、このひとだけのものだ。

「今の若いひとたちは、一歩踏み出す前から怖がり過ぎると思う。いいじゃない、もっと無様《ぶざま》に生きれば。どれだけ挫折しようと、みっともなくのたうちまわろうと、命まで取られるわけじゃないんだから」

瑶子の言葉は、帆奈美の胸にも深い印象を残した。

隆一との、一歩間違えればそれこそ命さえ危うかった修羅場を、どうにか無事にくぐり抜けた後だったせいもあるだろう。

さんざん駄々をこねて泣いた末に別人かと思うほど素直になった隆一を、とりあえず立たせ、ものの道理を言い含め、玄関から押し出すようにして帰した後、最初にしたのはベッドの下で縮こまっていた猫のおむすびに声をかけてそっと引っ張りだしてやることだった。どこにも怪我がないことを確かめ、胸に抱きしめてどれほど泣いたかしれない。この小さな命が永遠に失われるところだったと思うと、あとからあとから身体が震え、涙が溢れて止まらなかった。

闘い方は〈無様〉だったかもしれない。でも、あの時の自分は捨て身だった。だからこそ、今こうして勝ち取った自由が途方もなく大切で愛おしいのだ。尾骶骨のひびは、いわば名誉の負傷だと帆奈美は思った。

最初はただ歩くだけでもひどく辛かったのが、医者の言う「日にち薬」でだんだんとましになるのに、ふた月ほどかかった。

その間に、隆一との婚姻関係は、書類の上でも正式に解消された。帆奈美の前で大泣きしたことがデトックスにでもなったのか、彼はもう落ち着いていた。最後に会った時、おむすびのことを謝りさえしたほどだ。

帆奈美はただただ安堵した。隆一がこれから生まれてくる命を愛おしむことで、彼自身もまた新しく生まれ直せるといい。欺瞞《ぎまん》ではなく、心からそう願える自分にも安堵した。

独りになれた解放感や喜びのようなものはほとんどなかったが、愛しい相手をまっすぐに愛おしむことが出来るのは嬉しいことだった。

ただ、問題が無いわけではない。

昨日もそうだ。澤田の部屋を訪れ、おむすびをさんざん甘やかしてやり、ようやく丸くなって寝た猫の横でそっと抱き合ってみたものの、ことが佳境に入るとやはり尾骶骨が痛いのだった。澤田はゆっくり優しくしてくれるのだが、ここ二ヶ月ほど、安静を第一に考えて大きな動作をしないでいた間に股関節まで固まってしまったらしい。ふとした動きで帆奈美の身体が痛みにこわばると、それを感じとった澤田のほうも、それ以上続けようとはしなくなった。

「……ごめんね」

しょんぼりする帆奈美に、澤田は苦笑して言った。

「なーに言ってんだか。あなたが謝るのはおかしいでしょ」

枕に頬杖をつき、もう一方の手で帆奈美の前髪をかきあげながら続ける。

「いいんだよ、べつに。身体なんか無理につながなくたってさ。あなたがこうやって俺の隣にいてくれるってだけで今は充分なんだから」

どうしてそういう言葉をけろりと口に出来るのだろう。他の男に言われたら寒過ぎてたちまち鳥肌が立つだろうに、きっと今、自分の脳内は見渡す限りのお花畑に違いない。

「ただし、痛みがなくなったら一日だって待つつもりはないけどね」

優しい烙印《らくいん》のようなキスが落ちてくる。

澤田の腕の中と同じくらい落ち着く部屋だった。撮影機材や仕事関連のファイルなどはぴしりと整理されている一方で、奥まった狭い寝室はそれなりに散らかっているが、ぐしゃぐしゃのベッドも、床に落ちた雑誌も、山と積み上がったCDもみな、乱雑でありながらこれしかないというバランスで収まっていて目に愛しい。寝室というよりは〈巣穴〉や〈ねぐら〉に近い感じがするのは、澤田の匂いに満ちているからかもしれない。

このベッドで何人の女性が……などということは考えないようにした。お互い、それなりに長く生きてきたのだ。自分の記憶を消し去ることさえ不可能なのに、どうして相手の記憶をなかったことになど出来るだろう。

人は、過去によってかたちづくられる生きものだ。それぞれの歴史があってこそ、今ここにいる。

「あのさ、ナミちゃん」

頬杖をやめて横たわった澤田が、帆奈美を抱き枕のように無造作に抱える。

「頼むから、無理だけは無しね」

「どういうこと?」

「俺の前では、自分のしたいことを抑えて我慢するとか、どうせ言っても無駄だろうから黙っちゃうとか、そういうの無しだからね」

きっと、これまでの隆一との夫婦生活を思っての言葉なのだろう。

帆奈美は頷いた。

「わかった。やってみる」

「俺だって、自分にかなり子どもっぽいとこがあるのは自覚してる。時にはデリカシーのないこと言ったり、癇癪起こしたりするかもしれない。努力はするけど、いつもいつも百点満点ではいられないと思う。でも、あきらめないでほしいんだ。俺がもし、ナミちゃんのことを抑えつけたり縛りつけようとしてると思ったら、ちゃんと言って。〈そういうの嫌だからやめて〉って」

「澤田くん……」

「このとおり、カメラ馬鹿の単純な男だけど、言ってくれさえしたらたぶん理解できると思うし、悪いところも直せると思う。っていうか、直すって約束する。だから、めんどくさくなっても早々に投げださないでほしいんだ」

「投げだす？　あなたのことを？」

「うん。っていうか、俺とあなたの関係を」

「そんなこと、するわけないじゃない」

「わかってるけど」

抱きかかえる腕に、じわりと力がこもる。何度か言いよどんだ末に、彼は続けた。

「俺の親はさ。昔から夫婦仲が良くなくてさ。俺、いっぺんおふくろに、どうしてさっさと親父と別れないんだって訊いたことがあるんだ。そしたら、言われた。『相手を取り替えたってどうせ同じことだから』って。あの当時は、そんなわけないだろうと思ったけど、もしかするとそれって真理かもしれない。いまだに俺にもよくわかってない」

帆奈美は答えられずにいた。

澤田が、今回の離婚のことを言っているのなら哀しかった。隆一と澤田とを〈取り替えた〉つもりはないし、その二人は絶対に同じであるはずがないのに。

「つまり……何が言いたいかっていうとさ。ナミちゃんが、何かと本音を呑み込んじゃう性格なのはよく知ってるよ。だから、俺のほうでも、呑み込ませないようにしなきゃいけないって思ってる。俺の中にだって、元の旦那さんと同じような欠点が無いとは言い切れないからさ」

「そんなことない。ぜんぜん、ちがうよ」

たまらずに、帆奈美は寝返りを打って澤田のほうに向き直った。間近に目を覗き込む。

「あなたのお母さんが言ったのは、たぶん、いくら相手を取り替えたって、自分が変わらなければ結局は同じだっていうようなことなんだろうと思うの。そういう意味では、私も変わらなくちゃいけない。だけどね、人と人の関係って、言ってみれば化学反応みたいなものじゃない？　いろいろ呑み込んでしまう私の良くない癖を、隆一はある意味利用したし、私のほうでもあの人の中のそういう部分を助長させてしまった。要するに、組み合わせが良くなかったって部分もかなり大きいと思うの」

だから、と帆奈美は言葉を継いだ。

「お互いに、これまでのことを参考にしすぎるのはやめよう。たとえ同じような失敗をしたとしても、結果は絶対同じにはならないから。あなたと私だったら、ぜんぜん違う化学反応が起きるにきまってるから」

そのあとに続く、あまりにもたくさんのキスと熱い肌の触れ合いを、きっと一生忘れることはないだろうと帆奈美は思う。

身体を無理につなげる必要はないと、澤田が言ったのは本当だった。こちらの身体に負担がかからないよう気遣いながらも愛撫を重ね、帆奈美が途中でどれだけ彼の名を呼び、嘆願をくり返しても、痛くないならやめない、と言って聞いてはくれなかった。寄せては返す波のような快楽に翻弄され尽くした帆奈美は、最後には彼の指と舌だけでゆっくりと高い波のてっぺんまで押し上げられ、溺れた。

ようやく息が整ってからお返しをしようとすると、彼は言った。

「その前に、一つお願いがあります」

「なに?」

「『澤田くん』はもうやめてほしいです」

くたくたになって、しっかり抱き合いながら眠り、途中で間にもぐりこんできたおむすびも一緒にもう一度眠って、目覚めると夜になっていた。空腹で死にそうだったが、まずは何か熱いものが飲みたかった。

「コーヒー買いに行かない?」

「いいよ。どこ?」

思いついたように、炯が言った。

「いつかの、あのコンビニ。俺はコーヒー、ナミちゃんはカフェオレ、あと、何か食うもん買ってさ。それから——」

＊

「全体の時間ＯＫですので、曲明けもいつも通りで」

ミキサー室からの声に我に返る。

ラジオの収録も終盤にさしかかり、いま流れているのはミドルテンポの女性シンガーの曲だ。

やってみたいことはあるのに、夢に賭けてみるだけの決心がつかない。何か力づけてくれるような、もう駄目だと思った時に勇気の出るような曲を教えて下さい。そんなリクエストに対して、帆奈美が選んだ歌だった。

――海に浮かぶ小舟だって
大きな波を呼び起こすことはできる
ほんの小さなひと言だって
心を開くことはできる

良くのびる少しだけハスキーなヴォーカルが、切ない決意を秘めた歌詞を表情豊かに歌い上げる。これが私の闘いの歌よ、自分の人生を取り戻すための歌、私はまだ大丈夫、まだやれるんだって証明する歌。

ヘッドフォンを通すと、歌い手の息遣いまでも聞こえる。リスナーに向けて贈ったはずの曲だというのにあまりにも身につまされて、帆奈美は危うく涙ぐみそうになった。

独りで仕事をする中で、自分には才能などない、と挫《くじ》けたことはいくらもある。私生活においても、もう駄目かもしれないと何度もあきらめそうになった。

それでも、今、ここにいる。時に誰かの力を借りながらも、自分の足で立ち、心の奥底に眠るなけなしの勇気だけを恃《たの》みに、とにもかくにも生き延びてきた。行き詰まった時に力を貸してくれる人に恵まれていたのは確かだが、最初から人を頼って努力しなかったことは一度も無いと、胸を張って言える。それこそが、今の自分にとって〈自信〉と呼べるものだ。

「あと三十秒です」

帆奈美は顔を上げた。

十分の一秒を刻むデジタル時計の赤い数字が、さらさらと目の前を流れてゆく。立ち止まってなどいられない。人生は思うよりもあっという間だ。

――私は闘いの歌を歌うの

誰ひとり信じてくれなくてもかまわない
私にはまだ闘う力が残ってるから

曲が終わり、キューランプが点る。

「お送りしたのは、レイチェル・プラッテンで『Fight Song』でした。〈もう駄目だと思った時に勇気の出るような曲を〉とのリクエストでしたけれど、いかがだったでしょうか……」

話しながらふっと脳裏に浮かび上がったのは、巨大な深紅――海から産み出される炎の玉だった。昨日の朝方、炯と二人きりで眺めた海からの日の出だ。

打ち寄せる波の、そのしぶきの一つひとつまでがことごとく燃えていた。ゆらゆらと煮えたぎり、揺らいではまた燃えさかる海を並んで見つめながら、どちらも、ひと言も口をきかなかった。

太陽はああして、何度でも新しく生まれてくる。昨日、今日、明日、同じ日は二度とめぐってこない。一日生きるとは、一日ぶん死に近づくことだ。

それはきっと、怖いことでも悲しいことでもないのだろう。隣に立つかけがえのないひとが愛おしいのは、互いの関係に永続の保証がないからだ。世界があれほどまでに美しいのも、移ろってゆくのを誰にも止められないからだ。

だからこそ、今この瞬間に命を燃やすしかない。たとえ小舟の帆がぼろぼろに破れようと、懸命に繕ってはまた航海を続けてゆけば、いつか、自分だけの港に辿り着く。

マイクに向けて、いや、そのむこう側にいる誰かに向けて話しながら、帆奈美は気づく。〈もう駄目だ〉と思い詰めてしまった人の背中を撫で、勇気づけるという意味で言うのなら、こうして毎週語りかける自分の拙い言葉もまた、ひとつのファイト・ソングになり得るのかもしれない。そうだといい。

誰かのもとへ、この声が届く。電波という名の波に乗れば世界にまでも。音でありながら、光と同じ速さで――。

キューランプが、まるでミニチュアの太陽のように赤々と点る。

「さて、お送りしてまいりました『真夜中のボート』。今夜もお別れの時間となりました。皆さん、どうぞ素敵な一週間をお過ごし下さいね。水先案内人は、ライフ・スタイリストの三崎帆奈美でした」

息を継ぎ、マイクにそっとささやく。

「おやすみなさい」

解説 ――引いては押し寄せるもの

中江有里

本タイトルの解説をするのは無粋でおこがましいが、あえてしてみたい。

「波」は本書の中でいくつかのメタファーとなっている。

まずはラジオ電波の「波」。

主人公・三崎帆奈美《みさきほなみ》の愛称「ナミ」。

ラジオの波は、あらゆる音を届けてくれる。映像なしで想像する楽しさという意味で、音のラジオと文字で綴《つづ》る小説には親和性があるが、音の波はいきなり飛び込んできて、心をさらっていったりもする。

帆奈美を「ナミ」と呼ぶ男性の抱く、親しみを超えた好意。

どちらも目に見えない「波」である。

感情、調子、時代……とどまることのない動きをたとえる時に「波」という字はふさわしいのかもしれない。

でもまず想起されるのは水や海水の流れを指す「波」だろう。それを「燃える」と形容した途端、官能的な空気を帯びるから不思議だ。

水の冷たさと炎の熱が絡まりあうような小説、それが『燃える波』である。前者の象徴は、帆奈美の結婚生活。衣食住のプロデュースをするライフ・スタイリストとして活躍する一方、家庭では十年寄り添ってきた隆一《りゅういち》との関係は冷えている。

（愛していないわけではない。

――たぶん。少なくとも、大切には思っている。）

この言葉に象徴されるように、帆奈美の隆一への感情は、愛情よりも妻としての義務、責任によるものだ。

たとえばどんな建物も古びていくが自然になくなることはなく、解体するのに手順が必要なように、夫婦関係はすでに壊れていても、どちらかが本気で解体しなければ形骸化して継続される。冷えてしまった関係は、冷蔵庫の氷と同じく、一旦外に出して溶かさなければ、霜《しも》にまみれてそこにあり続けるのだ。

帆奈美の冷えた夫婦関係が、彼女の仕事にも影響を及ぼしているから厄介だ。夫の（どうでもよい）メンツやプライドや常識を長年呑《の》んできた帆奈美は、本来自由であるはずの仕事の選択まで夫に気遣って遠慮がちになっている。そのことによってキャリアだけでなく、彼女の自信まで奪っていることに気付いていない。

私自身も覚えがあるが、強くでる相手に対しては対抗するより、その場をとりあえず収めようとする。しかし行き過ぎた我慢は心を凍らせてしまう。

その凍り付いた心にひびを入れたのがカメラマンの澤田炯《さわだけい》。帆奈美の中学の同級生で、春先の同窓会で再会したばかりだった。当時の華奢《きゃしゃ》で気弱な面影のない澤田に帆奈美は動揺する。この時に彼女の中に小さな火が点《とも》ったことは間違いないが、同時にもう一つ、女優・水原瑶子《みずはらようこ》との出会いが帆奈美を変えていく。

本書のキーパーソンである瑶子は、いかにも「女優」らしい女優で、存在、生き方がドラマティックだ。

登場場面から人を試すように振舞う瑶子は思うに「女優・水原瑶子」を演じている。そんな彼女に周囲は空気を読み、気を遣いすぎるほど遣う。でも「女優」と認識される彼女が本当に求めているのは世間が抱く「女優・水原瑶子」の「想定外」。だから初対面でそれをやってのけた帆奈美を気にいったのだろう。

これは帆奈美が職業的な勘を働かせた結果であるが、妙なことに瑶子の求めるものはわかっても、自分のことはよくわかっていない。

瑶子に気にいられた帆奈美は、彼女から大きな仕事のチャンスを与えられて、情熱の火がつく。

一旦ついた火がさらに燃えるのに必要なのは新鮮な空気だ。奈良、ロンドン、パリと瑶子のスタイリストとして同行する時、そこには澤田の存在もある。旅先それぞれの場面は独特の空気を捉えた描写も相まって、まるで自分がクルーの一人になったような気分になった。

「で？　ナミちゃんの今いちばん欲しいものって、なに」

澤田の問いかけに対する帆奈美の答えは記されない。ラジオのリスナーの「チャレンジ精神を取り戻したい」という質問への回答がそれになるのかもしれない。

ワードローブを見直すこと、本物を身に着けること……ライフ・スタイリスト三崎帆奈美としての提案だが、自分を変えるというのは案外形から始まるものだ。

おそらく帆奈美が欲しているのは、自らを縛る「今」を変えることだろう。

つまり「今」を手放すことで、新しい状況を手に入れられる。帆奈美はすでに方法を知っている。あとは踏み出す勇気さえあればいい。

また、帆奈美にチャンスを与えた瑶子の生き方にも刺激を受けていく。

年上の自立した女性、誰をも魅了する容姿とキャラクター、恋人との別れの記憶、そんな過去も女優としての表現に変えて、さらに輝いていく。

瑶子の放つ光に照らされて、自らの生き方を見つめなおしていく帆奈美。人生は誰とも比べられないけれど、そばに目指す人がいれば自分がどうなりたいかを考えるきっかけになっていく。

本書の「燃える」もう一つの炎は、澤田との恋だ。

彼の情熱にふれて、帆奈美が体を開いていく場面は凄《すさ》まじく官能的。行為中の観察眼とこれでもかというほど女性の心理を浮かび上がらせ、好きな相手に支配されたい帆奈美の本心を抉り出していく。

二人が夜を分け合う描写はここしかないにも拘《かか》わらず、一度放たれた熱は冷めることなく、後に繰り返される夜を勝手に想像してしまう。

ふと『ダブル・ファンタジー』を読んだ時の衝撃が蘇《よみがえ》った。


人生半ばを過ぎて、それなりに成熟したつもりでも、人は様々な「波」に翻弄《ほんろう》されるのだろう。

愛という「波」もそうだ。

愛は冷えてしまえば消え失せ、熱いままでは燃え尽きる恐れもある。ちょうどよく保つのが理想かもしれないが、そううまくはいかず、どちらかに傾いては揺り戻そうとする。

愛は暴走するエネルギーにもなるし、なければ生活は色あせてしまう。

帆奈美の出した結論は、自分の中の「波」をきちんと受け止めた上のものだと思う。

自在にならない「波」だけど、なければきっとつまらない。

時に想定外の「波」に流されたり、翻弄されるのもまた人生で、何の変化もなければ、どんな感情も生まれない。

一人であっても、二人でいても、それはたぶん変わらない。

一人の「波」は回流しながら心を動かし、二人の「波」は互いにぶつかりながら、人生の新たな流れとなっていく。

「波」は引いて押し寄せながら自我という砂の城を築き、それを熱い「波」が壊していく……けれどそのことをあまり怖いと思いたくはない。「波」から逃れるのではなく、そのエネルギーに人生をゆだねてみるのも悪くない。もちろん溺れない程度に。

そして再び城を築いていく。そんな勇気をくれる小説だ。

（なかえ・ゆり　女優・作家・歌手）

『燃える波』二〇一八年七月　中央公論新社刊

中公文庫

燃《も》える波《なみ》

2020年10月25日　初版発行

著　者　村山《むらやま》　由《ゆ》佳《か》

発行者　松田　陽三

発行所　中央公論新社

〒100-8152　東京都千代田区大手町1-7-1

電話　販売　03-5299-1730　編集　03-5299-1890

URL http://www.chuko.co.jp/

ＤＴＰ　ハンズ・ミケ

印　刷　三晃印刷

製　本　小泉製本

Published by CHUOKORON-SHINSHA, INC.

Printed in Japan　ISBN978-4-12-206982-4 C1193

定価はカバーに表示してあります。落丁本・乱丁本はお手数ですが小社販売部宛お送り下さい。送料小社負担にてお取り替えいたします。

中公文庫既刊より

各書目の下段の数字はISBNコードです。978－4－12が省略してあります。

こ-24-7 エリカ 小池真理子
急逝した親友の不倫相手と飲んだのをきっかけに、エリカは、彼との恋愛にのめりこんでいく。逢瀬を重ねていった先には何が……。現代の愛の不毛に迫る長篇。
204958-1

こ-24-8 ストロベリー・フィールズ 小池真理子
平穏な家庭を営む夏子の前に現れた青年。その危険なまでの若さに触れ、彼女は目を背けてきた渇きに気づく。一人の女性の陶酔と孤独を描く傑作長篇。〈解説〉稲葉真弓
205613-8

こ-24-9 東京アクアリウム 小池真理子
不意に現れる恋人の霊、最終の新幹線で浮かぶ父の思い出……。出会いと別れの記憶が、日常に波紋を起こす。短篇の名手による、大人のための作品集。
205743-2

は-45-1 白蓮れんれん 林真理子
天皇の従妹にして炭鉱王に再嫁した歌人柳原白蓮。彼女の運命を変えた帝大生宮崎龍介との往復書簡七百余通から甦る、大正の恋物語。〈解説〉瀬戸内寂聴
203255-2

は-45-3 花 林真理子
芸者だった祖母と母、二人に心を閉ざしキャリアウーマンとして多忙な日々を送る知華子。大正から現代へ、哀しい運命を背負った美貌の女三代の血脈の物語。
204530-9

は-45-4 ファニーフェイスの死 林真理子
ファッションという虚飾の世界で短い青春を燃やし尽くすように生きた女たち――去りゆく六〇年代の神話的熱狂とその果ての悲劇を鮮烈に描く傑作長篇。
204610-8

は-45-5 もっと塩味を！ 林真理子
美佐子は裕福だが平凡な主婦の座を捨てて、天性の味覚だけを頼りにめくるめくフランス料理の世界に身を投じるが……。ミシュランに賭けた女の人生を描く。
205530-8